目　次

第二部

第一章	3
第二章	27
第三章	47
第四章	68
第五章	95
第六章	112
第七章	133
第八章	156
第九章	179
第十章	196
第十一章	219
第十二章	230
第十三章	254

第二部

冬

第一章

冬天到了。

不过，它还在和秋天进行搏斗厮杀，还在灰色的远方嘶吼，有如一头凶猛而又饥饿不堪的野兽正在张牙舞爪，想把它的利爪伸向世界。

现在还常常飘下轻盈的、灰白色的、属于秋天的小雪。

现在依然是寒冷的白天，阴郁而又灰蒙蒙的白天，令人感到沉闷凄凉的白天，寒霜凝结而又死气沉沉的白天。这样的白天，连鸟儿都发出悲伤的叫声飞向森林，河水也惊恐不安地在抽泣、在缓缓流动，仿佛被这严寒冻僵了。大地似乎也在颤抖着，所有的生物都在用警觉不安的眼睛望着北方，以及那变化莫测的云霾。

夜晚依然和秋天的夜晚一样，寒冷而寂静，星光朦胧而又云雾缭绕。常常有令人挣扎恐惧的声音响起，并且会随时沉寂下来。这样的夜晚充满着孤独的悲叹声，狗的吠叫声，树枝的吱嘎声，寻找栖息之所的鸟儿的哀鸣声，从荒原和十字路口传来的可怕的呼喊声。还有匍匐在农舍墙壁下的黑影，以及鬼魅的扑动声和由他发出的无法理解的呼唤声、可怕的咀嚼声和刺痛般的呻吟声。

照样在黄昏时分，巨大的红色落日常常会在西方露出尊容，映照在灰暗的田野上、天空中，然后会像铁球那样沉重地下落。从这个铁球里，闪耀出鲜红的光芒，升腾起黑色的烟雾，仿佛是一场凄惨可怕的大火把整个世界吞没住了。

光芒持续了很久都没有熄灭，在天上凝成为血红的炉火，于是人们议论纷纷：

"冬天会更加寒冷了，凶暴的狂风就要来临了！"

冬天越来越厉害，而且严酷每日每时、甚至是每分钟都在增强。

冬天终于来了。

最早出现的就是尘土飞扬。

十二月四日是死亡守护者圣女巴尔巴娜的节日，节日刚过没几天，一个宁静而阴沉的早晨，第一阵短促而急速的狂风突然刮过地面，如猎犬闻到尸臭而吠叫一般。狂风啃噬着耕地，在树林中呼啸，掀起积雪，摧毁果园，扫荡道路，让河水汹涌奔腾，而且不费多大力气，就将年久失修的茅草屋顶和篱笆掀翻推倒，随即便带着胜利的狂吠，进入了森林。就在这阵狂风之后的当天傍晚，几次大风又在昏暗中，从呼哧呼哧喘气的嘴巴里伸出了长长的锐利的舌头，刮了整整一夜。它们如同一群饥饿的野狼，在田野上呼啸而过，威镇大地。天还没亮的时候，大地上原先披有的残破雪衣，已被吹得干干净净，只是在沟壑和深些的洼地里，还残留着一些白色晶体雪粒。耕田也因秃头而发亮，道路冻得硬邦邦的，仿佛成了化石。寒霜以尖锐的牙齿啃着土地，发出金属般的声响。然而随着白天的到来，大风便逃到森林中藏了起来，在里面蹦蹦跳跳，狂呼乱叫。

天空越来越阴沉昏暗，浓云密布，仿佛刚从洞窟里溢出来，它们抬起吓人的大头，伸开细长的躯体，竖起灰色的鬃毛，成群结队地涌了过来。从北方来的乌云，如山脉一样巨大黝黑，散乱而破碎，层层叠叠，枝节横生，如同一堆被砍倒的树木。中间又有许多深的缝隙，上面又像是悬挂着许多绿色的冰条。这些乌云以凶狂的力量向前驰奔，并发出沉闷的怒号。而从黑色森林刮来的西方云层，缓缓推进，像铅一样呈灰白色，形体硕大臃肿，有的地方发出像火焰一样的闪光。这些云朵一个接一个地向前滚动，从不停息。它们形成一大队列，犹如成群结队的飞鸟。从东方飞来的云，是扁形的，铁锈色，单调而呆板，就像伤口流着脓血的尸首一样，让人不敢去看。从南方飘来的云朵，古朴而略呈红色，就像一块块泥炭，里面却藏有不规则的纹路和斑点，显得暗淡而无生气，仿佛里面长有许多昆虫似的。在它们上面，也有许多云朵仿佛是从西沉太阳那里降落下来的，一簇一簇地呈暗灰色，有的也呈现出五颜六色，仿佛是行将熄灭的炉火余烬那样，所有这些云彩都是蜂拥而至，形成一座座高山峻岭，把整个天空都淹没在这混浊而汹涌奔腾的黑色巨流中。

整个大地突然变得昏黑了，处处都笼罩着深沉的寂静，所有的亮光都熄灭了，流水的蓝色眼睛变得朦胧模糊了。人们都感到茫然若失，都紧闭呼吸陷入沉思之中，萌生出对未来的恐惧。严寒刺骨，惊恐摄心，他们看到一切生物都害怕得瑟瑟发抖：竖起粗毛的兔子蹿过村庄；哇哇乱叫的乌鸦栖息在谷仓上，甚至飞入过道里；狗在院子里疯狂地吠叫；人们纷纷躲进了屋内；池塘旁的路上，神父的那匹瞎马正拉着那辆破旧马车走来走去，撞着了树木和篱笆之后发出了可怕的尖叫，它在寻找回马厩的道路。

黑暗席卷大地，混混沌沌，令人气闷。云层越来越低，而云雾从森林中涌出，笼罩村庄，如同一团团尘土，覆盖着整个田野。它们像可怕的奔腾洪流，让一切物体都沉没在冰冷和灰暗之中。突然，天空裂开了一条缝隙，放射出深蓝色的光亮，仿佛是从深井的水镜中映出来的。一阵阵尖锐的呼啸声穿过黑暗，云雾立即朝两旁散开了。裂开的通道招来第一阵大风，接着是第二阵、第三阵……第十阵……第一百阵大风!

狂风怒吼着,一阵胜过一阵,就像汹涌奔腾的洪流无法阻挡,像是挣脱了一切枷锁镣铐似的,狂呼乱叫着飞奔向前,狂风冲击着云雾,以之将黑暗彻底驱散、吞没,或者像对烂草那样,把它们吹得四处飘散。

怒吼声响彻整个大地,到处都是混乱、喧嚣、尖叫。

被狂风尖脚踏碎的云雾,都急急忙忙地逃进了森林中去了,天空终于清明了。白天虽然暗淡阴沉,但还是更明亮了,所有的生物也都能轻松呼吸了。

大风几乎刮了整整一个星期,没有中断过也没有停止过。白天人们还能马马虎虎地对付过去,有的人出去走走,找人聊聊天,有的人待在农舍里等着大风结束。但是,夜里可真是令人无法忍受,夜晚一到,尽管夜空明亮,星光灿烂,天空一片静寂。但是地上大风猛吹,就像魔鬼在肆虐似的,竟把上百个农民闹得夜不能眠,因为它带来狂呼乱叫、断裂、轰鸣、咚咚等各种巨响,仿佛有千辆空车在冻得非常结实的冰面上疾驰而过。这种响声,还有上帝才知道的其他声音,把大地震得发抖。

农舍也同样在吱吱嘎嘎地响,因为狂风一再撞击着墙壁,掀掉茅屋屋顶,冲撞着门窗,还不止一次打破玻璃,使人不得不夜间起来,用枕头去堵从裂口进来的寒风。如果寒风冲进房间,就会有杀猪般的怪叫声出现,而且即使你睡在厚厚的羽绒被子下面,也会冻得像冰棍似的。

在这些日日夜夜里,乡下的农民遭受了多少苦难,真是难以诉说。

它所带来的损失,也是难以计数。大风吹倒了篱笆,掀走了屋顶。乡长家里新建的棚屋也给吹翻了,巴尔特克·科焦尔家的谷仓屋顶被卷到了二百多米外的田野里。文西奥尔克家的烟囱被吹倒了,磨坊棚顶上的木板也被掀掉了好些块,那些较小的损失就不提了。至于果园里和森林里被吹断和被吹倒的树木,更是难于计数了。单是在大路上的白杨树,就有二十多棵,它们被大风拔起躺在路中间,就像是被杀害和被肢解了的一具具尸体。

在这些大风呼啸和肆虐的日子里,利普查村就像死了一样。狂风如此猛烈,如果有谁走出茅屋,便会立即被狂风吹得东倒西歪,甚至被吹倒在沟渠里,碰撞在树上,或者在篱笆上。狂风还把雅舍克颠三倒四着从桥上吹下了池塘,他费了很大的力气才挣扎着爬了出来,全身沾满了泥沙、树枝、树叶和其他杂物。当风小一些的时候,就会掀起沙土尘埃,撞击着墙壁,淹没了整个空间。

就连那些年纪很大的村民也未曾经历过这样猛烈的大风,看到过如此巨大的损失。

村民们只要出去就会满鼻子尘土,因此只好待在他们那简陋的家里。也有一些待得不耐烦的女人,小心翼翼地溜出篱笆,到喜欢聊天的邻居家去。她们聚在一起,表面上是纺纱织线,实际是家长里短嚼舌一番,发发心中的怨气。而男人们则在门窗紧闭的谷仓里,从早到晚地用连枷打着麦子,以至于连枷在地上响个不停。麦子受了寒霜的侵蚀,脱粒便容易多了。有的农民在黄昏时分,趁风势小了一些,便蹿到酒馆去喝上一杯。

狂风连续不断地刮着,天气越来越寒冷。江河溪流都已结冰,沼泽地也变硬了。池塘结了一层透明的蓝色薄冰,只有桥下较深的地方,池水还在涌动。而靠近岸边的地方,则结了一层厚厚的冰,要打水都得凿开冰层。

一直到圣路西亚节(十二月十三日),天气才有了变化。

到了这一天,严寒有所减弱,天空也不那么灰暗和沉重了,和平整过的土地的颜色相似,但垂得很低,仿佛是被道路两旁的白杨树树冠支撑住了似的。天空依然阴郁，灰暗而寂静。

然而，当午祷的钟声响过之后不久，天气又转冷了，开始下起了大片大片的雪花，而且越下越密，不久就染白了所有的树木和草场。

夜来得更快了，雪并没有停下来，而是越下越密，不过是像粉末那样干燥了一些，下了整整一夜。

到早晨的时候，大雪足有三厘米厚，像羊皮袄一样完全把大地盖住了，使大地蒙上了一层带有浅蓝色光泽的白布。但雪还是没有停下来。

世界如此寂静，任何声响都没有了，除了雪花飘落的声音之外，其他的一点声音都听不见。所有的一切都沉默了，都变成哑巴了。仿佛出现了什么奇迹，让所有的生物都噤若寒蝉，都在毕恭毕敬地倾听那微弱得几乎听不清的雪花飘落的声音。雪片静静地向地面飞落下来，使得大地已是白茫茫的一片混沌，而且它们在不断地增多，像最洁白的羊毛在闪闪发光。它又那样柔软，那样美妙，闪着寒光，从天空直降下来，凝结成粉末，纷纷撒在整个世界上。森林很快也要披上白衣，田野也会被白雪所覆盖，草场消失了，道路消失了，整个村庄也都融化在这银装素裹、这炫目的白色粉末之中。除了纷纷落下的雪花，再也看不到别的东西了。这些雪花静柔而均匀地飘洒下来，有如月明之夜的樱花。

无论是茅屋、树木，抑或是篱笆、人的身躯，三步之外，通通都看不清了。只有微弱的人的声音，像只长着奇异翅膀的蝴蝶，在这星云般的茫茫白雪中，迷失了方向，既不知来自何处，也不知要去往何处，只是飞来飞去，飞到最后便显得越来越软弱无力了。

大雪整整下了两天两夜，到最后村里的房屋都被封住了，每座农舍都像一座戴有雪帽的山丘那样隆起，小山上面冒出一条袅袅上升的炊烟。道路和田野融合成了广袤的平原，果园里都积满了白雪，甚至篱笆都被淹没了,池塘在雪块下面完全看不见了,全成了白皑皑的平川。但是雪依然在下个不停,只是更加干燥更加稀疏了。夜里,星星透过雪幕闪闪发亮。白天,透过那些飘浮在空中的雪尘,蓝色的天空时常显露。人们说话的声音也更加清晰了,不再像蒙着一层纱布那样含糊不清。村庄也像是苏醒了过来,活动起来了,有的人还驾着雪橇出游,但立马又回来了。道路还无法通行,农舍和农舍之间大多已挖出了一条小路,门外的积雪都清除干净。大家都很快活,尤其是孩子们,更是开心得不得了。狗也到处跑呀叫呀的,舔着雪,和孩子们追逐戏玩。顽皮的孩子们都跑到了大路上,或者隔着篱笆,大声叫喊,还相互打起雪仗来。有的还在柔软的雪地上打起滚儿来,有的坐在雪橇上相互拉着逗玩,他们欢快的尖叫声和追逐声充满整个村子,这让罗赫在这一天不得不停止教课了,因为要把孩子们关在屋子里来念识字课本,根本无法办到。

直到第三天的傍晚,雪才停止了。有时也飘落几片雪花,却跟抖动一个倒空了的面粉袋那样,只是落下一点粉末而已。但是天空还是阴沉沉的,乌鸦在房子四周扑动着翅膀,栖息在大路上。夜里也是阴云密布,没有星星,一片灰暗,只是被积雪的白光冲淡了一些黑暗。夜晚如此寂静、僵硬和死气沉沉,犹如一个精疲力竭的人。

"只要来那么一点儿风,也会引起一场暴风雪!"第二天早晨,老贝利查透过窗子向外张望,喃喃说道。

"就让它来好啦,反正对我都一样!"安特克从床上坐了起来嘀咕道。

汉卡正在灶上生火,朝过道望了一望。时间还很早,全村的公鸡都还在啼叫。天色依然很昏暗,仿佛是混合了石灰和煤炭,把整个世界都涂满了。人们还看不清楚树木、农舍和远近,只是在东方,有一块红光,像是灰烬即将熄灭的火堆所发出的那样。但是整个大地,依然寂静无声,寒冷异常。

屋子里也特别寒冷,刺人肌骨,而且潮湿,汉卡也不得不在房间里光脚穿上木屐。炉灶很难点着火,因为刚砍下不久的木柴只是在噼噼啪啪地爆裂,同时冒着烟。汉卡只好从一块木板上劈下一块木片来,再塞上一些麦秸,才把炉火点着。

"这场雪下得这么大,连一个冬天的雪都下够了!"老头儿喃喃说道。他朝结着一层青霜的玻璃哈气,以便更好地朝外观望。

四岁大的孩子开始在床上哭叫起来。而在房子的另一边,从斯达赫住的房间里,传来了愤怒的斥责声、尖厉的争吵声、孩子的哭泣声和关门的碰响声。

"嘿,微朗卡开始做她的晨祷了!"安特克带着嘲讽的口气说道,一边把烘暖的绑腿布裹在脚上。

"既然她学会了打打闹闹,那就让她去吧!也许她是闹得多了点,不过这也没有什么害处。"老人低声说道。

"怎么会没有害处呢?难道她打孩子就不是害处吗?她从没有和斯达赫细声细语地说过一句话,而是像对待一只狗似的对待他,你说这不是害处吗?"汉卡一边在摇篮边给孩子喂奶,一边这样愤愤不平地说。孩子大哭着,双脚踢来踢去的。

"嘿!打从我们来到这里已经三个星期了,没有一天不是在争吵、打架和咒骂!她是条母狗,不是个女人!可是,斯达赫也是个软骨头,任凭微朗卡打骂。他像头公牛那样干活,过的却是不如狗的生活。"

老头子用哀求的眼神看着汉卡,想给微朗卡说几句辩护的话。恰好这时门开了,斯达赫肩上扛着木枷,朝屋里张望。

"安特克,想去打麦子吗?风琴师要我给他找人打大麦,那麦子又干又结实,好打……我本想让菲利普去的,要是你想去,那就让你去……"

"谢谢你了！你还是让菲利普去好啦！我不愿给风琴师干活。"

"随你的便！再见！"

汉卡听到安特克的回绝，忍不住跳了起来，可是马上又把脑袋俯在摇篮上，以掩饰泪水和失望。

"怎么办？在这样冷的冬天，在这样严寒的季节里，我们又这样穷，只能靠土豆和盐过活，家里一分钱都没有，他却什么也不想干！整天整日地坐在屋里，抽烟，发呆……要不就是东游西逛，像个丢了魂的人，总是在找呀找的，找什么呢？不会是在找风吧！我的上帝！我的上帝！"她伤心地埋怨道，"现在连杨介尔都不愿借钱了。我们只好卖母牛了，那还有什么办法呢？可是他还这么固执，不愿给别人当雇工……可是，我们又有什么办法呢？要是我是个男人，我的上帝，我就绝不会吝惜自己的力气，绝不会这样懒惰，我会尽力去工作，直干得双手都抬不起来……这样就能保住我们的母牛，才能度过冬天，等到春天的到来……可是我是个可怜的女人，我能干什么……"她心里在大声疾呼，但又感到束手无策。

随后她便干起日常的家务来，有时还偷看丈夫一眼。安特克坐在炉灶旁边，把穿着羊皮袄的大儿子紧抱在膝盖上，用他烤暖了的手去抚摸孩子的双脚，同时忧郁地望着炉火，不时地发出叹息。老头子却坐在窗前削着土豆。

出现了令人不安的沉默，其中蕴含着隐痛，使得折磨他们的那种贫穷与不幸之感加剧了。他们都不敢直视对方，也不相互交谈，怕一出声就会变成了哀叹。笑容消失了，他们的眼睛里闪耀出被压抑的责备，而苍白憔悴的脸上，满是悲伤。他们的心里燃烧着痛苦之火，同时又蕴含着坚定和绝不妥协的意志。被赶出父亲家已经三个星期了，虽然过去了这么多的日日夜夜，但是他们连那些细枝末节都记得一清二楚，时刻不忘所受的伤害和损失，顽固的反抗意识和这炉灶里的火一样强烈。

而此时的炉火烧得正欢，房间里很暖和，连窗玻璃上的结冰、墙缝里的积雪也融化了，坚硬的地面上冒出了湿气，结成了粒粒露珠。

"犹太人会来吗？"汉卡终于开口问道。

"他们说要来！"

接着又沉默不语了。说真的，谁先来说呢？汉卡吗？她担心自己一开口，就会不由自主地把满肚子的苦水倾泻出来……那么，是安特克吗？他能说什么呢？说他的处境很糟糕吗？对于这些，他们两人都知道得清清楚楚。他不喜欢交朋友，他都不会向自己的妻子吐露心事，何况是对别人呢？他现在满腔仇恨，每一次回忆都会让他火冒三丈，全身发抖，都会让他握紧拳头，恨不得拿全村人来出气。

现在，他再也不把对雅格娜的甜蜜回忆留在心间了，好像他从来就没有喜欢过她，也没有握过她的双手——现在他反而想要把这双手打个稀巴烂。他对她再也没有怜爱了。

有些女人就像野狗那样，谁给大骨头就跟谁跑，或者你用棍子吓唬它，它也会听你的。这样的一些想法，并不会常常袭上他的心头。面对父亲所给予的巨大伤害，他把她的背叛淡忘了。父亲才是罪魁祸首，一切都怪父亲！他是压迫者，是插进自己心上的一把铁叉，让人越来越痛苦。正是由于他，正是由于他……才发生了这许多不幸的事情。

这些日子他所遭受的种种苦痛，他所经历的种种屈辱，就像那难以忘记的祈祷文一样，积存在他的心中。这是一串令人痛苦和害怕的念珠，但他一直在心里数着它们，永世不忘。

对于穷困潦倒，他并不放在心上。他是个健壮的男人，只要头上有片屋顶就够了，无须更多的东西。至于孩子，就交给老婆去养好了。但极端的不公正，既让他像被火烤一样痛苦难熬，又像荨麻刺一样，越来越疼。这才不过三个星期，全村的人都不理他了，仿佛都不认识他，把他看成个陌生的外来人、万恶不赦的人。大家都回避他，没有一个人跟他说话，也没有一个人去他家里看望他，没有人同情他，连与他打声招呼的人都没有，大家都把他当作罪人来对待。

不，不！他可不会去哀求他们的，他可不是那种缩在角落里的人，他也不是那种对别人服软的人！谁想要打架，那就打一架好了……但是，这一切为什么会成为这个样子呢？是因为和父亲打架了？难道在这个村子里这是第一次吗？难道约瑟夫·瓦赫尼克不是隔一两天就要和父亲打一架吗？难道斯达赫·普沃什卡没有打断他父亲的腿吗？可是，为什么就没有人去指责他们两个呢？为何单单蔑视他！当然，上帝垂青什么人，圣徒也就垂青什么人。但是，这一切都是老头子造成的，是老头子干的，他要对这一切付出代价，付出代价。

在这段日子里，他脑子里想的尽是复仇的事，整日生活在激动、愤怒和复仇中。他不去工作，不去想他的穷困，也不为明天着想。经历了这种种痛苦之后，他已身心俱疲。他常常在夜里从床上起来，跑到村子里去，在大路上徘徊，或躲藏在某个黑暗的角落里，思考着复仇的计划。他还赌咒发誓，绝不宽恕他的父亲。

他们一起默默地吃着早餐，谁也没说话。他呆呆地坐在那里，反思过去，那些事犹如醋一样令他难于下咽。

白天到来，炉火也已熄灭。外面的积雪透过冰霜融化了的窗玻璃，把一丝丝白光照了进来。这凄凉的冰雪寒光照亮了每一个角落，也照出了房间里一无所有的穷困。

我的上帝，和这茅屋比起来，波利那的房子简直就是一座府邸。不用说，父亲家的任一间房子，哪怕是个牛棚，也要比这茅屋更适合人居住。这茅屋根本就是个猪圈，哪里是住房，里面又脏又乱，什么烂木头、干粪和废物堆了一地。赤裸裸的泥地上连一块木板都没有，泥地上尽是大小不一的坑窝，窝里充斥着干硬的泥块和垃圾。房间里只要被炉火烤暖和了一些，这些坑窝就会发出比垃圾堆还要难闻的臭味。在这有如泥泞地的地面上，只有光秃秃的四堵发霉的墙，墙面很潮，能渗出水来，角落里还有未化的严霜在抖动它的白胡子。墙上还有许多窟窿，有的用泥土塞住了，有的被麦秸或牛粪堵住。低矮的顶篷也像破旧的老筛子，窟窿比木板还多，全都用麦秸堵塞住。只有家具和日用器具才稍微掩饰住屋内悲惨的贫穷状况，而挂在墙上的两幅圣像，以及柜子和挂有衣服的竿子，才把房间和牛棚分隔开来的那堵柳条泥墙掩盖住。

汉卡不紧不慢地就把家务活干完了。其实活也不多——喂一头母牛、一头小牛犊、一头小猪、几只鹅和鸡，这就是她的全部家畜，同时也是她的全部财富。她给孩子们穿好了衣服，后者立即跑出房间去找微朗卡的孩子玩耍去了，不久就从那边传来了嬉戏打闹的声音。她想稍微打扮一下自己，因为做牲口生意的商人要来，而且她也想到村子里去走一走。

她本想先和安特克商量一下卖牛的事，但又不敢先开口。安特克仍旧坐在已经熄灭的炉灶前边，神情忧郁地望着前面，这让她有些害怕。

"他到底在烦些什么呢？"

她脱掉木屐，生怕他听到吧嗒吧嗒的响声会火冒三丈。她时时用关切而又不安的眼神望着他，心想："是啊，他很难受，比谁都难受！"她突然产生了一种强烈的愿望，想和他说话，想问问他，想知道他的苦恼，想分担他的痛苦。她站在他的身边，从激动的心里涌现的那些关切的话语都快到嘴边了，但就是不敢。可是，若是他不听她说，根本就不重视她——她现在就在他身边，他却像没有看见她似的——她怎么好同他说话哩！她痛苦地叹了一口气——她的心里也不好过。不，她不是个开心果。她的心里并不甜蜜,而是酸苦!我的天主,别的女人过得比她好多了,尽管有的女人连一间住房都没有。她忙这忙那,还得操心许多事情,可她连个说话的人都没有,怎么能把心里的苦水倒出来哩?若是他能厉声骂她,甚至动手打她,那她至少还能感觉到这家里还有个活男人,而不是一根死木头。可是他呢?一句话也不说,只是有时像条野狗那样狂吠一声,要不就用那冰冷的眼神盯着她看。她既不能和他说话,更不可能同他交心——就像真正的夫妻那样。对他来说,女人、老婆是什么东西呢?不过是照看房子、做饭、带带孩子的工具而已。他关心过她吗?他抚摸过、紧紧拥抱过她吗?他对她温存过吗?和她推心置腹地交换过想法吗?他对这一切都不感兴趣,都视而不见。他的举止就像个陌生人。她不知道他心里到底在想什么。而她,作为他的老婆,却要把全部重担都挑起来,一个人受苦受累,东奔西跑,忙忙碌碌,什么事都要操心。可是他呢,连一句好话都没有说过。

她再也抑制不住悲哀和潮涌般的泪水,于是立即跑到外面牛栏那边去了。她靠在喂食槽上,静静地让泪水倾泻出来。母牛克拉苏拉喘着粗气,开始舔着她的脑袋和肩膀。此时此刻,她再也克制不住自己,便号啕大哭起来。

"我可怜的牛啊,我们保不住你了,你马上就要被牵走了……他们快到了……讲好了价钱,便会在你的角上系上绳子把你带走,把供给我们食物的你带走……"她喃喃说道,抱住了它的脖子,把它那颗痛苦的心里所含有的全部感情,都倾注到这头她喜爱的母牛身上。她无法控制住呻吟和眼泪,因为她突然产生了一种强烈的反抗情绪。不,不能再这样下去了,母牛卖掉了,他们就没有什么可吃的了。可是他却待在家里,不去找工作。请他去打麦子,他也不去,虽然一天只挣一个兹罗提二十格罗什……钱不多,至少能买点盐和猪油,可卖了母牛,以后可没牛奶喝了。

她回到了房间里。

"安特克!"她坚决地高声喊道,打算把一切都说出来。

他沉默不言,用充满血丝的眼睛望着她,眼神里满是悲伤和痛苦,她的心立即软了下来,怒火减弱了,一种怜惜之情油然而生。

"你说过,他们会来买母牛。"她轻声说道,口气很柔和。

"他们肯定在路上了,那边的狗都狂吠起来了……"

"不是,狗是向着通向西科洛夫家那边吠叫的。"她朝外望了一望。

"他们说过中午以前就会到的,我们只好再等等看了。"

"我们一定要卖吗?"

"是啊,我们需要钱,而且草料也不够两头牛吃的……是的,汉卡,我们不得不卖,有什么办法呢?我也很心痛这头母牛的。谁手上没钱,就得卖东西。"他低声说道,语气是那样柔和。

汉卡听了高兴得心花怒放,不由得又萌生了希望和极大的欢乐。她像一条忠心而又听话的狗那样望着丈夫,此时此刻,无论是母牛,还是其他不幸,她都全不在乎了。她痴情地望着丈夫那张可爱的脸,倾听他那温柔亲切的话语——这话语像火一样进入她的心中,使她的心里燃烧起善良而慈爱的激情。

"嗯,是的,我们是得卖掉它……小母牛留下了,过了四旬节它就要生牛崽了,到那时,我们就能喝上牛奶了……"她应和着,就想听他继续说下去。

"如果我们的草料不够,那就买一些。"

"还不如买燕麦秸好,我们的黑麦够吃到明年春天。爹,你去把地窖打开来,看看我们的土豆有没有冻坏。"

"爹,你就待着吧!这活太累,不是你干的,我去好了。"

安特克站了起来,脱去羊皮袄,拿起一把铁锹便出去了。

屋外的积雪几乎和屋顶一样高,因为这座房子是在村子边上的空旷地方,和大路隔着一块田地,四周又没有篱笆或果园来挡住风雪。只有几株枝丫弯曲的野樱桃树长在窗前,积雪把它们埋在了下面,露在雪外的枝条也就像弯曲的手指。老人一大早就把房前的积雪全铲掉了,不过他也把地窖上的雪堆得更高了,竟让人难以从雪中辨认出来。

安特克卖力地干了起来,积雪几乎和人一样高,虽然是新下的雪,但已冻结成一片,硬邦邦的,得像铲砖那样,一块块铲起来扔出去,因此,地窖还没有打开,安特克就满身大汗了。不过他是很乐意这么干的,有时他还把雪团扔向在门外嬉玩的孩子们,逗他们玩。有时他也会停下来歇一歇,靠在墙上,眼朝四周望去,过去所受的屈辱便又被勾起了。这时他又会深深地叹息,他的灵魂又迷失方向了,像一只小羊那样在茫茫黑夜中找不着路。

这一天,白云低垂,飘浮在离地面很近的空中。白雪就像一层很厚的、柔软的羊毛铺盖在大地上。放眼望去,尽是一望无际的平原,空旷而又寂静,纯白中泛着浅蓝。空气中还有一些凝结的小冰点,因而雾气很浓,像块透明的大绢布盖住了整个大地。因为贝利查家的茅屋就在这个小山包上,从这里俯瞰全村,就像在掌上一样清楚。那些被积雪覆盖的土堆,犹如鼹鼠窝一般,像花环似的围绕着被冰雪掩盖的池塘。从任何一座农舍里望出去,也不能看到它们的全貌——它们全都消失在白雪下面。这里或那里,能看到谷仓露出的黑色墙壁,深紫色的烟雾在袅袅升腾,有几棵树木从深埋的积雪中探出其暗灰色的身躯。从这片白茫茫的银色世界里传来尖锐而高亢的人声,从村的这头传到村的那头。与此同时,还有连枷的嗒嗒声,仿佛是从地下传来的击鼓声。道路全被大雪封住,四处荒无人烟。雾气把远方融为一体,天地之间的界线都完全消失了,只有那些树木在白色上方显露出淡蓝的光彩,像是地平线上挂着一些云朵似的。

不过，安特克的眼神并没有在荒无人迹的雪原上停留很久，他把目光转回到村里，转回到他父亲的房屋，正在搜寻之时，就听到汉卡从土豆窖里发出的叫喊声：

"真好，没有冻坏！瓦赫尼克家的地窖透风了，半窖土豆都冻坏了，只好拿去喂猪，我们家的没坏，全是好的。"

"嗯，真不错！你快上来吧！犹太人来了，你去把母牛拉到房屋前面来！"

"啊，真的！是犹太人，除了犹太人，还会有谁呢？这些讨厌的家伙！"她厌恶地嚷道。

从酒馆出来两个犹太人，在铺满白雪的大地上，正踏着斯达赫踩出的一条脚印往这边走来，后面跟着半个村子的狗，好像这两个人给了它们一个难得的机会。这群狗狂吠乱叫起来，在后面追逐着，直到安特克出来把它们喝住、赶跑。

"你们好！我们来晚了，就因为这场雪！这样一场大雪，车子来不了，就连步行也很难！你们知道，为了打通通往森林的道路，正在让大家去铲雪哩！"

安特克没有作答，只是请他们进屋暖和一下身子。

汉卡把母牛身上的肮脏地方洗刷干净，把早上没有挤干净的牛奶挤完，便把牛牵出牛棚来到院子。母牛挣扎着，不愿出去，经过门槛时，它吸了口气，抬起了头，舔了舔雪片，发出长长的一声悲鸣，同时使劲拉扯着缰绳，几乎让老贝利查都拉不住了。

汉卡见此，心中很是悲痛，终于按捺不住大声哭了起来，在她身边抓住她衣角的孩子们也一起哭叫着。

安特克的心里也不好受，他咬着牙，紧锁眉头，背靠墙壁，呆呆地望着那些乌鸦——它们都停留在新翻出来的雪堆上。这两个商人叽叽咕咕相互交谈了几句之后，便去摸了摸母牛，前后左右都检查了一番。

此时的安特克就像是参加葬礼那样十分难过,转过头不忍心看母牛。母牛徒劳地挣扎着,用一双因惊恐而睁大的眼睛望着它的主人,徒劳地发出哀鸣。

"我的主啊……我这样精心喂养你,这样想方设法来满足你的一切需要,难道就是为了让这些人把你拉进屠宰场,把你宰了,把你碎尸万段吗?我的母牛啊!"汉卡用脑袋撞着墙壁,号啕大哭起来,孩子们一边哭着,也一边撞起脑袋来。

无论悲伤还是哭泣,都无济于事。俗话说得好:该来的总归要来,命运如此,你很难逃脱。

"你们想卖多少钱?"那个年长的白发犹太人终于开口问道。

"三百兹罗提!"

"你说什么?这样一头瘦肉牛,竟要三百兹罗提。安特克,你是疯了呢,还是怎么啦?"

"你可不要在我面前说它是瘦肉牛,否则要后悔的。你看到没有,这是头小母牛,刚满五岁,而且还那么健壮结实。"汉卡怒气冲冲地说道。

"嘿,嘿……做买卖的生意人是不会为这些话生气的……那就三十个卢布吧!"

"我说过价钱了!"

"我说说我的价钱:三十一个卢布……好吧,三十一个半卢布……那就三十二个卢布……成交吧!三十二个半卢布,同意吗?"

"我说过了!"

"最后一个价钱:三十三个卢布!同意就成交,不同意就拉倒!"那个年轻的犹太人冷冰冰地说道。说完便去拿他的手杖,年长的那个犹太人也在扣他外套上的扣子。

大家都没有注意到的老贝利查，这时正拍着母牛的脖子喃喃说道："这么好的一头牲口，你们竟出这样的价钱！难道你们不敬畏上帝吗？一头跟牛棚一样壮实的母牛，单是牛皮就值十个卢布……不用说一整头牛了！你们这些骗子啊！你们这些谋害基督的凶手！"

犹太人大杀价钱，安特克也不退让，一口咬定原先说的价钱，即使让步也为数极少。说实话，这头母牛确实能值这样的价钱，如果放到明年春天，把它卖给其他农民，至少可以卖到五十个卢布。然而正如俗话所说：缺钱迫使你贱卖家当，贫穷让你尽快出手。犹太人对此是一清二楚的，虽然他们的声音越来越大，和安特克的击掌越来越热情，他们很想做成这笔买卖，但是他们所出的价钱，每次最多加半个卢布。

最后，他们不欢而散，犹太人气鼓鼓地走了，汉卡也把母牛牵回了牛棚。安特克也很生气，打算不卖牛了。可是，你瞧，犹太人又回来了。他们又是大声叫喊，又是赌咒发誓，说不能付比这更多的价钱了。他们又是和安特克击掌，又是察看了母牛一番，讨价还价后，以四十个卢布成交，外加给老贝利查两个兹罗提的小费——他负责把牛送过去。

犹太人当场付了钱，老贝利查牵着牛跟在他们身后朝酒馆走去。汉卡带着孩子一直把克拉苏拉送到了大路上，她时而抚摸着它的头，时而亲热地依偎在它的身上——她无法离开这头可爱的母牛，更难于抑制心中的痛苦和悲伤。

她还久久地呆立在大路上，一直望着被拉走的母牛，直到它消失在视线外，才对这些不受洗礼的犹太佬大骂了一番。

家中就这么一头可爱的母牛，还被卖掉了，怪不得汉卡心中会充满那么强烈的怨愤。

汉卡回到了屋里，喃喃说道："就像我们家的什么人被送到墓地里去了,这样空荡荡的。"她朝空荡的牛棚望了一眼,又通过窗口朝那条小路望去,只见小路上还留有母牛刚刚留下的脚印,她悲不自胜,时时哭出声来。

安特克在摆放着卖牛钱的桌旁坐了下来,大声喝道:"你还没有哭够?你就像头小牛那样哞哞叫个不停!"

"一个不心痛的人对什么都是无所谓的。你把母牛卖给犹太人去宰杀,就一点也不心痛?"汉卡答道。

"嗨,难道你要我剖开肚子去捞钱吗?"

"如今我们已落到做长工的地步了,真像个一无所有的乞丐那样,没有牛奶可喝,没有任何的欢乐!我对这个家付出了那么多,那么多!可是,我的主啊!别人家的男人像头公牛似的在卖命干活,赚回点东西来养家糊口。可是你倒好,坐吃山空,把我从父亲那里得来的一头母牛都卖掉了,那是我的陪嫁,是我从娘家带来的最后一笔家当呀……"她愤愤不平地唠叨。

"你爱唠叨就唠叨去吧!你这傻婆娘,什么也不懂的家伙!钱都在这里,该还债的还债,该用的就用,其余的你要保管好!"他把那堆钱都推给了她,可又从里面拿走了五个纸卢布,放进了自己的钱包里。

"你拿走这么多钱干什么?"

"干什么?我总不能拿着一根棍子出门呀。"

"出门?你想去哪儿?"

"我要到外面去,我要去找工作,我绝不能烂死在这个鬼地方!"

"你要到外面去?一条狗到哪儿都是光着脚的,穷人不管去哪儿,都会受到逆风的吹动。难道你要我一个人留在这里,就我一个人!"她不自觉地提高了嗓门儿,并以一种威胁的姿态朝他走去。但是他根本没有注意到她的这个举动。这时候,他正在穿羊皮袄,系好腰带,找来帽子。

"我不会去给农民干活的,绝不会,哪怕饿死我也不会干的!"他说。

"风琴师那里正找人打麦子哩……"

"哼!什么大人物!不过是唱诗班里一头哞哞叫的小牛犊而已。他老是盯着农民的钱包,完全是靠着乞求和撒谎来骗取大家的钱过活。我是绝不会给他当雇工的,"

"不想干活的人,总会找出各种借口!"

"别再说了!"他生气地吼道。

"我从未说过一句反对你的话。你总是爱干什么就干什么,从不把我放在眼里!"

"我要到大地主的庄园去找找。"他马上用温和的口气说道,"我想去问问有什么工作可做,也许到圣诞节时会有个结果,哪怕让我当个牛仔也行。我一定要离开这儿,绝不愿烂在这儿,我一想到我所受到的屈辱和欺凌,心里就难以平静,它们老是在我的眼前晃来晃去,实在让我忍不下去。我既不要别人的怜悯,也不愿别人把我看成是癞皮狗……我要到外面去,越远越好,越快越好!"他的声音越来越高,越来越激愤。

汉卡吓坏了,呆呆地站在那里一动不动,她从来也没有看到过他这个样子。

"上帝与你同在!过几天我就会回来。"

"安特克!"汉卡绝望地喊道。

"有事吗?"他在门口转过头来问道。

"你连分别时也不对我说句好话……连这个都没有……"

"难道要我和你举行告别仪式吗?我可没有这份心情……"他砰的一声关上大门,便转身走了。

安特克紧咬着牙齿叹了一口气,便挂着木棍快步地前行,以致脚下的积雪发出嘎吱嘎吱的响声。他回头望了一眼茅屋,只见汉卡靠墙站着,哭得像泪人样,还看到微朗卡站在另一扇窗前望着他们。

"真他妈的!就只会哭,只会哭!我要出去闯世界了,出去闯世界了……"他轻声说道,抬头朝周围白雪皑皑的原野环视了一番,一种新的渴望涌上心头。他感到信心十足,一想到新的村庄、新的人们和与以前不同的生活,他就感到异常兴奋。这种感觉突然袭上他的心头,并把他席卷而去,就像洪水以摧枯拉朽之势把残木枯枝卷走的那样——这些枯树既无法阻挡,也不能屹立不动。是命运在促使他去闯荡世界的。

就在一个小时之前,他还没有想到他要出走,更没有下定决心出去闯荡江湖。现在这种想法就像随风而起,油然而生,就像是一种难以克制的逃离此地的愿望,即使去当个雇工也在所不惜。噢!现在他就像只鸟儿那样自由翱翔,可以到任何地方去,到森林里去,到森林之外的广阔天地中去。他何必在此浪费时间呢?在这里他能有什么希望呢?回忆让他撕心裂肺,让他的心灵干涸。神父是个正直的人,已经接受了他的解释:和父亲打官司一定会输,而且还要花费一大笔诉讼费。至于报仇,那还得等到适当的、更平静的时机,现在还没有谁会体谅他所受到的侮辱……如今他只有往前走,走得离利普查村越远越好,不管到哪里都行。

不过,应该先去哪里呢?

他站在白杨大道的转弯处,迟疑不定地望着雪雾弥漫的远方的田野。他感到寒冷刺骨,牙齿冻得直打战。

"我应该穿过村子,沿着磨坊旁边的那条道路走。"他迅速做出决定后,便绕过村子,走上了另一条道路。大概走了半里路,他就不得不站在路边的白杨树下了,因为路中央有一辆雪橇正朝他冲了过来,掀起一片雪花,发出尖锐的叮叮当当的铃铛声。

原来是波利那和雅格娜乘坐的大雪橇，由波利那驾驶。马飞奔向前，雪橇在马匹后像羽毛似的摇来晃去。波利那还在不停地鞭打马匹，驱使它们更快前奔。老头子一边说着话，一边大笑着。雅格娜也在大声说笑着，突然，她看见了安特克。两人四目对视了一下，便很快闪过了。雪橇飞驰而过，消失在它掀起的阵阵雪雾之中。安特克站在原地一动不动，只是朝驶去的雪橇呆望着……他们的身影不时会在雪雾中浮现出来，雅格娜的羊毛衫显得格外地红艳。铃声时而响亮，时而低弱，直至消失。雪橇消失在白茫茫的原野上，消失在由霜冻树枝搭起的拱门下，消失在一列列白杨树的黑色树干之间——这些白杨树受着沉重的重压，垂首而立，沿着山丘一直伸到森林那儿。但是，安特克的心里只有雅格娜的那双眼睛。那双眼睛一直峙立在他面前，有如两朵亚麻花在雪地上闪闪发亮，在整个大路上浮动，饱含着惊恐和凄惨的神色、沉思和欢悦的情感，闪耀着生命的炽热之火。

安特克觉得他的灵魂已经飘散，消失在这片混沌里，他全身被冰霜凝结住了，顿觉彻骨寒冷。但他依然觉得那双深蓝色的眼睛还在心中闪耀。他低垂着头，缓缓朝前走去，一次又一次地回头张望，可是白杨树下却什么也没有了，只是在滚滚雪尘中能听到远方传来的铃声。

安持克突然忘记了一切，仿佛灵魂出窍了似的。他无助地望着四周，不知道何去何从，不知道该怎么做好……也不明白到底发生了什么事情……他好像是在做梦，一个如此真实的梦，同时又是一个他无法摆脱的噩梦。

他不由自主地转身朝酒馆走去，越过好几辆载满了人的雪橇后，便直接进入了酒馆。雪橇上坐的那些人，尽管他仔细辨认了一番，但好像一个也不认识。

"那些人是干什么的？"他向站在门口的杨介尔问道。

"去法院，要跟大地主打官司，为了一头母牛和牧牛人被打的事，这些你都知道。他们都是证人,波利那已经先走了。"

"能打赢吗?"

"为什么要打输呢!他们告的是沃拉的地主,而主审官是卢得卡的地主。而且人们还想出门,想要修路,想要娱乐——我们的人还得在城里做点买卖,因此,大家都不会输,都是赢家!"

安特克不想听他的风凉话,便要了一杯烈性伏特加。他把身子靠在柜台上,神智好像不很清楚,他在那里足足待了一个小时,可是伏特加却一口也没有动过。

"你怎么啦?"

"没什么,我很好!让我到储物间去喝吧。"

"不行啦!那里已经坐着好几个商人,他们可都是大老板。他们要向狼谷的地主购买第二次树木砍伐权。他们需要安静,也许现在都睡着了。"

"我要抓住这些流氓的胡子,把他们扔到雪地里去!"安特克大声嚷道,像疯子似的冲向储物间。可是他刚冲到门边,便转过身来,抓起一瓶酒走到大厅里最暗的一个角落。

酒馆里空荡荡的,很安静。只有那几个犹太人,用他们自己的语言在交谈着,杨介尔正在招待他们。偶尔也有人进来要了一杯酒,当场喝完后便离开了。

现在已过了中午,天气显得越来越寒冷。雪橇掀起的积雪,把寒气带进了酒馆。安特克坐在那里,慢慢地喝着酒,似乎是在沉思,但他对于自己,对于周围的事情,都浑然不知。

他喝了一杯又一杯,却总有一双眼睛老是在面前晃来晃去的,而且离他那么近,几乎要碰到他的眉毛了……他喝了第三杯……那双眼睛更加明亮了,仿佛灯光在转来转去的,把整个酒馆都照亮了似的……他不由得浑身发抖,立即站了起来,用力把酒瓶往桌上一扔,酒瓶便裂成了碎片,他急忙走了出去。

"付账!付账!我再也不会赊给你了!"杨介尔拦住了他,对他大声叫道。

"让开,狗杂种!你个犹太佬!看我不宰了你!"安特克怒气冲冲地大吼道,吓得杨介尔脸色煞白,赶紧退缩一旁。

安特克一脚踹开大门,便朝外面冲了出去。

第二章

临近中午，天气稍微晴朗了一些，但也不过像点亮一支蜡烛那样明亮，而且不停地抖动着，时明时暗，仿佛正在酝酿着一场大雪，很快就会下了。

安特克的家里却极其昏暗，阴冷而又凄凄惨惨的。孩子们在床上玩耍着，像受过惊吓的小鸡那样低声说着话。汉卡心烦意乱，不知怎么办好。她在房间里踱来踱去，心里很是不安，有时从窗口望向窗外，有时又站在门外，用通红的眼睛眺望着旷野中的皑皑白雪。然而，无论是在大路上，还是在田野里，都见不到一个人影。只见几辆雪橇驶离了酒馆，消失在白杨树下的茫茫白雪深渊里，再也看不见它们的任何标志，也听不见它们的任何声音了。什么也没有了，有的只是死绝般的寂静和茫茫无际的荒凉。

"即使能看见个乞丐走过，或者有个人来聊聊天也好！"汉卡叹息道。"嘀次，嘀次，嘀次……"——她在赶逐雪地里的鸡群，它们有的跑散了，有的栖息在樱桃树枝上，她要把它们赶进鸡窝里去。她要回屋的时候还和微朗卡吵了几句，为什么吵呢？是微朗卡把猪槽放在过道里，槽里倒了一桶猪食，那头脏兮兮的畜生竟把槽里的汤水拱出了槽，恰好在汉卡家门口形成了一片水洼地。

汉卡站在门前，对着对面那扇关着的门大声说道："看好你的猪，你的主妇是怎么当的？再不然就叫你的孩子管管也好，我可不想把自己弄得脏兮兮的。"

"刚卖了母牛，说话就大嗓门儿了。是啊，现在是位阔太太了，连一点污泥都受不了啦，可你住的原来就是间猪圈。"

"用不着你来管我的房子和母牛！"

"你好好听着，也别来管我的小猪！"

汉卡用力关上了房门，她又怎能反驳这样的泼妇呢？你说她一句，她就会回驳你二十句，甚至还准备和你拳脚相加。汉卡把门插上，把钱拿了出来，又一遍遍地计算起来，可是每次都会出错。她的心情依然很不平静，一来她还生着微朗卡的气，二来她不放心安特克，三来她常常会产生一种幻觉——克拉苏拉母牛正在叫唤她，此外，在父母家经历的那些童年趣事有时会涌上心头。

汉卡环视了一下房间，喃喃说道："她倒是说得不错，我们住的就是猪圈……和原先那边的住房一比，真是大不一样，那边铺有地板，窗子亮堂堂的，墙壁也粉刷得白白净净的，屋里暖和整洁，物品应有尽有……他们现今在干什么呢？也许尤什卡在收拾午饭后的餐具，雅格娜在纺线，或是透过明亮的没有霜冻的窗子眺望外面的雪景……她还缺少什么呢？她得到了波利那前妻留下的全部珊瑚项链，还有那么多的衣服、裙子、头巾、围巾、布料……全都给她了！她不用劳动，也不用费神操心，吃的是鸡鸭鱼肉，每天都能酒足饭饱。斯达赫就说过，雅古斯丁卡替她做完了所有的活，早上睡到大天亮还不起床，起来就要喝茶……还说土豆不合她的胃口……那老头子呢，也是什么都不做，整天和她谈情说爱，像哄小孩子那样哄她、宠她。"

一想到这里，汉卡的怒气就不打一处来，便从坐着的柜子上蹿了起来，还挥动着自己的拳头。

"哼！你这个强盗、娼妇、狐狸精、败家婆！"汉卡大声嚷道，声音之大，竟把昏昏欲睡的老贝利查吓得跳将起来，"爸爸，你去用麦秸把土豆盖好，上面再堆上雪，马上又要来霜冻了。"她低声说完之后，又去算账了。

老头儿的工作干得并不顺畅，因为雪太厚了，而他的力气又小，还有本来属于他的那两个兹罗提却没有给他，也让他心神不宁。他记得清清楚楚，那两个兹罗提就放在桌子上，像新的一样金光灿灿。

"或许他们会把钱给我的……这钱还能给谁呢……克拉苏拉不愿走，挣扎得厉害，我牵着它，手都勒痛了……而且我还给那两个牛贩子说了许多好话呢……他们是会给我的……我得在斋后第一天就给大孩子彼得买一把口琴，也要给小的买点东西……还有微朗卡的孩子……他们虽然很调皮捣蛋，但也得买点什么……我也得给自己买点鼻烟……要烈性的，斯达赫的鼻烟太淡了，一点也不起作用。"

他就这样想来想去的，不能集中精力去干活。过了一小时，汉卡前来看他时，麦秸上才刚刚盖上一层雪。

"你吃起饭来像个大人，可是干起活来却像个小孩！"

"我是很卖力的，汉卡！我刚刚停下来，是要歇一口气……我很快就能干完……马上……"他觉得羞愧，喃喃说道。

"黄昏快到了，森林那边都黑下来了，寒冷又要来了，这个地窖就像被猪拱过的一样。你快进屋去照看一下孩子吧。"

她自个儿干了起来，而且干得特别起劲，不到一刻钟，地窖就盖好了，上面还堆了个大雪堆。

当她完工时，天便黑下来了，房子里变得更冷了。潮湿的泥土冻得更硬了，木屐踩在上面发出咯嗒咯嗒的响声。寒霜在窗玻璃上重又结起了一层薄雾。孩子们低沉地呜咽着，但汉卡并没有去哄他们，也没有劝他们安静下来，因为她忙不过来，她得给小牛铡草料，给那些已把嘴伸到门外、饿得呜呜叫的小猪喂食，还要给鹅喝水。做完了这些，她还得把账再做一次，该给谁，要付出多少钱，得算个一清二楚。这一切都做完了，她就该出门了。

"爸爸，你把炉子生起来，把孩子们看好，过一会儿我就回来。要是安特克回来了，铁架上的锅里还给他留着洋白菜。"

"好的，汉卡，我会生火，会把他们照看好的。洋白菜在铁架上，我一定会看好……"

"你牵牛的钱我收起来了，你现在用不着，有吃有穿，你还想要什么？"

"啊，是的！汉卡，我什么都有了……什么都有了……"他喃喃说道，立即把脸转向孩子们，眼泪都快要流下来了。

汉卡出门后，立即被寒冷包围了，她用围巾把头裹得紧紧的。雪很厚，地上是一片浅蓝色，干燥透明。天空像水晶一样清澈，远方的地平线上没有云雾，最高的天空上面已经露出了几颗星星。

汉卡不停地摸着她的外套，看看钱还在不在里面。她一直在想，去什么地方给安特克找一份工作，这样他便不会在外面流浪了！现在她又想起了他最后说的几句话，这些话把她吓得差点昏过去。只要她活着，她都不会离开这个村子，搬到另外一个村子去住，她是不会和陌生人在一起生活的，那样一来她会因思念故土而送命的！

她朝大路两旁望去，零零散散的房屋和果园几乎被积雪淹没了，还有在暮色中泛着灰色的一大片田野。寒冷寂静的夜晚来临得更快了。群星相继涌现，仿佛有人在那里撒种子似的。现在那因白雪而熠熠生光的大地上，农舍里的灯光开始亮起来了，空气中也能闻到炊烟味了。人们缓慢地走在大路上，人声仿佛从低低的地面上飘浮而过。

"这里的一切都已深深埋在了我的心里，成为我身体的一部分，我也绝不会像这风那样在世界上飘来飘去,绝不!"她坚决地说道。她放慢了脚步,因为这里的雪又松又软,一脚踩下去就陷到了膝盖,需要用力才能把木屐拔出来。

"感谢上帝赐给了我这个世界,我就要在这个世界一直活到老死。只要坚持到春天,就会活得更容易些、更轻松些。即使安特克什么也不干,也不会逼得我出去乞讨的。我会去纺纱织布,凡是能干的,我都会努力去干,我也不会被任何困难所吓倒……我知道,微朗卡就是靠织布来挣钱过活的,而且还积攒了几个钱。"汉卡一路上这么想着,便来到了酒馆。

她一进门便说:"上帝与你同在!"杨介尔回答:"永生永世!"但他依然像平常一样,靠在一本书上昏昏欲睡,没有抬头看她。直到汉卡把钱放在他的面前,他才注意起她来。他友好地对她笑了笑,把悬挂的那盏油灯拨亮了一些。他帮她数着钱,甚至还请她喝伏特加。他既没有向她提起安特克欠他的酒账,甚至也没有谈及安特克本人。直到她要离开时,他才问起她的丈夫在干什么。

"你家男人在干什么?"

"你是问安特克?他出去找工作了!"

"村里也不缺工作呀?他们在磨坊那里要建一座锯木厂,我也需要找一个有经验的人给我运木头。"

"嘿!我丈夫可不会替酒馆当小工的!"她大声回答道。

"既然他想做老爷,那就让他去睡懒觉好啦,去休息好啦!你不是养了鹅吗?养肥点,圣诞节我要收购的。"

"我是不卖的,我的鹅是要孵小鹅的!"

"那你到春天再去买小鹅好啦。我需要又大又肥的鹅,如果你愿意的话,我们订个账本,你先从我这里把小鹅赊去,等养大了再和我结账。"

"不，我是不卖鹅的！"

"等你花完了卖母牛的钱，你就会卖了，而且还会贱价出卖呢！"

"那你就等着好了，你这条癞皮狗！"她走出酒馆时轻轻说道。

现在越来越冷了，连鼻子都冻得酸痛了。天上星光闪烁，刺骨的寒风从森林那边吹来。汉卡一直走在大路的中间，还饶有兴致地打量着两旁的农舍，位于教堂旁边的瓦赫尼克家灯火通明，从普沃什卡的院子里传来了嘈杂的人声和母猪的尖叫声，神父家里全部窗子都照得通明，有几匹马在门前台阶上不耐烦地践踏着地面。神父家对面的克温布家里也是灯火通明，从雪地里传来的踩踏声让人可以猜测出，有人朝牛棚走去了。远处，教堂的前方，村子便分成两条岔路，就像两条手臂环抱着池塘似的，那里夜色深沉，除了白色背景中几处暗淡灯光外，几乎看不见任何东西了，偶尔传来狗吠声。

汉卡望了望她公公的房屋，深深叹了口气。她在教堂前转到了一条小路上——这条小路夹在两条长长的篱笆中间，篱笆正好把克温布的果园和神父的花园隔离开了——小路一直通向风琴师家。小路很窄，都堆满了积雪。两旁还有不高的灌木，她常常会碰到树枝，积雪便纷纷落在她的身上。

风琴师家的房屋就在神父家院子的后面，这条小路是通向他家的唯一道路。汉卡听到了从房子里传来的叫喊声和哭泣声，在门外的台阶上，有一只箱子和丢落在雪地上的零乱东西、羽绒垫子、几件衣服……风琴师家的女佣马格达倚墙而立，正在大声呼叫，伤心悲哭。

"他们把我解雇了，把我赶出来了，像狗一样赶到外面来了，让我在天寒地冻中受冻挨饿。我现在上哪儿去呢？我，一个孤儿，一无所有，现在我能去哪儿呢……"

"你这蠢猪！你这蠢东西！"从开着的前厅传来叫骂声，"你再叫喊，我就要用棍子揍你了，打得你一声不吭。你快给我滚，滚到你的弗兰克那里去，滚到你的那个流氓那儿去。你好呀，汉卡，你看到的这件事，我从秋天就预料到了，我和她说过、劝过，甚至还求过、监视过她，可是谁能管得住这骚婊子呢？当我们熟睡的时候，她就出去偷情了。我不止一次地对她说过：马格达，你要好好想想，你要小心，他是不会娶你做老婆的。可是她竟向我撒谎，说和他没有什么关系。后来我看到她变样了，肚子像面团那样越来越鼓。这时我又跟她说，走吧，走到别的村子里去，找个地方躲一躲，要不你就会出大丑的。她听我劝吗？没有！今天她在牛棚里挤奶的时候，因为肚子疼，把一桶奶都打翻了。我的女儿弗兰尼娅都吓坏了，她大叫大喊起来：'马格达出事啦！'我的天主！我的家里竟出了这样大的丑事！神父会怎么说呢？你赶快滚吧，不然我就把你赶到大路上去了！"她走到大门外，厉声喝道。

马格达立刻离开墙壁，边哭边收拾扔在地上的东西，并把它们捆成一捆。

"请进屋里来，外面太冷了！"她对汉卡说道。快进门时，她又朝正在离开的马格达大叫道："你还不快走！这里什么也不要留下！"

她领着汉卡穿过了一条长过道。

一间又大又矮的房间被炉灶里的熊熊火光照得通亮。风琴师单穿一件衬衣，袖子卷到手臂上，脸红得像龙虾，坐在炉灶边烤着圣饼……他把小勺子伸进一盆面粉糊浆里，舀一勺倒进铁模具，再盖上盖子，使劲地压住，一直到里面发出吱吱的响声，然后放在炉火上去烤一下，随后把模具打开翻一下面，新的圣饼就烤好了。取出来后就扔在小桌子上，由一个孩子用剪刀剪得方方正正的。

汉卡向大家问好，还吻了吻风琴师夫人的手。

"请坐，烤烤火。你们都还好吗？"

一时间她不知道说什么好，心里很是过意不去。她环视了一下整个房间,并且偷偷地瞄了瞄第二个房间,那边的门对面,靠墙放着一张长桌子,桌子上摆放着一堆白色圣饼,上面还压着一块木板。两个姑娘正在把圣饼分装开来,每份都用纸包好。看不见的房间另一头,响起了不知道谁弹奏的风琴声,时而高亢,时而低沉,时而是单调的叮当声。突然,琴声被一个不和谐的刺耳声打断了——这种刺耳的声音把汉卡吓得浑身都起了鸡皮疙瘩。风琴师大声喊叫起来:

"嘿!你是怎么弹的,要抬高半个音阶!你再好好弹弹这首《圣婴歌》吧!"

"这些都是给圣诞节准备的?"汉卡觉得坐在那里一句话不说很不礼貌,于是开口问道。

"是的,教区很大,又很分散,需要在节前就把圣饼分派完,所以我才不得不早早做好。"

"这都是面粉做的?"

"你尝一尝。"

风琴师夫人把一块刚从模子里取出的热圣饼递给汉卡。

"我怎敢吃它哩!"

她用衣裙的边角夹着它,举到灯光下以敬畏的心情细细观看起来。

"上面印有多么精致的图案,我的天呀!"

"右边的第一个圈里是圣母、圣约翰、耶稣基督。第二个圈里……你看到了吗?是马槽、梯子、牲畜……躺在干草堆里的婴儿耶稣、圣约瑟夫、圣母马利亚。这里跪着的是三个国王……"风琴师的妻子这样解释道。

"啊,我看到了。真的难以置信,多么精巧呀!"

汉卡用手帕包好圣饼,塞进皮袄里面。这时正好进来一个农民,对风琴师说了几句话,风琴师便喊叫道:

"米哈乌!我们要去参加洗礼,拿上钥匙到教堂去。雅姆布罗兹要留在神父家里照顾客人。神父已经知道了,他会来的。"

钢琴声停止了。一个高大而又脸色苍白的小伙子从小房间里走了出来。

"我哥哥的孩子,成了孤儿,在跟我丈夫学琴,免费教的,总得为他做点什么……对于自己的亲戚,能帮的就帮一把……"

汉卡渐渐地说话顺畅了,虽然还有些支支吾吾,恍惚不安,但她还是把自己所受的屈辱和痛苦全盘端了出来——这是她三个星期以来第一次向外人讲出了自己的遭遇。

他们都在听她诉说,也谈了谈自己的想法,尽管他们竭力不提波利那一个字,但都对她表示了真诚的同情,让她忍不住大哭起来。风琴师的妻子是个聪明机灵的女人,想到了汉卡的难处,便首先说道:

"我想你会有些空闲的时间,能替我纺些毛线吗?我以前是让帕乌林娜纺的,现在就给你纺了,不过不要缠在纺车上,那样纺出来的线不匀称。"

"太感谢你了,我确实是想找点事儿来做,但我不敢张口。"

"噢,噢!不用感谢,人总是应该互相帮助的。羊毛已经整理好了,大概有一百磅。"

"我来纺,我会纺得很好的。我早先住在父母家的时候,不仅会纺线,还会织布、染布,我们家从来都用不着去买布料的。"

"你看看,这羊毛又干燥又柔软。"

"这羊毛真漂亮,大地主家的羊才有可能剪出这样的羊毛来……"

"如果碰到你需要面粉、燕麦、豌豆什么的,只要说一声,我都会给你,以后我们在算工钱时一起结账好了。"

然后,她便把汉卡带到了储藏室,室内摆放着一袋袋面粉和一桶桶谷物,墙上挂满了一条条咸猪肉,椽子上也挂满了一卷卷的纱线,地上还堆放着一匹匹的夏麻布。此外,房间里还存放着大量的干蘑菇、干酪和装满东西的各种各样的瓶瓶罐罐。木架上还放着一排排面包和各种食品等,难以计数。

"我会纺得很匀称的,卷成一团团的。上帝会报答你的真心实意的。不过这么多羊毛我自个儿是拿不了的。"

"我会让长工给你送过去的。"

"真是好极了!我还得到村子里去走一趟……"

汉卡再次表示感谢,但这次却没了千恩万谢的那种热情,因为她的心里燃起了一种嫉妒之火。

"他家里的东西全都是村民送的、交付的,所以储藏室才满得都装不下了,他还放高利贷收取大量利息呢!啊,谁有羊群,谁就可以为所欲为!我们要获得这样多的财产多么不易啊!唉,算了……"汉卡从风琴师家出来后边走边想道。

这时候,马格达已经走得无影无踪了,雪地上只留下一点黑印记。汉卡加快了步子,因为现在很晚了,她在风琴师家里耽搁得久了一些。

可是,要替安特克找工作,她能到哪里去找呢?又能去找谁呢?

当她还是女主人时,大家对她都很友好,常常会有人来家里看望她,不是来请她帮忙,便是想和她聊聊天。现在她站在大路中间,人孤势单,受到寒冷的侵袭,竟连自己都不知道该去找谁好。现在她多么希望受到别人的邀请,能像从前那样和女人们交谈。

她站立在克温布家的门前,又在西蒙家的门前停下,但是不敢进去。她想起了安特克对她的劝告——不要和别人打交道。

"他们也没有办法,不会帮助你的,只会像可怜一条就要断气的狗那样可怜你。"他说。

"噢!他说得对,对极了!"汉卡想起了风琴师夫妇,轻声说道。

"唉,若是我是个男子汉就好了,就能马上去工作,而且会将一切事情都做得妥妥当当的。我就不用哭哭啼啼了,也不用向别人诉苦,好让别人来怜悯。"

汉卡有一种迫切找到工作的强烈愿望，她身上有了一股劲，身板挺得直直的，脚步也显得更加稳健快速了。这时，又有一种愿望袭上心头，那就是想从她公公的房子旁边经过，哪怕朝房子里面瞄上一眼也好。但是，当她走到教堂大门前面时，她却转到了一条小路上，想穿过冰冻的池塘到磨坊那边去。她加快了步伐，也不再左顾右盼的，只是小心翼翼地不被冰面滑倒，一心想尽快走过去，免得被过去的回忆扰乱心情。可是她失败了，当她走到波利那家对面的地方时，便突然站住了，眼睛也一直盯着窗内的灯光，移不开去。

"这可是我们的，我们的！我们怎么能离开它外出流浪呢……铁匠会把这一切弄到手的……不，我绝不能离开这里，我要像看家狗那样守住这里，不管安特克愿不愿意……公公不会长生不死，总有一天会发生变化的，我绝不能让我的孩子们失去任何的权利。我也不会离开这里的——这是他们的，也是我们的……"她呆呆地望着积雪的果园和果园后面显露出来的房屋轮廓、银白色的屋顶、暗黑的墙壁，以及棚子后面露出的圆锥形草堆，脑海中便闪现出了这些想法。

夜很寂静、寒冷，黑暗阴沉，天空布满星星，像是撒开的银色沙石，把积雪的大地拥抱在自己怀里。树木被积雪压得低头弯腰，一动不动地站在那里，仿佛在这深沉的寂静中睡着了，好像是裹着白色外衣的幽灵，僵硬而又朦胧，捉摸不定。一切声音均已沉寂，空气中只有轻微的响声，可能是出自星星颤动的声音，可能是大地凝冻时发出的响声，抑或是那些毫无生气的树木在呼吸时所发出的抖动声。

汉卡呆立在那儿，忘记了时间的逝去，忘记了身体所受的寒冷，一双眼睛只是贪婪地注视着波利那的房子，用渴望和梦想的全部力量把整个场景都吸取到她的心里。

池塘冰面上传来嘎吱嘎吱的脚步声，突然将汉卡惊醒。有人正沿着一条穿过池塘的小路，朝她走了过来。转眼之间，她便和纳斯特卡·戈温布迎面相逢。

"汉卡!"对方惊讶地喊道。

"干吗大惊小怪的？我又没有死掉，你以为见到的是我的鬼魂？"

"你脑子里怎么会这样想呀，我好久没有看见你了才有点吃惊。你要到哪里去？"

"我去磨坊。"

"我和你同路，我是给马特乌什送晚饭去的。"

"他在磨坊那里打工，是学徒吗？"

"啊，不！他不是在磨坊打工，他们在那边赶建一座锯木场，工程很紧，晚上还得加班。"

她们相伴而行，汉卡很少说话，纳斯特卡一直不停地在说着闲话，但她也很小心绝不提起一句有关波利那的事，汉卡也不好打听。

"磨坊主给的工资高吗？"

"马特乌什挣五个兹罗提十五个格罗什……"

"真是不少，五个兹罗提……"

"这不奇怪，因为他什么都干在前头。"

汉卡沉默不言了，直朝铁匠铺走去。从破玻璃的窗口射出一道红光，直把地上的积雪照得通红。她喃喃说道：

"这个犹大，永远都有活干。"

"他找了个帮工，自己便到处奔走，还和犹太人合伙做起了木材生意，一心一意欺骗起乡亲们来了。"

"他们开始砍伐树木了吗？"

"难道你是住在老林深处，连这些事都不知道？"

"我不是住在老林深处，但我也不爱去打听村里的消息。"

"让我来告诉你，他们已经买下了森林，开始砍伐了。"

"我们村里的人不会让他们砍伐的……"

"没有人出来阻止。乡长是和大地主穿一条裤子的,村长和所有的财主们也都是一样。"

"你说得对,谁敢和富人作对呢,谁能斗得过他们……纳斯特卡,有空就到我家来坐坐。"

"再见!等过几天,我会带着麻线去找你的。"

她们在磨坊主家的房屋前面分开了,纳斯特卡朝下走进磨坊。汉卡则穿过院子,走向厨房。她刚走进那里,便遭几只狗的围攻,它们狂吠乱叫,把汉卡逼到了墙边,叶夫卡赶紧出来帮助她,请她进到屋里去。她们刚要说说话,磨坊主的老婆便进来了,直接对汉卡说道:

"你要是有事来找我丈夫的,他在磨坊里!"

汉卡便立即出去找他了,他们在半路上相遇,磨坊主便把她带回家里,汉卡把欠他的大麦和面粉钱都还清了。

"你们现在靠卖母牛的钱过活吧?"他把钱放进抽屉里,问道。

"那有什么办法呢?我们总不能去啃石头吧!"汉卡回答道。

"你的丈夫真是个大懒汉!"

"懒汉不懒汉,那又怎么样?请问,有什么工作能让他干呢?哪儿有他干的工作?他能替谁打工呢?"

"难道村里没有打麦子的工作吗?"

"他是不会去当长工或小工的,他一向不屑于干这样的工作。"

"他会改变的,会改变的。这个男人很可惜,他性格很倔,像头狼那样凶狠。他连他的父亲也不尊敬。不过我还是很可怜他的……"

"我听说,磨坊主先生这里要雇人,也许你能雇安特克……我求求你了!"说到这里汉卡禁不住哭了起来。她抱起他的脚,又吻他的手,热切地恳求他。

"就让他来吧,但我不会去请他。工作有的是,但活很重,把树木砍成木材，准备锯成木板用。"

"他干得了的，全村的人里没有哪个比得上他。"

"所以我才说，让他来干吧。可是你，却没有看好自己的男人，没有看好呀！"

汉卡呆呆地站在那里，不明白他说这话的意思。

"这家伙有了妻子和儿女，还要去追求别的女人！"

汉卡一听脸色煞白，仿佛是一声惊天响雷。

"我说的都是实话，他常常夜里到处逛荡，别人看见他可不止一次。"

汉卡听后终于放下心来，长长舒了一口气。她知道，他是因为受了委屈吃了亏睡不着觉，才出来东逛西走的。人们就因为这个对他乱加推测，大肆渲染一番。

"如果他马上工作，就能立即消除他头脑中搞女人的欲望。"

"他是个农民的儿子！"

"可他的派头倒像个老爷，对工作挑来挑去的，就像一头母猪在食槽里挑食那样，那他就应该和父亲和睦相处，不该跟在雅格娜屁股后面转来转去……他应该想到，这既是丢丑也是一桩大罪过……"

汉卡立即嚷道："先生，你头脑里怎么会有这种想法呢？"

"我说的全是实情，全村的人都知道，你不妨自个儿去打听打听！"他急忙大声说道。他是个容易激动的人，总是一时冲动，便口无遮拦。

"他还可以来这里工作吗？"她声音很低地问道。

"就让他来吧，哪怕明天来都可以！你怎么啦，又要掉眼泪了？"

"没什么，没什么！冷风吹的……"

汉卡返身回家，她觉得步子缓慢而又沉重，几乎迈不开腿了。此时的天变得更黑了，雪也成了暗灰色，她无法找到原来的那条小路。她想擦去睫毛上已经冻成冰的泪水，可就是擦不下来。她不再去寻找，什么也看不见，只好在这黑暗中匆匆前行，她感到很突然，也感到很伤心……啊！主啊，多么让人伤心啊！

"他在追求雅格娜！他和雅格娜胡搞……"

她喘不过气来了，她的心在快速地抖动着，就像被枪击中的小鸟那样。她的视线中天在旋地在转，只好倚靠在池塘边的一棵树上，用力地把脑袋紧贴上去，以减轻头痛之苦。

"也许这不是真的，也许他在说谎……"她心慌意乱地这样想着，而且紧紧抓住这个想法不放。

"我的主啊，难道我的苦恼和屈辱还不够吗，还要来折磨我的脑袋？"她忍不住大声地抱怨起来。为了减轻心中的痛苦，她在雪地里狂奔起来，好像有狼在追逐似的。她气喘吁吁地跑进了家里，差点没了命。

安特克还没回来。

孩子们正窝在外祖父的羊毛袄里——这羊皮袄被当成毯子铺在炉子前面。外祖父正在做一个小风车来逗他们玩。

"他们送来了羊毛，汉卡，一共三袋！"

汉卡打开了袋子。其中一个袋子里，放有一个面包、一块熏猪肉和两升左右的燕麦。

"她想得多周到，愿上帝保佑她！"她动情地说完，立即就做了一顿丰盛的晚餐。吃过了晚饭，她就让孩子们上床睡觉去了。

现在，整座农舍都很安静了，微朗卡一家早已睡觉了，老父亲躺在火炉边的小床上也沉沉入睡了。汉卡把纺车摆好，坐在火炉前纺起纱来。她纺了很久很久，一直纺到了鸡叫头遍的时候。她一边纺着线，一边想着磨坊主的话："不该跟在雅格娜屁股后面转来转去……"这句话就像这根纺线似的一直在她脑海里打转儿。

车轮不停地响着，单调、平静而忙碌。寒冷的夜把它那朦胧而灰暗的脸孔贴近窗户,向窗子里张望,碰得玻璃吱嘎响,直伸到墙上,发出了叹息声。寒冷又从房角蔓延开来,把她的双脚冻得发僵,在泥地上踏出一个个脚印。蟋蟀躲在炉子后面低声叫着,每当孩子们在梦中大声喊叫或在床上翻身发出响声时,蟋蟀才会安静一会儿。酷冷越来越冽,用它的铁爪紧紧抓住一切能抓着的东西,房顶上的木板不时发出爆裂声,老朽的墙壁产生裂缝,发出子弹出膛那样的声音,有些梁木的纤维裂开,产生一种炮击的响声。而且酷寒都侵入地基里去了,房基感受到了冷的痛苦,不时在颤抖。整个房屋好像冷得缩成了一团,在这可怕的严寒中不停颤动着。

"可是我从来就没有想到过这点!真是的——她那么漂亮,那么健壮,那么迷人!而我呢?身材单薄,只是一副皮包骨头。我怎么有魅力去吸引他呢?我有这个胆量吗?我连试一试的勇气都没有!即使我付出全部心血,也毫无作用。他的心不在我身上,对他来说我算老几?"

一种无可奈何的悲伤袭上心头,这种悲伤是如此巨大,又是如此沉静、如此痛苦,折磨得她都无法哭出来。她觉得自己就像一棵被霜雪冻僵了的矮树,既无法摆脱痛苦,也无法求助于人,更无力来保护自己。她把头靠在纺车转轮上,两手下垂,两眼望着前方,沉浸在对自己的厄运、对自己的软弱无力的沉思默想中。她这样持续了很长时间,直至几滴热泪从她沉重的眼皮里跌落在了羊毛上,立即冻结成了痛苦的血泪念珠。

第二天早上起床时,她的心情平复了一些,她怎能像地主婆那样有时间去胡思乱想哩!磨坊主说的话,有可能是真的,也有可能是假的。她再不能无所事事、哭哭啼啼了。所有的重担现在都压在了她的肩上:孩子、家务和全部的贫穷不幸。现在谁还会来管这些事情呢?只有靠她自己了!她跪在圣母像前,狂热地祈祷起来,企求天主能让她的命运有所改善。她立下誓愿,等明年春天她要步行到琴斯托霍瓦去望三次弥撒,而且一旦得到救助,她就会献上一块大蜡,供教堂大祭坛照亮之用。

就像做了一次忏悔获得圣礼那样,她心情轻松多了,立即投入了纺线工作。然而,白天虽然阳光明媚,她却觉得无比漫长——她越来越为安特克担心了。

直到傍晚,正要吃晚饭的时候,安特克才回来。他神色疲倦,一副穷困潦倒的模样,但却非常温柔地向汉卡问候,而且还给孩子们带来了小面包。这时的汉卡便忘掉了所有的抱怨。等到他前去切割草料,帮助她喂牛的时候,她更是无比激动,连一句话都说不出来了。

不过,安特克绝口不提他去了哪里,做过什么事情。汉卡也不敢去问他。

吃过晚饭,斯达赫来了。虽然微朗卡不许他来,但他还是会常来看看的。出乎意料的是,他来了不久后,老克温布也来看他们了。

他们深感惊讶,因为从被父亲赶出来之后,他是村里第一个前来看望的。无事不登三宝殿,他们明白,克温布一定是有事才来的。

克温布直言不讳地说,就是因为没人来,所以他才来看他们的……

他们向他表示衷心的谢意。

他们一起坐在火炉旁的长凳上,开始了缓慢而严肃的交谈,老克温布还不时地把木柴投入火炉中。

"冷得够呛吧,是不是?"

"可不是!如果不穿上老羊皮袄,戴上手套,就没法儿打场了。"斯达赫回答道。

"最糟糕的是,狼群出现了。"

大家都惊恐地望着克温布。

"我说的是真的,昨天夜里,野狼蹿到了乡长的猪圈那里,在猪圈下面挖了个洞。一定有什么东西把它们吓着了,才没有把小猪叼走。不过,那个洞就挖在猪圈的地基下面,今天中午我去看过,来了至少有五只狼!"

"这就证明,今年冬天一定会冷得要命!"

"酷寒才刚刚开始,狼群就出现了。"

"我在沃拉附近靠近磨坊那边的那条大路上,看到了许多足迹斜穿过大路,原来我以为这是地主家的猎犬留下来的,不过现在看来,很可能就是野狼的了……"安特克活灵活现地说道。

"你是不是去了开垦地那里?"克温布问。

"不是,我是听人说的。他们只砍伐他们买下的狼坑那边的森林。"

"护林员对我说,大地主绝不会雇用利普查村的任何一个人。照我看来,他是因为村里的人要维护自己的权利而被触怒了,才这样来报复大家的。"

"若是利普查村的人都不去砍树,又会有谁去砍呢?"汉卡插嘴道。

"可爱的汉卡呀,有多少人在找工作,在哀求别人给他工作,沃拉找工作的人难道还少吗?还有卢德卡村、邓比查村,那里的穷人还少吗?只要大地主喊叫一声,一天之内就会有好几百个身强力壮的农民拥到他的身边。如果他们只砍已经买下的林地,那就让他们砍好啦。那里的树木数量不大,而且离我们村也太远了。"

"要是也来砍我们的森林呢?"斯达赫问道。

"我们是绝不会允许的。我们一定会抗争到底的!要让大地主知道,是他们强大,还是全村的人更强大!就让他瞧瞧好了!"克温布用简短而有力的口气答道。

说到这里,他们便改变了话题,因为这件事太让人伤心了,谁也不想再谈下去。不过老贝利查还是结结巴巴地说道:"我看透了伏拉大地主一家,他会向你们偷施暗箭的!"

"那就让他试试看吧!我们又不是孩子,绝不会让他得逞!"克温布说道。

随后他们又谈到了马格达被风琴师驱逐出门的事情,克温布也发表了他的看法:"这件事他们做得太不合人情了。不过,他们也不能把家里变成个义务诊所,而且马格达和他们又没有什么亲属关系。"

他们又聊了些其他的事情,客人离开时已经相当晚了。告别时克温布又用他那直截了当的口气说道:"如果你们缺少什么,就和我说一声。什么食物呀、喂牛的饲料啊,不过几个兹罗提的事情,作为邻居,这点小忙还是应该帮的。"

现在屋子里只剩下安特克和他妻子了。

汉卡犹疑了半天,叹息了好几次,才开口问:"找到了工作没有?"

"没有找到。我去过好几个地主家里,也向许多人打听过,就是找不到工作……"他说这话时,声音很轻,眼睛也没有抬起。因为他虽然东奔西跑过,但并没有诚心实意地去找过工作。

他们在床上躺下了,此时的孩子们也早已呼呼入睡——为了更暖和些,都睡在床脚。房内一片漆黑,只有月光穿过霜冻的窗玻璃,斜成一条光带照亮室内。但是他们两个都无法入睡,汉卡辗转反侧,思来想去的,要不要现在就把锯木厂的事告诉他,还是等到明天早晨?

"我去找工作了。不过,即使找着了,我也不想离开我们的村子,我再也不愿像只流浪狗那样在外面流浪了。"在长久的沉默之后,安特克低声说道。

汉卡听了,高兴地大声说道:"我也是这么想的,和你想的完全一样。既然能在本村找到合适的工作,干吗要到外面去讨生活呢?磨坊主跟我说,锯木厂里有你干的工作,而且明天就可以去上工,每天的工钱是两个兹罗提十五个格罗什。"

"是你去问的?"他朝她吼道。

"不是,不是!是我去付账时他亲口告诉我的,他本来就想来找你的,这事我连提都没有提起过。"她慌忙解释道。

安特克不再说话,汉卡也沉默不语,他们并肩躺在床上,一动不动,一句话也不说。但两人都无法入睡,各自在想着心事。有时候他们会发出一声叹息,随即又让自己的灵魂沉浸在这深沉的寂静之中。可以听到远处的狗吠声,越来越远,越来越轻。同时,也可听见公鸡拍打翅膀的声音、在午夜发出的啼叫声,以及夜风吹过屋顶时所发出的沙沙声。

"你睡着了?"汉卡向他靠近了一些。

"没有,我睡不着!"

他仰面躺着,双手交叉在头上。他人虽紧挨着她,但心和思想却离她很远。他一动不动地躺着,呼吸声几不可闻。他什么都忘记了,但雅格娜的眼睛却在黑暗中闪闪发亮,在月光下泛起了深蓝色……

汉卡向他靠拢了些,并把通红的脸庞依偎在他的肩膀上,她的整个心都贯注在他的身上。现在她不再对他有丝毫的猜疑,也不再悔恨和痛苦了,有的尽是忠心的爱、满腹的情,有的只是信任、忠诚和全心全意的付出。她紧紧贴住他的心。

"安特克,你明天会去上工吗?"她问他,声音有些颤抖。她说话就是为了能听见他的声音,就是为了能让他们的心灵交流。

"也许我会去的。啊,我一定去,一定去。"他嘴里答道,心里却想着别的事情。

"去吧,安特克,去吧。"她温柔地恳求着,用一只手搂住他的脖子,用她炽热的嘴唇去吻他的嘴唇,但他却无动于衷。

安特克都未颤动一下,既不说话,也不回敬她的拥抱——他根本就没有把她放在心上,他那双睁得大大的眼睛依然在凝视着雅格娜的蓝色眼睛。

第三章

翌日早晨，吃过早饭之后，磨坊主把安特克领到工作场地，把他安置在一大堆已被剥皮的木头中间后，他就去找马特乌什了。马特乌什正在把一根木头放在锯床上，准备锯成木材。磨坊主和马特乌什说了几句话之后便大声喊道："你就在这里干活，一切听从马特乌什的安排，他是我在这里的代理人！"一说完他就离开了，正好这时从河上刮来一阵刺骨的寒风。

"你一定没有带大斧头来。"马特乌什走到下面来，友好地向安特克表示欢迎。

"我只带了把小斧子，我不知道该带什么来。"

"这就跟用牙去咬它差不多了。木头冻得很结实，但又跟玻璃一样脆，小斧子根本劈不动。今天我可以借给你一把大斧头，不过你得磨一磨，记住，要单面磨平才行。巴尔特克，你把小波利那带过去，他是你的搭档，快把这橡木准备好，那边就快锯完了。"

雪地里的一大堆木头后面，站着一个干瘦的农民，他身材高大，腰宽膀圆，就是有点驼背。他嘴上叼着一根烟斗，头戴一顶银灰色的羊皮帽，身穿一件米黄色皮袄、一条红色系着腰带的裤子，脚穿一双木底鞋。他倚靠在闪闪发亮的大斧头上，从齿缝中吹出口哨，高兴地说道：

"你就要和我结婚啦！你不用怕，我们会成为一对和和睦睦、不争不闹的幸福夫妻的。

"多好的森林！树木长得像蜡烛一样！

"就是树节太多了，真可怕。上帝保佑，没有一天斧头不被砍出缺口的。你绝不要把斧头磨得太薄了，要在磨刀石上慢慢地磨，而且只需磨一面。单面磨的斧头，锋口更牢固结实。和铁器打交道，就像对待另一个人一样，要了解对方的爱好，找到对付他的办法。找到了好的办法，你就可以随心所欲地控制住它，就像用绳子拴着狗那样，牵着它随意走。磨刀石就在磨坊堆放燕麦的地方。"

过了一会儿，安特克就和巴尔特克各站一头，开始工作了。他先砍掉木头上的短枝，然后按照巴尔特克画好的墨线，将木头砍削成长方形。安特克闷闷不乐，一句话也不说——他作为波利那家的子弟，居然还要听从马特乌什这种人的指令，他心里十分不甘。

"你的活干得不赖呀！"巴尔特克说道。

不管怎么样，安特克的确干得不错，他对砍削木头这种技艺并不陌生。但是，对于一个不经常干这种工作的人来说，这可是个辛苦活。他干了不长时间，便喘不过气来了。浑身大汗的他只好把羊皮袄脱掉。

可是寒气凛冽，冷风逼人，他得长时间地站在雪地里劳动。他的双手已经麻木，好像和斧头把粘在了一起。他觉得时间太过漫长，好不容易才挨到了中午。

他在午饭时间只啃了啃面包，喝了些河水，而且也没有像别人那样走进磨坊里面去——他不想看见那些在那里等候碾麦子的熟人。那些人会对他感到好奇，会对他的处境冷嘲热讽，甚至会对他和他们一样贫困和不幸感到幸灾乐祸。他宁愿待在露天里，背靠着墙坐着，一边啃着面包，一边望着锯木厂。锯木厂就建在河上，一面和磨坊的正房相连，从四个轮子中间泻出的河水是墨绿色的，而且掀起了泡沫。

安特克还没有休息好，还没有喘过气来，在磨坊主家吃完午饭的马特乌什便立即跑了过来，远远地就大声喊道："快出来！上工啦！"

不管愿意不愿意，安特克一面抱怨午休时间太短，一面还得站立起来，和别人一样投入到工作中去。

人们干得很卖劲，因为天气太冷了，而且马特乌什也在不停地催促。

水车不停地转动，车轮上结满了冰凌，如同一匹长着绿色鬃毛的马，河水依然在轮子下面哗哗流过。锯子咔咔地锯着木头，发出一种像是用牙齿啃咬玻璃的刺耳声音，产生出大量的黄色木屑。马特乌什跑来跑去的，很是活跃，他身穿红色短上衣，头戴灰色羊皮帽子，在足迹零乱的满是木屑的雪地上窜来窜去。人们在那里加工木头，开动水磨，而他不是在催促，就是在发号施令。他时而大声骂人，时而又哈哈大笑，时而开开玩笑，时而吹吹口哨。他也和别人一样在卖命地干活，不过最常做的事是站在锯床的脚踏板上。这个锯木场是没有墙的，只有棚顶，所以里面的动静，外面都能一目了然。锯木场高高地建立在河水上面，靠四根大柱子支撑着，河水冲击着柱子，棚顶由芦苇盖成，常常会被风吹得颤动发抖。

"这家伙的确很能干！"安特克不无赞赏地暗自称道，虽然心中有些不快。

"他挣的也不少呀！"巴尔特克嘟哝了一句。

他们用手掌拍打着双肩，以抵御越来越寒冷的天气，然后继续默默地工作着。

打工的人不少，但都没有交谈的时间——两个工人在锯床旁边，负责把锯好的木材堆放在地上，把要锯的木头放上去。另外两个人负责把另一头没有加工的木头砍掉、锯好的木板堆放起来,再将其中较薄的、承受不起冰冻的木板搬到棚子里去。还有两个负责去掉橡树、枞树和松树的树皮。巴尔特克常常嘲笑这两人:

"嘿,你们剥皮剥得这么利索,一定是剥过狗皮的!"

他们很不喜欢这种玩笑,因为他们跟剥狗皮的事毫不相干。可他们也没有工夫来反驳巴尔特克,因为被马特乌什管得紧紧的。他们难得有机会偷闲,跑到磨坊室内去烤烤冻僵的双手,即使进去了,也得赶紧跑回来,因为工作本身就在催促着他们。

一直到天黑,安特克才慢慢地朝家里走去,他精疲力竭,劳累不堪,浑身骨头都酸痛得难受。一吃过晚饭他就在床上躺下了,立即睡得像死人一样。

汉卡无心向他打听什么,只想让他过得舒服一些。她让孩子们不要打闹,也不让老父亲的靴子弄出声音来,她自己也是光着脚在房子里走来走去,怕会吵醒他。快到天亮时,安特克上工之前,汉卡为他煮了一锅牛奶,让他和土豆一起吃,这有利于他的健康,也使他的身体更暖和些。

"他妈的!我全身骨头痛,动不了了!"安特克诉苦道。

"你是第一天干这活,还不习惯,不久就会好的!"他的老丈人解释说。

"我知道会过去的,会好的。汉卡,你把午饭送来,好吗?"

"我送,我送。你不用跑这么远的路赶回家来吃饭的,我会把饭送去的……"

安特克立即就去上工了,按照规定,他们应该日出而作。

他就这样开始了多日的繁重劳动。

无论是严寒横扫大地、风雪交加的天气,抑或是冰雪融化的日子,工人们都得整天站在泥雪之中,经受着最大的考验。严寒刺入他们的骨缝中，大雪弥漫，遮住了他们的眼睛，安特克连手中的斧头都几乎看不清了，但是还得干到天黑。人人累得筋骨酸痛，血流缓慢。四把钢锯运转得那么迅捷，工人们都来不及输送木头，马特乌什还在一旁催着他们。

然而，令安特克不快的不是繁重的工作，也不是恶劣的气候，或者是风雪交加，暴雪酷寒，这些他都渐渐习惯了下来。正如人们所说：你若是在做你喜欢的工作，即使处在地狱里你也会觉得快乐。最令安特克气愤的，是马特乌什的优越感和盛气凌人。

别的工人们早已习惯了，但安特克每次都不平，火冒三丈，惹得马特乌什对他十分不满。他不是当面斥责安特克，就是对他所做的工作吹毛求疵，鸡蛋里挑骨头。安特克怒火中烧，多次握紧拳头想狠揍他一顿，但还是竭力控制住了自己，因为安特克明白，马特乌什是在想方设法赶他走，让他丢掉工作，于是他只好压下怒火，等以后有机会再算总账。

现在对于安特克来说，工作已经不是什么困难了，但他所想要的是不让任何人超过他，包括马特乌什在内。

就这样，安特克和马特乌什的仇恨日益加深，而雅格娜就像伤口的脓包一样，成了他们仇恨的根源。打自春天开始——或许从狂欢节以后，他们两个就开始追求雅格娜，相互都想胜过对方，虽然都是暗中在较量，但都明白对方的用意。不过，马特乌什是在众人面前公开宣称自己对雅格娜的爱情，安特克却不得不把感情掩饰起来，而让一种无言而强烈的嫉妒侵袭他的心灵。

他们之间从来就没有过什么友爱，总是斜视着对方，而且老是在别人面前自吹自擂，认为自己是村里最能干的男子汉。现在他们之间的仇恨已经达到这种程度，以致相互碰见时不打招呼，擦身而过时怒目相视，有如两头咬牙切齿的野狼。

马特乌什这个人倒不坏,而且也不是个吝啬的人,恰恰相反,他有副慈善心肠,乐于助人。但他最大的缺点就是过于自信,处处想超过别人,还自认为对女人有一种不可抗拒的魅力,没有一个姑娘不会不屈从于他。他不仅这样说,还处处夸耀自己,把自己看成是村里最了不起的人物,超越于其他男人。现在,他有理由吹嘘自己,说安特克在他手下干活,一切都得听从他的指令,安特克就像只兔子那样用顺从的目光望着他,生怕会被他开除。

凡是了解安特克为人的人都深感诧异。为了不失去工作,安特克竟会这样镇定平静,卑躬屈膝。有些人则认为,这种现象必定会产生出不好的结果,因为安特克并不是个任人欺负的人,总有一天会报复。甚至还有人打赌,说马特乌什现在吃的是个酸苹果,很快就会知道后果了。

安特克对于人们的这些议论毫不知情,因为他不去串门,遇见熟人也不说一句话就走过去了,一下班就直接往家里跑。不过,他也感觉到要出什么事了,他从马特乌什的行动上看出了这一点。

"你个臭狗屎,看我不把你砸个稀巴烂,连狗都不吃你的臭肉,让你再也不能吹牛了。"有一天干活的时候,安特克冒出了这样一席话。巴尔特克正巧听见了,便说道:"别去理他就是了。人家付给他钱,就是要他来监督我们的。"老人并没有听懂安特克说这话的意思。

"即使是一条狗这样狂吠乱叫,我也忍受不了。"

"你把这种事看得太重了,所以才肝火旺。我觉得你干活也太卖力气了。"

"那是因为我冷!"安特克随便答了一句。

"无论干什么活都得慢慢来,要有条有理地干。上帝本来一天就能把世界创造出来,但他足足用了一周的时间,其中有一天是安息日。工作又不是鸟儿,它不会飞走的。你为何要替磨坊主或别的什么人这样费力干活呢？把自己弄得劳累不堪，是谁在强迫你呢？马特乌什不过是条看家狗，何必去计较他的乱叫呢？"

"我不过是把我所想的说了出来而已。你夏天到哪里去了，我在村子里都没有看到你。"安特克这样问道，是想改变话题。

"我去打工了，后来又去看了看上帝创造的世界，扩大了眼界，对灵魂的成长也有所帮助。"他一边回答，一边在另一头砍削着木头。他偶尔挺起腰板，伸展手臂，把骨节搞得咯咯响，但是烟斗不离嘴，还爱说话。"我和马特乌什在新地主家干活，他把我看得太紧了。春天来到，阳光明媚，于是我就离开了他，恰好有一批人要到卡尔瓦里亚去朝拜，我也就跟着他们去了，这样一来，也可让我多了解一些世界。"

"到卡尔瓦里亚远不远？"

"我们走了两个星期，直到克拉科夫，但我却没有去卡尔瓦里亚。我们来到一个村里人家吃午饭，主人正在建房子，但他对建房子一窍不通，就像山羊不懂胡椒味一样。我教训了他一番，骂他在浪费木材，在他的请求下留下了。我在两个月内给他造好了房子，看起来就像地主的庄院一样。为了这个，他要把他的妹妹嫁给我，他妹妹是个寡妇，拥有五垧土地。"

"她很老了吧？"

"的确不算年轻，但还不止这点，她秃头、跛脚、斜眼，不过她的脸孔很光滑，像给老鼠啃了两个星期的面包一样。她是个和善的好女人，有颗温柔的心，总是做许多好吃的东西招待我——什么香肠炒鸡蛋、烧酒、炖肉，以及其他的美味佳肴。她热心地对待我，白天烤许多点心，晚上还愿意和我睡觉。"

"那你干吗不和她结婚，五垧地是很值得的！"

"女人就像死人长满虱子的外套，我不感兴趣。女人的滋味我早就尝够了，早就尝够了！她们总是大喊大叫的，像篱笆上的喜鹊一样。

你说一句话,她回你二十句,像豆子一样撒过来。你和她讲道理,可她凭的是一张嘴。你和她们说话,以为她们懂得你的意思了,可是她们既不明白也不爱听,只是叽叽喳喳唠叨个没完没了。据说上帝在创造女人的时候,只给了她半个灵魂,这很可能是真的,另外半个灵魂是由魔鬼放进去的。"

"不过,女人也有聪明的……"安特克不无动情地说道。

"乌鸦也有白色的,但没有人见过!"

"告诉我,你曾有过女人吗?"

"有过,有过……"突然他中断了,挺直了身子,灰色的眼睛直望着远方。他真是老了,干瘪得像木片,但精神不错,腰板挺立,只是肩背有点弯曲,烟斗叼在嘴里晃动着,眼睛老是转来转去的。

"这根木头完了,快塞进去!"一个锯床工喊道。

"巴尔特克,快一点!别站在那里偷懒,锯子都要停工待料了!"马特乌什吼道。

"真是个笨蛋,事情哪能像他想的那么快。教堂飞进了一只乌鸦,呱呱乱叫,以为是神父在布道。"巴尔特克生气地嘟哝道。他似乎有别的什么心事,因为他老是停了下来叹气,而且还眼巴巴地等着中午的到来。

幸好中午很快就到来了,端着两耳饭锅的女人们来了,汉卡也从磨坊后面走了过来。锯木机停止工作了,大家都到磨坊里面去吃饭了。安特克认识磨坊的一个徒工,和他在一起喝过不止一次酒,于是便到了他的小房间。现在安特克既不回避大家,也不掉过脸去,反而盯着别人看,看得人家掉转过脸去了。

在这个热得连呼吸都很困难的小房间里,有几个穿着羊皮袄的农民,正愉快地交谈着。他们都来自较远的村子,待在这里等待谷物碾好。他们不停地向已经烧得通红的炉子里添加泥炭,同时说着话,抽着烟，让整个屋里烟雾袅袅的。

安特克坐在一只靠近窗户的袋子上，两腿夹住饭锅，很开心地吃了起来，先吃卷心菜煮豆子，后吃牛奶土豆羹。汉卡蹲在旁边的地上，温柔地注视着他。辛劳的工作让他瘦了一些，脸上也变黑了许多，因为受寒挨冻，有的地方还脱皮了，但在汉卡眼里，安特克依然是这个世界上最英俊的男子。的确如此。他身材高大，四肢发达，腰细肩宽而又孔武有力。瓜子脸，鹰鼻子——只是有点朝下弯，眼睛大而呈灰蓝色，眉毛就像在两个鬓角之间用木炭画的一条直线，生气时眉头一皱，让人觉得很是可怕。额头很高，不过被垂下来的头发遮住了一大半。他的头发像马鬃一样乌黑，上唇上的胡须按照当地农民的习俗刮得干干净净，殷红的嘴唇里面是雪白的牙齿，像一串念珠似的。对于汉卡来说，安特克是她永远看不够的一个男人。

"不能让你父亲来送饭吗，非得你跑这么远来不可？"

"他得去清除牛栏里的牛粪，我很乐意亲自来。"

为了能多看一眼他那英俊的风采，汉卡总是千方百计让自己每天都来送饭。

"有没有什么事？"他吃完了，问道。

"没什么大事，我已经纺完了一袋羊毛。我把纺好的五卷毛线送到风琴师太太的家里了，她很满意……我们的小彼得有点不舒服，不想吃东西，还有点发烧……"

"他是不是吃撑了？"

"他确实是吃得太多了。杨介尔来收购鹅。"

"你想卖掉？"

"我才不会卖哩。等到了春天我还要再买几只来养哩！"

"你想怎么做就怎么做好了，这种事都由你做主！"

"瓦赫尼克家又打架了，还把神父请去调解……帕切斯家的小牛被胡萝卜噎死了。"

"这些事和我有什么关系?"他不耐烦地说道。

"风琴师来收供物了。"过了一会儿,她才胆怯地说道。

"你给他什么了?"

"两把整理过的麻线和四个鸡蛋……他还说,如果我们需要,他可以给我一车麦秸,等到明年夏天给钱或者以工代付都可以,我没有要,我们干吗要他的呢……你爸爸牧场上的草……我们有权利去取来……我们只拿过两车,牧场那么大,我们拿得太少了……"

"我不会去拿,你也不许去。你就向风琴师去要吧,用你的纺纱钱去顶账。如果你不愿意,那就把我们家的牲畜统统卖掉好了。只要我活着,我就不会向父亲去要任何东西。你懂不懂……"

"我懂,我马上就去风琴师家借好了……"

"也许我挣的工钱就够还他的。你不要在人们面前哭哭啼啼的!"

"我没有哭,没有!安特克,你去向磨坊主买半桶大麦碾成粉,这比买现成的面粉要便宜一些。"

"好吧,等一会儿我就去跟磨坊主说,找个晚上我留在这儿等它碾好。"

汉卡走了,安特克留在那里抽着烟,不参与别人的谈话——这时候,他们正在谈论沃拉地主的哥哥。

"他叫雅切克,我很了解他!"刚好来到房间里的巴尔特克大声说道。

"那你一定知道,他是从很远的国家回来的。"

"不,我甚至认为,他早已死了!"

"他活得好好的,两个星期前就回来了。"

"回是回来了,但他精神有点问题。他不愿住在庄院里,而是搬到了森林中,他亲自做饭、缝衣服、安排一切。更让人感到奇怪的是,每到傍晚，人们就会在大路旁的坟场上看见他坐在坟头旁，拉起了小提琴。"

"我还听人说，他跑过好多村子，寻找一个叫古巴的人……"

"古巴？叫这个名字的人多的是。"

"他说不出这个人姓什么，只是要找这个叫古巴的人，因为这个人曾从战场上把他背了出来，救过他的命。"

"我们家里就有个叫古巴的长工，他曾在上次起义的时候和地主贵族们一起并肩战斗过，不过他已经死了。"安特克插嘴说道。他站了起来，马特乌什已在屋外大声喊叫："快出来！难道你们的午饭要吃到傍晚！"

安特克特别恼火，便冲了出去，也大声嚷道："你不用大声吠叫，我们都听到了！"

"他吃肉吃得太多了，只有大叫几声肚子才好受一些。"巴尔特克说道。

"他大喊大叫，不过是为了讨好磨坊主！"另一个插嘴道。

"你们开开心心心地吃着饭，还天南地北地聊起天来，好像都是地道的农民。可是你们连条好的裤子都穿不上！"马特乌什一直在唠唠叨叨。

"他是在说你呢，安特克。"

"你给我闭嘴，否则我打掉你的牙齿！你要是再说一句有关农民的话，看我不割掉你的舌头！"安特克吼道，准备不顾一切地和他干仗了。

马特乌什不再说话了，只是恶狠狠地望了安特克一眼。一整天，马特乌什都不说话，只是严厉地盯着安特克的工作，一步也不离开，但他找不出什么毛病来，因为安特克的工作干得十分出色。就连磨坊主本人每天也要来查看几次，也查不出什么毛病来，等到发第一个星期工资的时候，就给他提高到三个兹罗提了。

马特乌什非常恼火，便去找磨坊主理论，磨坊主答道："你也好，他也好，我对你们都很满意！凡是工作干得好的，我都会好好对待。"

"你提高他的工资，只会让他怪罪我！"

"他干得和巴尔特克一样，甚至还更好些。我要让大家都知道，我是个公正的人。"

"这样的话，我可不想再干这讨厌的工作了，你自己来当这个监工吧！"马特乌什威胁道。

"你不干就不干好了！如果我这里的面包不合你的口味，你就去别处找更好吃的面包好了。我会让小波利那来管这个锯木场的，我每天会给他四个兹罗提。"磨坊主笑着答道。他经过计算，这样做，还是划得来的，因为他找了个更便宜的工人。

马特乌什一看磨坊主不让步，不受他威胁，便自己先软下来了。他不敢再顶撞了，只好把对安特克的憎恨藏在心里，虽然憎恨的烈火还在他心中燃烧。对于别的工人，他的态度也温和了些，不再那么盛气凌人了。工人们立即看出了他的这种变化，巴尔特克对此不以为意，对别人说道："这家伙笨得像条狗，去咬人家的靴子，结果被人家揍了一下，他又开始摇尾乞怜啦。他以为自己是个最受宠的人，殊不知有一天强中更有强中手，他也会被更强的人所取代，和富人打交道往往如此……"

无论是工资的增长，还是马特乌什态度的变化，安特克全都不在乎。他对这些事情，有如对待岁月流逝那样毫不在意。他之所以努力工作，并不是为了工钱，而是为了让汉卡高兴，也是为了他自己有一种满足感。如果他能仰面躺下，那是他最乐意的事情，他可以整天大睡一番而不去关心发生的事情。他之所以喜欢工作，是因为工作能让他忘记痛苦。他就像这匹拉磨的马，不受人催赶地转着圆圈，直到有人让它停止。

在这样辛劳而又连续不断的工作里,时间日复一日、一周接一周地过去了。圣诞节到来了,安特克的心灵也渐渐平静下来了,好像被凝结成冰了,与过去相比判若两人。人们对此很是惊异,说法各不相同。不过,他的这种变化,只是表面上的、给别人看的,他的内心却依然如故,毫无变化。就像这条急速奔流而又很深的河流,上面结成了冰,又被白雪覆盖,但它一直在奔流不息,发出哗啦响声,推动水车转动。安特克的内心也是如此,他卖力工作,挣来的钱都一分不少地交给了妻子。他晚上待在家里,也不出去串门,他变得安静、温和了,比任何时候都要好。他和孩子们嬉玩,帮助妻子料理家务,从不用高声粗语和家里人说话,对过去所受的屈辱似乎全都忘记了。但是这一切都逃不过汉卡的眼睛。他的这种变化让汉卡十分高兴,为此她非常虔诚地感谢上帝。她时时守护着他,处处观察着他,看他在想什么,需要什么,成了他最体贴入微的仆人。可是她常常捕捉到他的眼睛里有一股哀怨,听到他无意间发出来的叹息声。她观察着周围,在脑海里猜测何时会爆发出可怕的事情来。她的双手无力地垂了下来,心里也充满了难言的悲哀,因为她清楚地感觉到,安特克心里正在酝酿着某种可怕的事情,他现在正竭力把它抑制住,然而它确实在吞噬着他的灵魂。

但是他什么也不说,只是闷在肚里。无论是好还是坏,他都是每天一下工,就直接跑回家里,每天天不亮,一听到教堂的钟声就动身出发。他每天都要经过亮着灯光的教堂,每天都在教堂台阶上停留片刻,去倾听管风琴奏出的优美乐声,仿佛这声音是从凝冻的冰霜里传出的,是从这黎明前的灰暗中产生出来的,给人以无限的遐想。他每天都要加快步伐,绕道池塘的另一边,宁可走远路,也不愿从父亲的房子旁边走过。他不想碰见那个人。

那个人!

就是因为这个,他连星期天都不去教堂,汉卡再三要他陪她去,他都宁愿待在家里。他不去是害怕见到雅格娜,因为他会受不了,会控制不住自己。

此外,和他关系不错的巴尔特克还告诉他,他自己也有所察觉:村子里的人一直在关注他,把他当成罪犯来看待,他的一举一动都受到观察和监视。他自己也不止一次地看到从角落里偷窥他的一双双眼睛,他也常常感到,那些追逐他的好奇的眼神像是要穿透他的灵魂似的,挖出他灵魂深处的所思所想。这些眼睛让他痛苦,就像钻孔器在钻他的心灵,让他无比痛苦。

"狗东西,你们不会得逞的,不会得逞的……"他愤愤不平地嘟哝道。他对大家的仇恨心理增强了,也让他更回避着人们。

"我谁也不需要!我和自己都相处不好,跟别人就更难打交道了。"克温布责怪安特克不去看望他时,安特克这样回答道。

他说得不错,他就是这样约束自己、压制自己,用勒马的铁链来锁住自己的灵魂的,而且竭力在坚持,丝毫也不放松。他认为不管是好是坏,全都是他的命运所致。但是,他已感到心力交瘁。这样的生活他实在忍受不下去了,他很悲哀很痛苦,就像老鹰的利爪伸进了他的心脏,在把心撕碎。

他在这种羁轭下生活,感到非常沉重,他就像一匹困锁在围栏里的马,像一条用铁链拴住的狗,感到又窄又闷,却无法用言语表达出来。

他觉得自己就像一棵果树,被狂风吹断,注定要活不成了,在那生气勃勃鲜花盛开的果园中逐渐枯萎而死。

然而,他周围的那些人却活得很是舒坦,村里的生活也像这流动的河水一样奔流不息,依然是那样单纯而又丰富多彩。利普查村过着像往常一样的日子。瓦赫尼克家举行了洗礼。克温布家举行了订婚典礼，虽然没有音乐，但也享受了耶稣降临节的全部欢乐。还有一家办了丧事。另外一个叫巴尔特克的人被女婿打成重伤，没过多久便魂归天国了。还有雅古斯丁卡，因子女违约未能奉养她而把他们告上法庭。每家都有本难念的经，几乎每家都发生过大小不一的新奇事，有的令人开怀大笑，有的让人忧愁不已，有的给大家提供了谈笑的材料。冬天夜长，好多家的妇女聚在一起纺纱织线，同时谈天说地。她们笑声不断，大声吵闹，喧闹之声传得很远，连大路上都听得一清二楚。到处都有人在互相谩骂、相互交好，或者打架斗殴、谈情说爱、约会偷情，还有的在相互取笑。总之，在这些狭小的茅屋里，就像在蜂房里一样，喧闹之声不止。

的确，大家都是按照各自的愿望活着，过着自认为最适合的生活，既与己有利又不影响邻居，完全遵循天主的戒律。

有的人贫穷潦倒，麻烦不断；有的人寻欢作乐，喜欢和朋友痛饮几杯；有的人高傲自满，凌驾于别人之上；有的人喜欢追逐姑娘；有的人偷鸡摸狗，爱看神父的牛栏；有的人爱躺在火炉旁边。有人高兴有人悲，有人爱这个，有人爱那个，大家都在热热闹闹地、用全力和整个心灵去生活。

唯有安特克一人游离于众人之外，过着离群索居的生活。他觉得自己是一只孤独的鸟，既惊恐害怕，又饥饿难受。它会在亮着灯光的窗外飞来飞去，尽管很想飞到堆得满满的谷物上面，也想飞到欢乐的人群之中，但并没有那样做，而只是在周围兜圈子，窥视着、倾听着。它因痛苦而活着，它渴饮思念，却不敢飞进去。

也许……上帝会将他完全改变——让他成为一个好人。

但是……他又害怕这样脱胎换骨的改变。

圣诞节前的一天早上，安特克遇上了铁匠，他本想毫不搭理就走过去，但被铁匠挡住了。铁匠朝他伸出了手，用温和而又略带悲伤的口气对他说道："我一直盼望你把我当成亲人，上我家里去……我们可以好好谈谈，也许还能帮你点什么，尽管我家里也不大宽松。"

"你怎么不来我家呢？"

"我去？要是我先去你家，准会像尤什卡那样被赶出来！"

"俗话说得好，谁无痛苦，谁就不着急！"

"没有痛苦！我所受到的屈辱和你的一模一样！"

"你竟敢在我面前说起这种无耻的谎话来，你以为我是个傻子吗？"

"我向上帝发誓，我说的全是真话！"

"狐狸是最狡猾的动物，它到处转来转去，这里闻闻那里闻闻，还用尾巴把足迹扫掉，就连风也抓不住它，而损失却无可挽回。"

"我知道，你是因为我参加了婚礼才怨恨我的。说实话，我没有拒绝，我去了。我是被迫才去的，因为神父亲自来告诫我，不要和上帝作对，要我不要造成父母和子女的不和。"

"你说你是听了神父的劝说才去参加婚礼的？你把这话告诉那些相信你的人吧，我不相信。你从老头儿那儿捞走了不少东西，算是对你孝顺的回报，老头子没有让你空手而回的吧……"

"给你的你不拿，那才是大傻瓜，但我并没有和你作对，我没有，你可去问全村的人。你还可以去问问雅古斯丁卡，她一直和老头儿待在一起。我向来都在劝说老头儿跟你和好，已经把他说动了……现在我们就来商量一下怎样行动……"

"你给我听好了，你还是去劝那些狗吧，不要来劝我！我既没有让你参与争斗，也不需要你来劝和，你知道我是个怎样的人。你若不是来剥掉我身上的最后这件皮袄，就不用费心来劝我和解。我再一次告诉你，不要管我的事，快把路让开。因为我一旦发起火来，就会把你头上的棕色毛发全都拔下来，把你的肋骨全都打断，就连你的那些警察好朋友也救不了你,你给我好好记住!"

安特克转身离开了,再也没有回头多看铁匠一眼,铁匠还张着大嘴站在大路中间。

"混蛋,狗东西,跟老头儿这么要好,还来和我套交情!如果办得到的话,他会把我们父子俩的口袋都掏空的。"

和铁匠不期而遇之后,安特克的心情久久不能平静下来,又加上这天早晨很不顺利,总觉得事事不顺心。他刚开始砍木头,斧头就被一个木节砍了个缺口。随后在中午前,又被一块木板砸在脚背上。幸运的是,靴子没有烂,但他还是把靴子脱下来,用冰来擦他痛得很厉害的肿脚。这一天,马特乌什也像狗似的整天都在叫喊,指责这个搞坏了,那个太慢了。对于安特克,他的态度很坏,不是说他干得少,就是怪他干得不地道,像是要和他大吵一番似的。幸好没有发生更坏的事情。

事情就是这样凑巧,就连碾磨的大麦,汉卡一再催促,而弗兰克本该今天碾好,却还没有碾磨,借口是忙不过来。

家里情况不妙,汉卡心急如焚,呜咽不停,因为小彼得躺在床上发着高烧,她只好去请雅古斯丁卡来给小孩治病。

雅古斯丁卡是在吃晚饭的时候来的,她坐在火炉边,暗中环视了房间一遍,本想好好地唠叨一番,但见他们的反应冷淡,只好去给孩子治病。

"我到磨坊去一下,如果我不在那里看着,那些麦子不知何年何月才能碾好。"安特克边说边拿起帽子走了出去。

"难道不能让父亲代替你去?"

"我自己去,才能把面粉拿回来!"安特克匆匆忙忙地走了。他心情不好,情绪低落,走路也不稳,像是暴风雨中一棵孤独的树。而且家里的一切都让他烦躁不堪,尤其是雅古斯丁卡的那双刺探的贼眼睛,更让他无法忍受。

夜晚宁静,没有起雾,只是从早上起就灰蒙蒙的。天上的星星不多,只能看见一两颗在远处闪耀,像是被蒙上了一层薄纱,不是那么明亮。风从林中吹来,随之而来的是一阵低沉的沙沙声,预示着天气会有变化。村里的狗儿群起吠叫,震得雪粉不时地从树上落下。大路上烟雾弥漫,空气潮湿而又寒冷。

因为快到圣诞节了,磨坊里来了很多人。有的站在过道里,等着快要碾完的麦粉,有些人坐在磨坊工的小房间里,把马特乌什围在中间,听他讲有趣的故事,还常常发出哄堂大笑来。

安特克从门边退了回来,去磨坊找弗兰克。

有人告诉他:"弗兰克到堤埂上去了,在和马格达争吵。你知道,她就是那个从风琴师家被赶出来的姑娘。磨坊主说过,要是在磨坊里再看到他和那姑娘在一起,就要把他这个磨坊工一起赶走。那姑娘可怜,没有地方去,便在这里过夜。"

另一个人开玩笑地说道:"谁在春天追求欢乐,谁到了冬天就会追悔莫及。"

安特克在靠近碾磨上等面粉的地方坐了下来——这地方正对着小房间的房门——透过开着的房门,他看得见马特乌什的肩膀和其他农民的脑袋,他们低着头在听马特乌什说话。要不是轮子的隆隆响声,安特克完全能听清马特乌什的说话,尽管他对此不感兴趣。

他躺倒在几袋麦子上,似乎因为无聊才昏昏欲睡。

研磨机不停地转动着,轰鸣着,扑动着,用尽全部力量在工作。水车轮子发出的哗啦哗啦的响声,宛如上百个洗衣妇用尽全力在用棒槌敲打着衣服。河水冲击着轮子,在轮子后面掀起阵阵如雪花般的泡沫,咆哮着冲入河中去了。

安特克等了近一个小时,才站立起来,想到院子里去找弗兰克,同时也想清醒一下自己,因为他感到很疲倦。到院子里去,则要穿过弗兰克住的小房间。他正要把手伸向门把上,便听到马特乌什的说话声,他突然站住了。

"这老家伙亲自把煮好了的牛奶红茶和烤饼送给了她……据说,老家伙和雅古斯丁卡把全部家务活都包下来了,不愿让她弄脏了手。他还进城给她买了把瓷暖壶,好让她进谷仓时不感冒。"

大家听得哈哈大笑起来,随即又是一阵打趣的话。安特克自己也不知道,为什么要退到他原先坐的地方,倒在麦子袋上,茫然地望着那从半掩着的房门射出来的红色灯光。他什么也听不见了,因为机器的轰鸣声盖过说话声,研磨机不停地在运转,掀起的面粉尘雾把周围的一切都变得模糊不清。两盏吊在屋顶下的油灯,穿过尘雾闪耀着,发出黄色的光芒,很像猫的眼睛,而且还不停地晃动着。安特克心情烦躁,坐不住,便又站了起来,轻手轻脚地走到门口,仔细听了起来。

马特乌什说道:"她把一切都向他解释清楚了,她爬过篱笆出去的事情……多米尼科娃也对他说,姑娘们都会发生这样的事,她自己还是闺女的时候就曾遇到这种事情,现在的姑娘更是如此……这头老公羊竟然相信了………这么一个聪明的家伙,竟然相信了她们的解释……"

又是一阵大笑,大家笑得前仰后翻,十分热闹。

安特克又向前移动了一些,几乎要靠在门槛上了。他脸色苍白,像死尸一样。他紧握拳头,缩起身子,准备跳上前去。

等大家笑完了,马特乌什继续说道:"至于大家传说的安特克和雅格娜相好的这件事,我倒碰巧知道得一清二楚,根本就没有这么回事。我自己就听见过,安特克在雅格娜门外像只小狗似的呜呜直哭,直到她用扫帚把他赶走了事。他老是去纠缠她,就跟狗尾巴上的芒刺那样,不过她还是把他赶跑了。"

"是你亲眼所见？可是我听到的和你说的不一样。"有个人插嘴道。

"当然啦，那时候我正在她的房间，她亲口向我诉苦的。"

"你这说谎的狗杂种！"安特克一脚跨进门内，怒吼道。

马特乌什霎时间也向他跳了过去，然而还没有反应过来，安特克就像头恶狼似的蹿到他的跟前，一手扼住他的喉咙，让他透不过气，说不出话来。安特克用另一只手抓住他的腰带将他提了起来，一脚踢开房门，穿过院子，迅速走过锯木厂，来到河边的木栅栏前，将他向河里扔去。有四根木桩像芦苇那样折断了，马特乌什像根木头似的被重重地扔进了水里。

这立即引起了一阵骚动和惊叫，因为这里的河水很深，水流又急。人们赶忙跑来救助，将马特乌什拉了上来，但他已经昏迷，失去知觉了，大家急忙把他救醒了过来。磨坊主很快赶到了这里，派人去把雅姆布罗兹叫来。村子里的人也拥了过来，直到把马特乌什抬到磨坊主家里才渐渐散去。马特乌什昏迷了好几次，还吐了很多血。大家担心他活不到明天早晨，于是就把神父请来了。

等到大家把马特乌什抬走之后，安特克就在火炉旁，也就是马特乌什原先坐过的位子上坐了下来，他镇定自若，和刚刚进来的弗兰克闲聊。等到大家都回到房间里，嘈杂声稍小的时候，安特克便大声说起话来，使在场的人都能听见：

"以后谁要是敢来招惹我侮辱我，不管是什么人，我都会用同样的方式对付他，甚至还要更厉害！"

谁也不敢说话，大家都以惊异和尊敬的眼神望着他，因为像马特乌什这样强壮的汉子，安特克竟然能把他像茅草一样捻起，提着他跑出去，把他扔到河里！他们还没有见过一个有如此神力的人！若是两个人打架，相互扭在一起，最后你把我压住，或者我把你压住，甚至打断了对方的几根肋骨，要了对方的命，这都是很平常的事，并不稀奇。但是安特克不一样，他是像抓住小狗的耳朵那样轻而易举地把马特乌什扔进河里去的。木桩扎断了马特乌什的肋骨，这倒不要紧，会慢慢治好，可是这是一种莫大的耻辱！这样的耻辱马特乌什肯定是忍受不了的，因为会伴随终生。

"啊，啊！老伙计，这种事真是从未见过。"有人悄悄地说。

安特克并不在乎他们的谈话，他等着把麦子磨好，快到半夜了才回到家里。他看见磨坊主家里，马特乌什躺着的那个房间还亮着灯光。

"狗杂种，你再也不敢吹牛，说你和雅格娜在她房间里一起睡过觉了！"安特克气愤地朝地上吐了口唾沫，说道。

汉卡还未睡觉，仍在纺线，安特克什么也没有对她说，次日早上，他没有去上工，因为他认为，他们一定会开除他。可是，当他在吃早饭的时候，磨坊主亲自来到了他家里。

"快去工作吧！你和马特乌什打架那是你们的私事，和我不相干。锯木厂还得继续，不能等马特乌什好了再开工。现在由你来当监工，我付给你一天四个兹罗提，外加一顿午餐。"

"我不去，除非你给我的工钱和马特乌什一样多，我才会干，而且我会干得不比他差。"

磨坊主很生气，本想再讲讲价钱，但却不得不按安特克说的做。他还有什么办法呢，只好雇他了。他们一起离开了。

汉卡对这件事毫不知情，因此感到莫名其妙。

第四章

  圣诞节的前一天,从曙光初露开始,利普查村的乡民们便忙忙碌碌,高兴热闹得紧。
  夜晚将有霜冻来袭,因为这两天天气温和略有薄雾,冷霜突然袭来,树木都挂上了一层玻璃似的浓霜,雪白亮晶。太阳从云层中探出头来,在蓝色的天空中射出光芒,但被一层透明的薄雾所掩饰。然而阳光却很苍白冰冷,像是圣饼盒里的圣饼,无法照暖别的东西。随着太阳越升越高,寒冷更是刺骨,竟然达到如此程度,几乎让人透不过气来。所有物什周围都会冒出一团水汽,然而大地沐浴在这灿烂的阳光里,显得如此辉煌,如此晶莹,照射在耀眼的积雪上,仿佛是钻石一般闪闪发亮的露珠,把人们的眼睛刺痛。
  四周的田野都被白雪所掩盖,显得洁白、闪亮、寂静而僵硬。时而会有一只小鸟飞过这晶莹的天空,把黑影投射到下边的雪地上,一掠而过。时而有一群鹧鸪在挂满积雪的树枝上跳跃鸣叫,或者有点胆怯地、静悄悄地靠近人们的农舍和麦草堆。而在另一个地方,野兔会突然蹿了出来,在雪地上奔跳而去。有时它会用后腿站立起来,有时又会想方设法接近粮仓,但被狗吠声一吓,又逃回到那森林深处去了。

那里的树木被皑皑白雪覆盖住了,显得异常地寒冷。而在空旷的一望无际的平原上,青色的远方露出了一些村庄、朦胧的树丛和因结冰而闪闪发亮的溪河。

刺骨的寒冷、凛冽的寒光覆盖了整个大地,浸透到冰霜闪耀的寂静中。

任何的喧嚣都无法撕破这田野的沉默,无论是人的说话声,还是风吹的沙沙声,都无法撼动这干燥而又闪光的白雪。只是偶尔能听到轻轻的铃声和雪橇的轧轧声,从被大雪掩盖了一半的大路上传来。然而其声音是如此低微、如此遥远,让人听不太清楚,分辨不出它是从哪儿来又到哪儿去的,随即便消失在寂静中了。

不过,在利普查村的大路上,池塘的两边,都是熙熙攘攘的人群。空气中散发出节日的喜庆气氛。村子里的人,还有牲口,都心情极好,喊叫之声在凛冽的空气中传播开来,就像音乐那样悦耳动听,众人发出的欢笑声从村里的这一头传到村里的另一头。人人兴高采烈,就连狗也像疯了似的在雪地上打滚儿,欢快地吠叫不停,还房前屋后地追赶着那些乌鸦。马匹在马厩里嘶叫,牛在牛棚里发出低沉的哞叫声。甚至你还会感觉到,脚下的雪也响得格外动听。雪橇行驶在坚硬而又光滑如镜般的大道上,其响声也格外动听。炊烟如同蓝色柱子笔直上升,如同利箭直刺长空。农舍的窗户在阳光的照射下令人不敢直视。到处是热热闹闹的:孩子们的嬉闹,人们的大声喧哗,聚集在掘开的冰窟窿周围的鹅叫声,还有人们相互的喊叫声。无论是大道上还是房屋的四周,到处都是人来人往。在篱笆墙外,还满是积雪的果园里,都能不止一次地看见穿着红色衣裙的女人们从这一家到另一家去串门——她们在路上要是碰到树木,便会落得满身白色雪粉。

这一天,连磨坊都停工休息了,整个节日期间磨坊都是一片寂静。唯有那冰冷晶透的河水,穿过水闸,发出美妙的响声流向远方。而在磨坊的后面，从沼泽地和荒野上飞起一群野鸭，在空中哇哇乱叫，盘旋飞翔。

家家户户，包括西蒙家、马奇克家、乡长家、克温布家，以及其他数不过来的家庭，都打开了房门，让房间透透空气。他们都进行了大扫除和清洗，房间里、过道上，甚至大门外的雪地上，都撒上了新鲜翠绿的松叶。有的人家还把熏得黑乎乎的烟囱也粉刷得白白净净的。村里的各家各户都在忙着烤制面包和节日甜饼，都在腌制青鱼，还有的人家用石臼把罂粟籽捣碎，用来做一些美味的食品。

的确是圣诞节到了，这是圣子的节日、出现奇迹的欢乐日子，是向耶稣表达挚爱的日子，也是在漫长的劳动之后休息和祈福的日子。这会让灵魂从冬天的麻木中振奋起来，从沉闷无聊的生活中解脱出来，满怀愉快的精神向前迈进，以激动欢愉的心情去迎接耶稣的降生。

波利那家里也和别的人家一样，人人都在忙碌着，跑前跑后地做着过节的准备。

老波利那一大早就进城购物去了，和他一起去的是彼得，古巴死后，波利那就雇他来当马夫了。

家里的每个人都在忙碌着。尤什卡轻声哼着歌曲，用彩色纸剪成各种图案花样，准备贴在梁上、框上，让它们看起来好像多抹了一层彩色油漆。雅格娜将衣袖卷到胳膊上，正在钵子里和面，她在母亲的帮助下正在做带馅儿的长条面包和用裸麦做的白面包。由于发面已经膨胀，她得赶快把它们做出面包的坯子来。她有时看一眼尤什卡干的活，有时看一下带奶酪和蜂蜜的甜饼——它们已经开始鼓起，正等着上烤炉，有时还得跑到火势很旺的烟囱旁。

维特克原先被安排去照看炉火添加木柴，可是从吃过早饭之后，他就再没在众人面前出现过。尤什卡和多米尼科娃在房前屋后都找过，大声呼喊他，就是不见他的回应。这时候维特克正坐在草堆后面的一丛灌木树边,他在那边设下一个捕捉鹧鸪的陷阱,在一张小网上铺了一层谷糠,既是遮盖物,又是引诱小鸟的食饵。和他在一起的有瓦帕和博切克,博切克是他在秋天救治好的一只鹳鸟,他给它治好了病,还精心地照看它,教了它许多玩意儿,一人一鸟便成了形影不离的好朋友,只要维特克一吹口哨,它就会像瓦帕一样很听话地飞到他的身边来。博切克和瓦帕也相处得很和睦友好,常常一起去追捕牛栏里的老鼠。

整个节日期间,波利那都把罗赫请到家里来过节,但今天一早罗赫就去了教堂,在那里和雅姆布罗兹一起忙着用松枝装饰着神坛和教堂内的墙壁——松枝是神父的长工送来的。

到了中午,雅格娜已把所有的面包坯子都做好了,她把长条面包放在一块烤板上,拍了一拍,还涂上了一层蛋清,免得烘烤时会裂开来。这时候维特克的脑袋伸进门来,大声叫道:

"送圣餐饼的来了!"

风琴师的大儿子、在城里上学的雅西,一清早就和他的弟弟一起,到各村各户去分发圣饼。

雅格娜在前厅就看见了他们,她还来不及修饰一下自己,他们就走进门来,说道:"赞美基督!"

因为屋子里非常脏乱,雅格娜感到很难为情,她一边急忙把裸露的胳膊塞进围裙下面,一边招呼他们坐下休息,因为他们都提着很重的大篮子,雅西弟弟的背上还背有几个小包。

"我们还有半个村子要去送呢,所以时间很紧。"他们婉言谢绝了。

"雅西先生,天气这么冷,你就来暖和暖和一下吧!"

"我看,你们两个就来喝一杯热牛奶好了。"多米尼科娃提议道。

他们谢绝了,不过他们最终还是在窗户下面的柜子上坐了下来。雅西一直盯着雅格娜不放,看得她满脸通红,赶紧把袖子放了下来。

雅西也脸红得像甜菜头一样，急忙从篮子掏出圣饼。他拿出了最好最大的一包，外面是用金色纸包的，里面包有好几块彩色圣饼。雅格娜只好从围裙下面伸出双手，接过那包圣饼，把它放在小十字架下面的盘子上。随后她回送了他一加仑亚麻籽和六个鸡蛋。

"雅西先生回来多久啦？"

"星期天回来的，才三天。"

"在学校里待得一定很无聊吧？"多米尼科娃问道。

"还好，不无聊。而且也不会太久了，到春天就要结束。"

"在我结婚的那天，你妈妈和我说，你想当神父……"

"啊，是的，是的，复活节以后……"他低下眼睛，轻声答道。

"我的上帝！你的父母一定会高兴死了。家里出了个神父，这也是我们教区的荣誉。"

"你们大家都好吗？"为了转移话题，他问道。

"感谢上帝，大家都还不错！一切都还平平稳稳的，农民们的状况就是这样。"

"我是很想回来参加你的婚礼的，雅格娜，但是他们不放我！"

"婚礼可热闹啦，一连跳了三天的舞呢。"尤什卡大声说道。

"听说古巴也是在这时候去世的。"

"是的，他走了，这个可怜的人。他流了很多的血，来不及忏悔就断气了。村子里的人都在说他的灵魂在赎罪，现在每到晚上，就会在大路旁、十字路口和十字架附近看见一个幽灵在游荡、呻吟，在期待上帝的恩赦。这一定就是古巴的灵魂，不会是别人！"

"你们也是这样说的？"

"我说的是实话。虽然我没有亲眼看见，所以不能起誓，但在这个世界上，有些事情是人的智慧所不能看透的，即使最聪明的人也无能为力。世上的一切都是由上帝来安排的，我们人类无法做到。"

"古巴死了，真可惜。神父告诉我时，连神父都哭了。"

"古巴是个特别诚实的用人，你很难找到第二个。他性情温和，信仰虔诚，劳动勤快，不拿不偷，即使只剩下最后一件衣服，他也会和别的穷人分享。"

"我每次回来都能看到利普查村在变化，变得都认不出来了——今天我去了安特克家，他们的儿子病了，他们家也很穷，就连他本人也大变样了，瘦得连我都要认不出来了。"

对于他的这些话，大家都默不作答。雅格娜急忙转过脸去，把面包放在铲子上。她的母亲用眼睛扫了他一下，他立即发觉到自己的话引起了不快，想改变话题来补救一下，这时候，尤什卡红着脸向他说话，要他多给几块彩色圣饼。

"我需要彩饼来摆地图，去年就做过，今年举行婚礼时被弄坏了一些。"

他立即给了她十多块，而且五种颜色的都有。

"啊，给这么多，够我用的了！我不仅能摆地图，还能用它来摆月亮和星星了！"尤什卡高兴得大叫起来。雅格娜对她悄悄说了几句话，她就用围巾蒙着脸。作为答谢，她还把六个鸡蛋送给他。

正好这时候，波利那从城里回来了。和他一起进门的有瓦帕和博切克，因为维特克也是和主人一同进屋的。

"快把门关上，不然烤饼就要凉了！"多米尼科娃喊道。

波利那在火炉上烘着冻僵的手，打趣地说道："女人们在家收拾的时候，男人们就得另找地方待了，甚至要去找酒馆了。外面的路面像玻璃似的，雪橇跑起来一溜烟。可是天太冷了，我们坐在雪橇上都快冻僵了。雅格娜，快给彼得拿点面包去。他穿着他那件军大衣，连骨头都要冻坏了。雅西，你在家要待多久？"

"一直住到主显节。"

"你会成为你父亲的好帮手,无论是在演奏风琴,还是在处理公务方面你都能帮一手。他现在也老了,像这样的严寒,他是不想离开他那暖和的被窝的。"

"那倒不是因为天寒。今天是我家的母牛生了小牛,他只好留在家里照看它。"

"它生得正是时候,你家里整个冬天都有牛奶喝了!"

"维特克,你给小马喝水了吗?"

"是我给它喝的,可是它一口也不喝,只是不停地蹦跳着,还去挑逗母马,我只好把它牵到大马厩里去了。"

两兄弟走了,雅西走过篱笆时还回过头来望雅格娜一眼,他觉得她比秋天结婚前还要美丽动人。

这毫不奇怪,因为这个老丈夫完全被雅格娜征服了,在他的眼里,整个世界就只有她一个女人。村里的人说得不错,波利那完全被爱情弄糊涂了。虽说他对别人依然和从前一样很苛刻很固执,但雅格娜完全控制了他,她想干什么、想要什么,他都一一照办。他是以她的眼睛去看待各种事物的,他也以她的思想为思想。对于她的建议,甚至对她母亲多米尼科娃的建议,他都言听计从。说实在话,他也没有什么可后悔的。他的农事发展很好,一切都井然有序,生活也过得有滋有味,身边还有个美人可以亲热亲热、诉诉苦。现在他什么都不在乎,唯一关心的就是雅格娜,他望着她就像望着圣像一样。

就连现在,他坐在炉边烤火取暖,也用含情脉脉的眼神注视着雅格娜。他想用结婚前那样的甜言蜜语来恭维她,以讨得她的满心欣喜。

然而,雅格娜对于他的这片深情,就像对待去年的雪一样,根本不放在心上。现在她就在生气,对他的柔情蜜意感到厌烦,种种事情让她苦恼。她在房间里走来走去,她气愤,她冷淡,有如二月里的寒风。她把所有的工作都推给了母亲和尤什卡,总是用一些尖锐带刺的话去回应她的丈夫。她自己则走到房子的另一边去，不是借口去看看炉子，就说是要到马厩去照看小马。实际上，她是要找个安静地方好好想想安特克。

雅西在她面前谈到了安特克，安特克的形象眼下就活灵活现地浮现在她的面前。

她已经有三个月没有看见安特克了，最后一次见面是她乘雪橇在白杨大道上。的确，时间像河水一样流逝。婚礼、搬家、各种各样的家务活和烦心事，让她没有工夫去想他。眼不见，心不烦，村里的人又不在她面前提到他。可是现在，不知因何缘故，安特克突然出现在她眼前，他的眼里有那样的悲伤、那样的怨恨，她的灵魂为之一震，而又感到无助……

"这不是我的过错，你为什么还来纠缠我，为什么你还像幽灵来吓唬我呢？"她竭力为自己的回忆辩护……她甚至感到奇怪，为什么只有安特克的形象老是这样紧紧地萦绕在她的心头呢？为什么不是马特乌什、斯达赫·普沃什卡，或者其他人呢？难道是他对她施了什么魔咒，让她如此思念、如此癫狂，让她无比痛苦，让她受到折磨？这个可怜的人，他在做什么呢，他在想什么呢？她真想和他说说话，她真愿意和他一起到世界的任何地方去，哪怕是森林的深处……但是，这不可能，也不允许！这可是滔天大罪，大罪啊！神父在忏悔时对我说的——若是能和他说话，哪怕一次也好……就是有人在场也行……即使是今天，明天……但她已经是波利那的妻子，永远都不可能了……

"雅格娜，快过来，我们把面包取出来。"母亲叫她。

雅格娜回到了屋里，她慌里慌张的，想把安特克忘掉，但就是忘不掉。她处处都能看见他的那双眼睛，他的绿眼珠、黑眉毛、红嘴唇，那甜美而又迷人的嘴唇！雅格娜拼命地干活，双手忙个不停，把房间收拾得整齐干净。傍晚，她又跑到牛棚里去喂母牛——这是她从来不干的事情。但是这一切都无济于事,他总是站在她的身前。对他的思念不断高涨,把她的心都撕碎了,让她的灵魂经受着巨大的折磨。她终于来到正在做地图的尤什卡身边,坐在一个柜子上,放声痛哭起来。

母亲前来安慰她,被吓坏了的丈夫也赶紧跑来安慰她,他们努力哄着她,就像哄着一个被宠坏了的孩子似的。他们抚摸她,怜惜地望着她,可都没有用,她反而号啕大哭起来,直到哭够了为止。后来,很突然地起了变化,她从柜子上高兴地站了起来,有说有笑,甚至像过圣诞节那样哼起歌来。

波利那很惊异地望着她,她的母亲也一样。随后他们俩交换了一下会意的眼神,便双双来到过道上,说了很久的悄悄话。回到房间时他搂着她亲吻,他们是那样兴高采烈,以致多米尼科娃都叫了起来:"别动那个揉面钵子,马捷伊会来搬走的!"

"它不是很重,我拿它又不是什么新鲜事!"

她不明白母亲是怎么回事。

波利那不让她拿这钵子,他自己把它拿走了。过了一会儿,他趁雅格娜待在卧室的时候,紧紧抱住了她、吻她,和她说起了悄悄话——为了不让尤什卡听见。

"你和母亲都晕头转向了,你们想的不是那么一回事,你们全想错了!我和你妈妈对这种事情是知道一些的,我要告诉你,事情就是这样的……等一等,让我算一算,现在是圣诞节……那就应该是七月,是个收割的季节……时间不是很好,天热,工作太忙……不过,总是能应付的,为此,应该感谢上帝……"波利那想再次拥抱雅格娜,被她不乐意地躲开了。她跑到母亲那里去,老太太也坚决说不会有错。

"错了,错了,你们全错了……"雅格娜急忙应道。

"我觉得你对这件事好像不是很高兴?"

"将来会有很多麻烦,我怎么高兴得起来呢?现在就有许多折腾人的事!"

"不要抱怨,天主会惩罚你的!"

"那就惩罚我好了,惩罚我好了!"

"你为什么要这样抱怨呢?"

"因为我不想要,就这么回事!"

"可是,你要是有了孩子,你丈夫去世之后——但愿上帝保佑他长寿不老——孩子就可以继承一份产业,和其他子女平分。说不定到后来,全部田地都会落到他的手里呢!"

"你满脑子尽是田地,田地!可是我一点都不在乎!"

"因为你还太年轻,又是个傻孩子,才会这样胡说八道!一个没有田地的人,就像一个没有腿的人一样,只能在地上爬来爬去,而且什么地方也去不了。绝不要在马捷伊面前说出这些话来,他会发脾气的!"

"我才不管呢,马捷伊算老几!"

"你若真是很傻的话,就去乱说好了。你快去给我看好面包,免得它烤煳了。你还是去干活吧,把青鱼从盐水里捞出来再浸到牛奶里去,这样可去掉些咸味。让尤什卡去捣些罂粟籽。还有许多事情等着去做呢,可是白天就要过去了……"

的确是这样,黄昏即将来临,太阳落到森林后面去了,血红的晚霞洒满天空,把满地的积雪照得通红,仿佛到处都是烧红的煤炭。但是,村子却安静下来了。人们依然到池塘去取水,依然在劈柴。有人乘坐雪橇疾驰而过,有人匆匆走过池塘。有时传来门链的吱嘎声,到处都有村民的说话声。然而随着夕阳红霞的不断消失,天地之间的暗青色渐渐浓重起来,村里的活动也开始缓慢下来,大地安静了,路上的行人也稀少了,远处的田野已处在一片黑暗之中,茫茫黑夜开始笼罩整个大地。酷寒在增强,踩在积雪上的响声更高了,所有窗户的玻璃上都形成了各式各样的奇特花形。

村庄渐渐消失在灰色的雪夜中。房屋、篱笆和果园都融化在茫茫的黑暗中,辨认不出来了。只有微弱的灯光在闪耀,但比平常更稠密,因为各家各户都在准备平安夜的晚餐。

每一户人家,无论是富的,还是穷的,都在做着过节的准备,都进行了一番扫除和装饰工作。家家户户都在房间东头的角落里,放上一把麦秸,用白桌布蒙上椅子和桌子,还要把前厅擦亮,好透过窗子去观看第一颗星星的出现。

黄昏开始降临时,天空显得很阴沉,冰冻时期大都如此。当最后的霞光消失,天空仿佛给自己蒙上了一层青色烟雾,完全沉浸在灰暗中了。

尤什卡和维特克双双站在门外的台阶上,等着第一颗星星的出现,所以才感到特别寒冷。

"出来啦!出来啦!"维特克兴奋地喊叫起来。

波利那看见了,其他的人也看见了,最后出来的罗赫也看见了。

是的,星星出现了,在正东方,它穿透周围的层层黑暗,从暗蓝色的深处孕育而出,发出闪闪的光芒。当他们凝望着星星的时候,星星好像变得越来越大,越来越亮,越来越近了。罗赫立即跪在了雪地上,其他人也跟着跪下了。

"这是三智者星,也称伯利恒星,我们的天主就在其星光下诞生,让我们赞美他的圣名!"

他们跟着罗赫虔诚地朗诵着天主的圣名,眼睛凝望着那遥远而又明亮的星星,望着这个奇迹的见证者,这个天主关怀天下的明显标志。

他们的心里充满了强烈的感激、炽热的信仰,同时也接受了这纯洁的星光,而且是作为驱除恶魔的圣火、作为圣餐来接受的。

星星越来越大,大得有如火球,发出青色的光辉,像是车轮上的链条,投射到雪地上,把黑暗驱散。而其他的星星,有如它的忠实的随从,蜂拥而出,密密麻麻,不可胜数。这些星星有如闪光的露珠布满了整个天空,把天空变成了洒满银光的帐幕。

"现在耶稣已铸成肉身了,我们可以吃晚餐了!"罗赫说道。

他们回到了屋内,立刻围坐在一条又长又高的长桌上。

波利那坐在首席,多米尼科娃和她的儿子们依次入座,因为他们商量好了一起过节。罗赫坐在中间,挨着他坐下的依次是彼得、尤什卡和维特克,雅格娜坐在末位,因为她是负责上菜的。

整个厅屋里一片肃穆的寂静。

波利那画过十字,便把圣饼分发给大家,人人都以无限敬仰的态度接受这天主的面包。

"耶稣基督就是在此刻诞生的,因此每个创造物都会因为吃了这圣饼而身强体壮!"罗赫说道。

尽管这一整天,大家只吃了点干面包,饿得不行,但他们还是吃得很缓慢,很庄重。

第一道菜是甜菜汤,里面有土豆和蘑菇。第二道是裹了面粉被油炸过的青鱼,随后是带罂粟粉的面糕。第三道菜是洋白菜加油煎的蘑菇。最后一道是雅格娜特意做的一种甜点,用荞麦粉加上蜂蜜做成甜饼,再用罂粟籽油煎炸而成。大家都伴着这些佳肴,啃着普通的面包,因为在这伟大的节日里,吃那些用黄油或牛奶做成的小面包和甜点心是不适宜的。

这顿晚宴他们吃了很久,而且说话很少,只能听到汤勺和嘴唇的响声。波利那好几次站起来想给雅格娜帮帮忙,但被她母亲劝阻住了。

"你坐下好了,她不会有事的,离生产还很远。这是她第一次做圣诞宴,她要好好锻炼,习惯了就好!"

瓦帕轻轻地鸣叫，还常用脑袋去碰撞人们的腿脚，不停地摇动尾巴，就是希望人们早些给它东西吃。鹳鸟博切克被关在过道里，不停地啄着墙壁，还不时地发出哇哇的叫声，引起鸡棚里的母鸡们也咯咯嗒地应和着。

他们的饭还没有吃完，就听见有人在敲窗子。

"谁也不要去开门，不要把魔鬼放进来，魔鬼进来后，就会在家里待上一年！"多米尼科娃大声说道。

大家都放下了汤勺，惊恐地听着，敲窗声又重新响起。

"是古巴的鬼魂！"尤什卡低声道。

"不要乱说！外面是个需要救助的人。在这样的节日里，谁也不应该饿肚子，谁也不能在露天里过夜！"罗赫说完话便站了起来出去开门。

来人是雅古斯丁卡。她惶恐不安地站在门口，豆子般的泪水掉落下来，低声哀求道：

"啊！请给我一个角落就够了，给我一点狗吃的东西就够了。请可怜可怜我这个孤苦的老婆子……我一直在等子女叫我去过节……我等呀等……那里又冷又饿，可是我白等了……我的主啊……我现在成了个要饭的老太婆了，他们还是我亲生的孩子，却把我丢在那里，连一块小面包都不给，比狗都不如……他们的家里，人多又热闹……我悄悄摸到了那里……朝窗子里看了看……可是一点用都没有……"

"那就和我们在一起，坐下吧。天一黑你就该到这里来，孩子们的孝顺是靠不住的。等到他们把最后一枚钉子钉上你的棺材，你再也不会回去了，他们才会欢欢喜喜，高高兴兴的了。"波利那说道，并以极大的诚意把身边的位子让出来。

尽管雅格娜不是个吝啬的主妇，拿出了许多好吃的东西，但是她什么也吃不下。她安静地坐着，低着头，弯着腰，缩作一团。她脊背地不停颤动，表明她内心是多么痛苦。

这时候，房间里一片寂静，既温暖，又祥和，还洋溢着一种虔诚、庄严的气氛，仿佛圣子耶稣就在他们中间躺着一样。

炉火熊熊，被柴火烧得红亮，烟囱里发出轰轰声响，把整个房间都照得亮堂堂的，连霜冻的窗玻璃都红光闪闪。现在他们都坐在炉前的长凳上，用严肃的语调低声交谈着。

雅格娜又去煮了咖啡，还放了很多糖，大家悠闲地喝着咖啡。

罗赫从怀里掏出一本用念珠绕着的书，开始用深情而又低沉的语调朗读起来：

"今天我们听到了一件新鲜事：一个处女生下了一个儿子，在犹太族地区的伯利恒，一个不大糟糕的城市，这个儿子就是我们的天主。他出生于贫穷的地方——破旧的马厩的干草堆上，和牲畜在一起，在这个高兴的晚上它们也成了圣子的兄弟。今天还在闪光的这颗星星也曾照耀在圣子的身上，指引着三圣者前行的道路。这三圣者虽然都是黑皮肤、异教徒，但他们有颗同情心。他们来自遥远的国度，穿过严寒的地区和崇山峻岭，带着礼物而来，就是为了给真理做证。"

他读了很长时间，声音越来越高，几乎达到吟唱的程度，好像是在唱赞美诗似的。大家静静地听着，耐心而虔诚，他们的心为奇迹诞生而激动不已。他们诚心诚意地感谢上帝给予他们的恩赐。

"啊，我亲爱的耶稣！你生在这简陋的马厩里，生在遥远的国家里，生在肮脏的犹太人和残暴的异教徒中间！在如此的贫贱和严酷的寒冻之中。啊！最圣洁的圣子！最可怜的圣子！他们每想到这里，心里便涌起怜悯之情，便会感到无比激动，他们的灵魂便会像鸟儿那样飞向世界，飞到耶稣诞生的地方，飞到天使们在其上面歌唱的马槽边，飞到圣子的脚前。他们怀着对天主的无比虔诚和全心全意的信仰，把自己的全部奉献于他，成为他世世代代的忠实仆人。阿门！"

当罗赫继续读下去时，天真善良而又很易动情的尤什卡为圣子的不幸命运而放声哭了起来。雅格娜双手捂着脸也在哭泣，泪水从手指缝里流落出来，她把头藏在安德烈的背后。安德烈张着大嘴听得出神，不时拉着西蒙的袖子，大声说道："喂！西蒙，你听见了没有？西蒙！"但是西蒙却沉默着，用一种责怪的眼神望了他母亲一眼。

"可怜的圣子，连个小摇篮都没有！"

"我很奇怪，他竟没有冻坏！"

"天主是自愿经受这样大的痛苦的！"

当罗赫读完时大家便这样议论起来。罗赫便对他们说道：

"天主是用自己的苦难和牺牲来拯救他的子民的，如果他不这样做，魔鬼就会主宰整个世界，控制我们每个人的灵魂。"

"魔鬼已经在这里主宰我们了，而且势力还不小！"雅古斯丁卡轻声说道。

"是罪孽在作祟，邪恶在掌管，它们都是魔鬼的帮凶。"

"不管什么在作祟或者掌管，不过有一点是肯定的，那就是噩运在欺弄人，给人带来很大的痛苦。"

"不要这样说，魔鬼已让你的孩子失去神智了，你可不要再犯罪孽！"

这是对她的一种严厉责备，但她也没有反驳，大家都一声不响，陷入了沉思。西蒙突然站了起来，想偷偷地溜走。时刻注意着他一举一动的母亲立即厉声喝道："你这样急急忙忙地要去干什么呀！"

"我到村子里去走走，这里热得我难受……"西蒙吓得支支吾吾地答道。

"是到纳斯特卡家去寻开心吧？"

"你不愿意，你就阻拦我去……"西蒙气愤地答道，但他还是把帽子丢进了柜子。

"你和安德烈都回家去,家里都走空了,没人看着。你们去照看一下母牛。在家等着我,我会去接你们一同到教堂去。"她这样吩咐着。但孩子们宁愿待在这里,也不想回到那座空房里去。她也不再催赶他们,便自己站了起来,拿起一块圣饼,说道:

"维特克,把灯点上,我们去看看母牛。在圣诞节的夜里,每头牲畜都能听懂人说话,因为圣子就是在它们中间诞生的。只要是无罪的人去跟它们说话,它们都能用人的声音来回答。这一天,牲畜和人是平等的,是人类的朋友,所以我们应该和它们共享圣饼……"

于是大家都向牛棚走去,维特克在前面持灯引路。

母牛们一个挨着一个地躺成了一排,正在悠闲自得地反刍着。灯光和人的声音一出现,它们便喷着鼻息,艰难地站了起来,把沉重的巨大的脑袋转了过去。

"雅格娜,你现在是女主人,应该由你去分发圣饼,这是你的职责。它们吃过之后便会更加健壮,不会生病,但是你明天一天,到天黑之前,绝不能去挤它们的奶。你若是挤了,它们就不会再产奶了。"

雅格娜把圣饼分成了五小块,走到每头牛面前,在它们的两角之间画了个十字,然后把小片圣饼放在母牛又大又尖的舌头上。

"要不要给马吃?"尤什卡问道。

"天主不是生在马厩里,不能给马吃!"

他们回到了房间,罗赫说道:

"每个创造物,每根小草,即使是最卑贱的,即使是每一粒最细小的石子,甚至是看不清楚的星星,世上所有的一切都能感受到、都知道今天是天主的生日。"

"啊,亲爱的耶稣!世上的一切!就连这土地、这石子都知道!"雅格娜大声说道。

"我说的是真的,事实就是这样。一切生物皆有其灵魂。世上的万物都有感觉，都在等待着自己的时刻，而得到耶稣的慈爱，耶稣会对他说：灵魂啊，起来吧，好好活着，你会进天国的！不错，就连最小的昆虫，甚至连这摇曳不停的小草，都有其特别的价值，都能以自己的方式去赞美天主。全年只有这一个夜晚，他们都站立起来，充满着活力，都在倾听着、等待着天主的这句话。对于一些人来说福音到了，而对于另一些人来说则需要依次等待。凡是石头、水、土、木，以及其他的一切，他们都在黑暗中耐心地等待，等待着黎明，等待着天主规定的时刻！"

大家都默不作声了，都在思考着罗赫所说的这些话，因为那些话简洁明了，大家能理解。但波利那和多米尼科娃却不免产生怀疑，他们看不到其中的真理。因为在他们的脑海里装有这样或那样的东西，无法去理解这话中的真理。虽然上帝的无上威力是毋庸置疑的，但对于石头和万物都有灵魂这一论断，他们无法理解。不过这时候，他们也无法再思考下去了，因为铁匠带着他的妻子儿女来了。

"我们来和父亲一起守夜，然后再一起去做弥撒。"铁匠解释道。

"坐下吧！坐下吧，很高兴在一起。我们一家人都在了，只是缺了格热拉。"

尤什卡有点愤愤不平地望着父亲，因为她想起了安特克一家人，但却不敢说出来。

大家重又在长凳上坐了下来，只有彼得到院子里去劈柴了，为了节日期间不缺柴烧。维特克把劈好的木柴抱进过道里，并把它们堆码好。

"我都差点忘了，乡长催促，让我请多米尼科娃立即到他那里去一趟，因为他老婆开始阵痛了，在那里大喊大叫，可能今天晚上就要生了。"

"本来我是想和大家一起去教堂的，现在听你说，她已经大叫大喊了,那我得去看看。早上我还去过,当时我想,大概还得过几天才会生的。"

她和铁匠老婆悄悄说了几句话后,便赶紧朝产妇家中走去。她在接生方面是个行家,会医治很多病,医好过许多人,胜过不少的医生。

而罗赫又向大家讲述了许多有关圣诞节的故事,其中就有这个故事:

那是在很久很久以前,比天主诞生的年代还要早好些年,有一个富裕的农民,在集市上卖掉了两头肥牛,便把钱塞进靴子里,从集市上往家里走去。他长得身强力壮,是全村最强壮的一个男人,手上还拿着一根粗木棍。他行色匆匆,急于在天黑之前赶回家中,因为那个时候路上很不太平,常有土匪打劫,他们往往藏身树林中,遇到老实人,便将其抢劫一空。

夏天更是如此。因为夏天树木苍翠,枝叶繁茂,而且香气扑鼻,百鸟啼鸣,阵风一吹,头上树木摇曳,发出沙沙响声。这个农民四面张望,心中惧怕,便疾步前行。他什么也没有发现,除了杂乱丛生的一大片苍老或幼嫩的松树和橡树,一个活人也没有看见,除了小鸟在树木之间跳跃、啼叫。当他走近一个十字架的时候,更是胆战心惊,因为十字架旁有一片浓密的树丛,他的眼睛无法看清里面的情景——土匪常常就藏在这样的地方。于是他不停地画着十字,大声念起了祈祷文,拼命朝前奔去。

他很安全地跑过了高大的森林,走过了低矮而稠密的松树和枞树丛,就要看到一片广阔的田野了,他已经听见了潺潺的溪河流水声,还有云雀在空中的啼唱声。他看见农民在地里耕耘,鹳鸟一字形排开,从沼泽地的上空飞过,他甚至闻到了樱桃园繁花盛开的芳香。然而,出乎他意料的是,从树林中蹿出的一群强盗突然向他猛扑过来。他们一共十二个,个个手持大刀!他奋力搏斗,即使被他们打倒在地,也不愿交出钱财,而是大声呼救。他们踩着他的肩背,压住他的双脚,拿起大刀,准备把他杀死……然而,就在这刹那间,他们突然僵住了,手上还高举着大刀,身体弯曲着,满脸凶相,似乎都变成了石头那样,一动不动。这时候,周围的一切都立在原地,静止不动……鸟儿静静地悬浮在空中……溪水也停止流淌了……太阳也停止了移动……风息树静,庄稼不再摇曳,张开翅膀的鹳鸟也仿佛悬浮在空中,停止飞翔……农民也停止了耕地,手上还举着鞭子……整个世界好像都惊住了,一动不动地停在了原地。

这种状态持续了多久,谁也说不上来——直到天地之间传来了天使的歌声:

基督降生,

威力无边!

此时此刻,万物都开始苏醒活动起来了,强盗们也接受了这奇迹给予他们的警示,把农民放了。他们循着天使的歌声,来到耶稣出生的那个地方。他们在那里,和世上的一切生物一起,朝新出生的圣子虔诚膜拜。

对罗赫所讲的故事,大家都十分惊异,不过,此时的波利那和铁匠却在谈论别的话题了。

后来,一直沉默不语静静坐在那里的雅古斯丁卡开口说话了,话却很不中听:"你一直在唠唠叨叨,那又有什么意义呢?只不过是在消磨时间!在古代,真的有天使下凡来,给穷人和受苦受难的人种种关怀,使他们免遭罪受。可是现在为什么看不到他们下来呢?难道现在的贫穷、不幸、苦难和灾祸要比从前少吗?人就像一只羽毛未丰的小鸟那样,无依无靠,在世界上东闯西荡。老鹰、野兽会把它吃掉,饥饿也会把它折磨得死去!你在这里大谈什么慈悲,许下许多诺言,让那些傻瓜抱有许多幻想,还欺骗他们说救世主就要来了!可是,是谁来了呢?竟是反基督的家伙。由他来主持正义?他会大发慈悲,就像老鹰对小鸡大发慈悲一样?"

罗赫暴跳起来,厉声喝道:"你这个娘们儿,不要亵渎神明,不要作孽,不要听信魔鬼的甜言蜜语。它会把你带入地狱,使你遭受万劫之火,永世不得翻身!"他跌坐在长凳上,任由泪水淹没了自己的声音。他浑身颤抖不止,为这个迷失的灵魂而悲痛万分。当他稍微平静下来后,便用其坚信者的全部力量,向她细细讲述真理,力图把她引上正道。

他对她讲了很久很久,堪与神父在神台上的布道相媲美。

这时候的维特克深为罗赫的讲述所感动,特别是对母牛夜里能说人话这件事十分好奇,于是他悄悄把尤什卡叫了出来,两人一起到牛棚里去了。

他们手拉手,害怕得全身发抖,一次一次地画着十字,随即便置身于母牛中间。

他们在最大的一头母牛身边跪下,把它当作牛棚里的圣母一样来看待。他们屏住呼吸,兴奋异常,眼里饱含泪水,心里满是敬畏之情,就像在教堂里举行圣礼似的,都怀着强烈的信任和真诚的信仰。维特克还弯下身子贴着母牛的耳朵,用发抖的声音轻声说道:"希乌拉,希乌拉!"

但是他们一个字也没有听到,母牛只是动了动脑袋,舔了舔舌头。

"怎么会这样,它什么也不回答,也许……这是惩罚。"

于是他们又在第二头母牛身边跪下,维特克几乎要哭了出来,还是他在问:"花牛,花牛……"

他们两个紧贴着母牛的嘴巴,屏息静听着,可还是一个字也没有听到,什么话也没有听到……

"我们一定是犯了罪了,才会什么也听不到,母牛只会回答无罪的人。哎呀!我们是有罪的人啦……"

"啊,是的,尤什卡,我们是有罪的人,有罪的人啊……我的耶稣……真的……我犯过罪,我偷拿过主人的一根绳子……还偷过一条旧皮带……"他哽咽起来,无法再说下去。他很伤心,有一种负罪感,使得他浑身抽搐。尤什卡也跟他一样,痛心地哭了起来。他们一起放声大哭,直到各自把犯过的罪孽一一坦白出来后,才有所舒畅和宽慰。

房间里的人,谁也没有注意到他们不在了,因为大家都在专心致志地唱着赞美诗,至于圣诞歌,那是要过了午夜才能唱的。

在房子的另一边,彼得正在洗脸擦身,要好好打扮一下自己。他脱掉了全身的旧衣服,换上了雅格娜早先从储藏室里拿给他的一套新衣服。

当他走进房间、出现在大家面前时,便博得了一片赞赏声,因为他把他那套旧军装换成了普通的农民服装。

"你们嘲笑我,给我取外号,叫我看家狗,所以我才把衣服换了。"他结结巴巴地说道。

"要换的是口音,不是衣服!"雅古斯丁卡插了一句。

"既然他回来了,口音就一定能改回来,因为他的波兰灵魂还没有完全失去。"

"在国外待了五年,没有听到过一句波兰话,如果口音差一点,那也就不用大惊小怪了。"

他们立即停止说话了,因为激越高亢的圣诞弥撒钟声已经传到了屋里。

"已经敲响弥撒的钟声了,我们得穿好衣服走了!"

除了雅古斯丁卡，大家都要去望弥撒了。雅古斯丁卡得留下来看家，同时也想借此机会独自发泄她的苦闷。

晚上很冷，但苍穹青蓝，星光闪烁。

弥撒的钟声不停地响着，就像鸟儿在啼叫，催促人们快到教堂去。

村民们纷纷从家里出来，从一开一合的门洞里不时会射出一道道红光，像闪电一样，转瞬即逝。窗里的亮光也相继熄灭，不时能听到人们在黑暗中的说话声、咳嗽声、积雪被脚踩的嚓嚓声。在这灰暗的黑夜里，人们相互问候的祝福声越来越多。人们不断地拥来，到后来，只有嚓嚓的脚步声响彻在这严寒的空气中。

村里活着的人都向教堂拥去，留在家里的只有不能动弹的老人、病人和残疾人。

人们远远地就能看见教堂灯光灿烂的窗子，和大门被推开时射出的亮光，人们就通过这个通道拥了进去，就像河水流进去一样，把用圣诞树装饰得极庄严的教堂通道塞得满满的。教堂里好像一下子变成了一座稠密的人类森林，人们还在不断地沿着雪白的墙壁挤向前去，挤到圣坛前面。已经座无虚席，人们还是不断地拥来，仿佛一股波浪汹涌的洪流，起伏不定，奔腾向前。这人群的洪流还带来呼吸的热气，而热气渐聚渐浓，形成一片迷迷蒙蒙的雾霭，让圣坛的蜡烛都显得暗淡无光。

但是，人们依然在进来，源源不断地进来。

拥入教堂的有波尔尼·卢得卡村的村民，他们肩并肩地排成了一队，身高体胖，生气勃勃，一律都是亚麻色头发，全都身穿湛蓝色的外套。女人个个长得清秀，围着双层的围裙，红色头巾下戴着小帽。

接着进来的是莫德利查村的村民。他们三三两两地不成队形，个个面容憔悴，身材瘦削，穿着打补丁的灰色外套，还拿着木棍，因为是步行来的。他们在酒馆里常被取笑为是吃泥鳅长大的人，因为他们住在低矮的地区，那里沼泽密布。他们身上都发出一种烧泥炭的臭味。

从沃拉来的村民是按家族一家归一家地分开来的，就跟总是长成密密的一丛的杜松一样。他们个子不高，中等身材，肥胖得有如一袋麦子，但身体矫健，气力不小，爱唠里唠叨，喜欢打架和毁坏森林。这时候，他们都穿着带有红色绶带的灰色外套，皮带上也有红色的饰结。

热普基的贵族们也来了，那些贫嘴的人说他们"人人只有一个口袋和一个包袱，五个人才有一头母牛，三个人才有一顶帽子"。他们结队而来，寡言少语，低头看着或者斜视他们所遇见的人。他们的女人都打扮得跟地主的太太一样，华衣盛服，而且人也很漂亮，皮肤白嫩，口齿伶俐，在男人们中间很受青睐。

紧随其后的是来自普齐温卡村的人，他们又高又瘦，但很结实，像森林中的松树一样。他们穿戴华丽，叫人眼红。白色外套，红色背心，衬衫上饰有绿色缎带，裤子上绣有黄色条纹。他们横冲直撞，丝毫不顾及旁人，一直挤到了祭坛前面。

随后进来的是邓比查村的农民，他们可能是最后一批到来的人，个个像地主一样气派十足。他们人数不多，都是各走各的，昂首挺胸，趾高气扬，在靠近高高的圣坛的座位上坐了下来——这是他们的特权。他们都很富有，才有权占据前面的首排座位。他们的女人手里都拿着祈祷书，戴着额下打结的白帽，穿着布料软薄的长裙。此外，还有一些人是来自很远的村庄，有的人来自只有几户人家的村落，还有来自锯木厂的工人师傅和地主庄院里的长工们。人数之多，谁还能数得清、记得住哩！

在如此拥挤和众多的、有如狂风吹过树林一样喧嚣和摇晃的人群中，最吸引眼球的要算利普查村的村民——男人身穿白色外套，女人头上围着红色头巾。

教堂里面都挤满了人，就连大门口最偏僻的角落里也都站满了人。那些姗姗来迟的信徒，不论是谁，都只好在大门外的树下冒着寒风祈祷。

神父出来做第一场弥撒了，管风琴响了起来，所有的人都在摇晃着，俯下了身子，最后跪在天主的面前。

全场静了下来，没有人再唱歌了，大家开始了祈祷，人人都望着神父和高悬在祭坛上面的烛光。而管风琴奏出的乐曲又是那么悦人耳目，叩人心扉，震撼灵魂。神父常常转过身来，伸开双手，高声吟诵着拉丁文的圣谕，信徒们也张开着双臂，深深地叹息着，虔诚地俯下身去，捶胸顿首地祈祷着。

当头场弥撒做完后，神父便走上讲台，向大家进行了长久的布道。他讲起了这个神圣的节日，警告人们要远离罪恶。他的话如同圣火一样点燃了人们的心，像雷声一样在教堂里面轰鸣。于是有的人在叹息，有的人在捶胸，有的感到悔恨交加，有的人——主要是那些多愁善感的人——尤其是女人们，竟然呜咽地哭了起来。因为神父的激情洋溢和谆谆教诲，每句话都深入到人们的心里，留存在脑海中，就连那些因为教堂闷热而昏昏欲睡的人，也不想放过神父的每一句话。

在第二场弥撒开始之前，当人们神昏脑涨之际，管风琴又响了起来，神父唱起了圣歌：

躺在秣槽中，
快顶礼膜拜。

大家都一起站了起来，放开喉咙，齐声高唱。这歌声仿佛从每个人的胸中喷涌而出，如同汹涌奔腾的巨浪，充满着整个教堂：

向圣子致敬！

这巨大的声响把圣诞树震得摇来摇去，把千百支烛光震得忽明忽暗。

大家的灵魂、信仰和声音如此地一致，就像是一个声音在唱歌，一个人在捶胸。这歌声带着千百个人的心，一直飞到圣子的神圣脚下。

第二场弥撒做完之后，风琴师便连续演奏了好几首圣诞歌，旋律轻松明快，节奏跳跃活泼。大家都努力抑制住自己的跳舞欲望，拥向管风琴，和着乐曲唱起圣歌来。

唯有安特克一人没有和大家一起唱歌。他是同老婆和斯达赫夫妇一起来的，他让他们都到前面去了，自己则留在后面。他不想到靠近祭坛前面的几排座位上去，于是就和农民们一起坐在原来的座位上。他在找地方坐下时，恰好看见父亲领着全家人进来了——雅格娜走在前面，一直朝礼拜堂中央挤去。

安特克躲在一棵枞树后面，一直盯着她看，因为她身量高，远远就能让人看到。她坐在第一排座位的末端，挨着过道。他没有多想，就本能地向前尽力挤去，一直挤到她的旁边。当大家跪下望弥撒的时候，他也跪下了，把脑袋低得很低，故意碰到了她的膝部。

起初她没有发现他，因为照在祈祷书上的灯光很暗，加上枞树的掩盖，她便什么也没有看见。直至她后来行圣礼，跪下又捶胸，把脑袋垂下时，才无意地看了旁边一眼。顿时，她的心跳便停止了，高兴得整个人都僵在了那里，一动也不敢动一下。她不敢再看他第二眼，怕这是一场梦，一种幻觉，一个影像！

她闭起眼睛，把身子俯得很低，紧贴在地面上，俯伏了很久很久。她激动得几乎要昏迷过去了……后来，她终于坐了起来，眼睛直凝视着他的脸孔。

啊，是的，是他，真是安特克！他又瘦又黄又憔悴，即使在这昏暗中她也看得一清二楚。他那双大胆而又摄人心神的大眼睛直视着她，充满了温柔和甜蜜，使她的心既惶恐又怜悯，眼泪一下子涌了出来。

这时候，她和其他女人一样笔直地坐着，一双眼睛也在对着祈祷书看，可实际上，她一个字也没有看见，就连眼前的这一页纸也视而不见。她什么也没有看见，除了他的眼睛，他的那双眼睛是那么悲哀，那么忧郁，又是那样晶莹，那样光芒四射，照耀在她身上，就像星星把整个世界蒙住了那样，使她感到迷茫和慌乱。安特克却一直跪着，就在她的近旁，她能听到他急促而又炽热的呼吸声，她能感到他身上那种可爱而又可怕的力量正在朝她袭来，正在撞击着她的心！她既感到甜蜜又觉得可怕，浑身发抖。她仿佛失去了理智，从心底发出了一种强而有力的爱情呼号——这呼号震动得她骨头颤抖，心跳不已，就像一只可怜的小鸟翅膀被钉在了墙壁上！

现在第二场弥撒结束了，神父的布道也完了，教徒们在一起唱歌、祈祷、叹息和哭泣。可是，他们两个却仿佛置身事外，什么也看不见，什么也听不见，除了他们自己便什么也不存在了。

恐惧、高兴、挚爱、回忆、诺言、恳求、期待都一齐涌上他们的心头，而且是相互影响相互作用。他们已是心心相印，相互紧贴在一起，宛如一个人了。他们两个人的心跳得如此地一致，眼里的欲火也如此炽热。

安特克又向前移近了，肩膀都靠在她的臀部上。她感到有股热流传遍全身，让她几乎昏厥过去。当她再次跪下去的时候，他对着她的耳朵轻轻呼叫着："雅格娜！雅格娜！"这呼声如同烈火一样炽热，让她震撼，让她激动得不能自已。这呼声穿透到了她的心灵深处，让她感到无比地甜蜜和欢欣。

"你哪天晚上出来一下，到草堆后面来……我每天晚上都会在那里等你……你不要怕,我有要紧的事和你说。你来吧!一定来……"他热情地低声说道。他靠得那么近,呼吸都直扑到她的脸上。

她没有回答,浑身无力,喉咙被堵住了似的。她的心跳得如此急速,也许周围的人都能听见。此时她抬了抬身子,仿佛在暗示,她任何时候都会去他等待的地方,到爱情驱使她去的地方……到草堆的后面。

教堂里响起了雷鸣般的歌声,她的心情稍微平静了些,便对周围的徒众和殿堂环视了一眼。

安特克已经走了。他悄悄地一步一步地退出,缓缓朝教堂外的墓地走去。他在钟楼底下冒着严寒站了许久,以使心情平静下来,也为了能呼吸一些空气。他的心里充满喜悦,有一种自豪和胜利的感觉。就连从教堂里传出来的巨大歌声他也充耳不闻,头顶上大钟的回声也听不见——在这样的一个时刻,这一切对他来说已经毫无意义了。

他从地上抓起一把白雪,迅即吞了下去。随后他翻过围墙,跳到了路上,立刻朝广袤的田野奔去,快得好似一阵旋风。

第五章

　　波利那一家直到黎明时分才从教堂回到家里，几分钟后全家便鼾声雷动。只有雅格娜例外，尽管她也很疲惫，但却无法入睡。她躺在床上翻来翻去的，甚至用毯子蒙住脑袋，依然睡不着。睡意不来，梦魇倒找上她来了，把人压得透不过气来。她叫也叫不出，也不能从床上爬起来，只有麻木疲倦地躺着，处在一种半昏迷半清醒的状态中。理智已经失去作用，回忆却总是萦绕在脑海里，让她翱翔于天地之间，上穷碧落，沐浴着太阳的阳光，下看万物，种种不同的景象映照于波动的水面上。

　　此时此刻雅格娜的状态就是如此。她虽无法入睡，但思想却像一只小鸟那样自由飞翔，飞到了逝去的岁月里，飞到了那些已逝去的但仍活在记忆中的一切。她觉得自己又回到了教堂，安特克正跪在她旁边，不停地说着话，用火热的眼神凝视着她，用热情的言辞刺激着她，让她既感到甜蜜、高兴，又感到痛苦和恐惧……接着又是巨大的歌声和管风琴奏出的乐曲，使她受到巨大震撼，每一支乐曲都好像深入到了她的内心，然后是神父那张红得吓人的脸孔……他把手伸到大家的面前……还有烛光。紧接着又是对往事的回忆……和安特克约会……

接吻……拥抱……这回忆使她无比激动和兴奋，她只好紧紧抱住了枕头。她又一次非常清晰地听到了他的呼叫声："快出来！快出来！"她仿佛听从了他的召唤，爬起床来，走呀走呀，在黑暗中穿过树林……她非常害怕，身后好像有人在叫喊，一阵阴风从黑暗中吹了过来。

这种情况就像怪圈那样，接二连三地转来转去，重复出现，无法计数……她既不能逃离这些幻觉，也无法将它们控制住，梦魇抓住了她……她无法可想，要么被恶魔窒息而死，要么受恶魔的驱使而走向犯罪。

第二天她从床上起来时，已经是大白天了。她感到像受了酷刑似的，浑身筋骨酸痛。她脸色苍白，精神疲倦，心情特别忧郁。

寒冷稍微减弱了一些，但天气仍然很阴沉，天空中还时不时地飘起了雪花，有时又会刮起一阵大风，摇晃着树木，掀起阵阵雪尘，随即便沿着大路飞驰而去。尽管如此，村里依然洋溢着一派欢欢喜喜过节的气氛，大家都在喜气洋洋地欢度圣诞节。村民们纷纷来到大路上，有的驾着雪橇疾驰而过，有的站在围墙边闲谈，有的到邻居家去串门儿，孩子们在池塘冰面上追来逐去，嬉戏玩耍，整个村庄都是热热闹闹的，一片欢乐的景象。

但是，雅格娜的心里却没有一点的欢乐之情，是的，没有。虽然炉火烧得旺旺的，她却觉得异常寒冷，虽然周围的人们在谈笑风生，尤什卡的歌声响彻全屋，她却视而不见，充耳不闻。她虽是家里的女主人，却对一切感到很陌生，陌生得她都不敢去看他们一眼，仿佛她是处在匪徒中间似的。

每当她渴望再能听到安特克的悄悄话时，另一种声音也以巨大的力量撞击着她的心灵：

"上帝会愤怒的，这会遭到永世的谴责！"她清晰地听到了神父的声音，看到了神父的红脸和他以警示的姿势伸出来的双手。

她为这幻觉而惶恐不安,深感自己罪孽深重。

"不,我不去了!这是十恶不赦的大罪,十恶不赦的!"她一再重复着这句话,想用这句话来增强自己抗击罪恶的力量,但是,她的灵魂依然在痛哭和悲哀中呼喊,因为她依然全心全意地、异常强烈地在渴望着他,就像严寒中的树木渴望春天的太阳一样,就像这大地期待着温暖的到来一样……

但是,对犯罪的恐惧依然占据上风,她想尽一切办法去忘记他,永远忘记他……她不敢出门,不敢到屋外的任何地方去,唯恐碰见等在附近的安特克,会听见他的呼叫……如果真的遇见了他,听见了他的召唤,难道她会忍心拒绝他,不应这呼声去赴约吗?

她很想去做些家务活,但却无事可干,因为尤什卡已把一切都料理完了,而老家伙又把她看得很紧,不让她摸任何东西。

"好好休息,不要乱动,免得在这之前发生什么坏事!"

这样一来,雅格娜就更不能做什么事了,只有在房间里漫无目的地走来走去。她有时朝窗外望去——其实什么也没看,有时又很无聊地站在过道里。与此同时,她的渴望与思念也在不断地增长,脾气也更加暴躁了。她很不满丈夫那双紧跟不离的眼睛,也不满房间里欢乐祥和的气氛,甚至对屋子里跳来跳去的鹳鸟博切克也很生气,竟挥动围巾把它赶了出去。到最后,她再也忍受不住了,便找了个机会跑回娘家去了。她直接穿过池塘,眼睛还东张西望的,害怕安特克会躲在某棵大树的后面。

母亲不在家,她只是一大早回家看了一下便到乡长家去照看乡长的老婆了。安德烈坐在炉边抽烟,西蒙正在房间里换衣服。

回到自己的娘家,见到所有熟悉的房间和家具,见到旧日的用品,她的心情变了,烦恼消失了。她又恢复了欢快天性,开始本能地收拾起房间来。她到了牛栏,把早上就留在桶里的牛奶过滤出来,把麦粒撒给鸡吃,接着又打扫房间,收拾东西,还很高兴地跟两个兄弟交谈。这时候,西蒙已穿好衣服走出房间,正在镜子前面梳理头发。

"要到哪里去呀?"

"到村里的普沃什卡家去,那里有小伙子集会。"

"母亲允许你去吗?"

"我不能事事都要得到妈妈的允许。我有自己的头脑,也有自己的意志……我自己认为好的事情我就会去做!"

"你当然会的……你当然会的!"安德烈插了一句,眼睛却盯着窗外的道路。

"你要知道,我会去做的,而且是故意这样做的。我去普沃什卡家,还要去酒馆和小伙子们一起喝酒!"西蒙用坚决的口吻大声说道。

"那就让这个傻瓜随心所欲去吧,他会像一头小牛那样到处乱跑,其实他所需要的就是母牛的奶头……"雅格娜轻声喃喃。她并不是要反对西蒙,尽管他对母亲说了许多抱怨的话,但她并没有认真听他说了些什么。现在她该回家了,但又很不愿意离开这里,她几乎是哭着离开娘家的,而且是以沉重而缓慢的脚步走回去的。

这时的家里却比刚才还要热闹和欢快。纳斯特卡·戈温布跑来,正和尤什卡一起哈哈大笑,雅格娜在路上就听见她们的笑声了。

"你知道吗?我的枝条开花了!"尤什卡朝刚进门的雅格娜大叫道。

"什么枝条?"

"就是我在圣安德鲁节上剪下来的那枝,我把它种在沙土里,放在炉子旁,它就开花了!昨天我还看了看,一朵花也没有开,经过昨天一夜,全都开花了,你们看!"

她小心翼翼地端着那盆装满沙的花盆给她看,盆里插满了一束樱桃树的枝条,上面开满了鲜艳的花朵。

"是樱桃花,粉白色的花瓣,很香!"维特克一本正经地说道。

"真的，是樱桃花！"

大家都围了过来，怀着好奇和欣喜的心情来观看这芳香的花枝。正好此时，雅古斯丁卡进来了，她又恢复了昔日的本性，充满自信，大声说话，尖酸刻薄，总想找机会把别人刺痛一番。

"不错，枝条是开花了，但不是为你开的，尤什卡！你现在需要的是皮鞭或者更硬的东西。"她一进门就这样说道。

"是为我开的，就是为我开的。是我在圣安德鲁节亲手剪下来的，是我把它栽种下来的……"

"尤什卡，你还太小了。这一定是为纳斯特卡开的，预示着她要结婚了！"雅格娜解释道。

"是我和她一起栽到花盆里去的，但是是我一个人剪下来的，所以它是为我开花的。"尤什卡固执地坚持道，差点儿因为大家不支持她的说法而难过得哭了起来。

"尤什卡，要说追小伙子，在篱笆旁等候他们，你还得再过几年。现在还是让岁数比你大的人先领受一下吧！"雅格娜一边说一边朝纳斯特卡笑了一笑。

"尤什卡，别伤心了！你知道吗，风琴师家的那个马格达，昨天晚上在教堂的门廊里生了个孩子。"

"你是在说胡话吧！"

"我倒希望是胡话，但这是实打实的真事。雅姆布罗兹前去打钟时，还被她绊了一下……"

"我的主啊！她没冻死吧？"

"她还好，孩子却冻死了，她也差点儿没了命。他们把她抬进了神父家，正在进行抢救哩……还不如不去抢救。她活着还有什么意思呢？到了这个份儿上，她还有什么指望？有的话，那也是痛苦和悲伤！"

"马特乌什告诉我，她被风琴师赶出来后便经常到磨坊去，在那儿过夜。不过，后来弗兰克还打了她，把她赶出了磨坊。这一定是磨坊主的指使！"

"他能对她做什么？他当然不会把她装进镜框里当作画像挂到墙上去欣赏，他和其他农民一样，先是赌咒发誓，结果弄到手后就扔掉！当然不是说弗兰克没有什么罪过，可是风琴师的罪过更大。当马格达身强体壮的时候，他们像使唤两头牛那样用她，让她一个人承担了他们家的全部劳作，他们家的事务还少吗？母牛就有五头，还有这么多孩子、猪、家禽，以及这么多的地！她现在病了，就一脚把她踢开，他们是狗杂种，不是人！"

"可是她却把自己给了弗兰克！"纳斯特卡大声说道。

"如果你能断定雅西会和你结婚，你也会嫁给他的！"

纳斯特卡听了这话很是生气，眼看一场吵架难免就要发生了，恰好这时候波利那进来了，她们两个便默不作声了。

"你们知道马格达的事吗？她还活着，但还昏迷不醒。雅姆布罗兹说，若是发现得晚一点，她就到另一个世界去了。现在罗赫正在用雪擦她的身子，给她喝水。他们认为，她得很长时间才能恢复过来。"

"可怜的人儿，她到什么地方去安身呢？"

"科兹沃夫家应该会收留她的，因为他们是亲戚！"

"科兹沃夫家？拉倒吧！他们自己都是靠偷偷摸摸、东骗西骗来过活的，拿什么来养活她？村里这么多富人，这么多有地的农民，却没有一个人肯救助她！"

"你们以为农民们就有无数的、从天上掉下来的财宝？他们唯一要做的事情，就是分发财产，救济周围的穷人？难道我应该把大路上的穷人都召拢过来，把他们带到家里去，给他们吃，给他们住，替他们付钱请医生治病？你老了，雅古斯丁卡，你昏头了！"

"不错，我们不能强迫一个人去帮助别的人，但人也不是野兽，不应该让他们死在野外。"

"世界就是如此,一切都是安排好了的。你要改变它?"

"可是我记得在很久以前——战争之前,贵族老爷们掌权的时候,村子里曾有个替穷人看病的医院,就设在风琴师现在住的那座房子里。我记得很清楚,医院的经费是由大家按照土地的多少来支撑的,有多少地就付多少钱。"

波利那非常气恼,不愿再谈这个问题,便阴沉地说道:"你的这种说法就跟烧香叫死人复活一样,根本没用。"

"的确没有用!对于那些对穷苦人民毫无同情心的人说来,眼泪也是没有用的。那些生活很美满的人都认为世界上的一切都很合情合理,都很符合上帝的意志。"

雅古斯丁卡见波利那不再理睬自己了,就转向纳斯特卡,问道:"马特乌什的肋骨怎么样了?现在好些吗?"

"马特乌什?他出什么事了……"

"怎么,你们不知道?"纳斯特卡大声道,"那还是在节前星期二发生的事……我听说,你们家的安特克把他揍了一顿,抓住他的脖子提出了磨坊,又用力把他扔到了河里,连木桩都扔断了好几根。他掉进了水里,差点儿没淹死。现在他病在家里,还在吐血,也动弹不了。雅姆布罗兹说,他的内脏错位了,断了四根肋骨!现在他还在不停地哼哼唧唧呢!"

说到这里,她放声哭了起来。

雅格娜听完第一句话便跳将起来,好像被人在心上刺了一刀。她立即意识到这和她有关,但很快又在柜子上坐了下来,把脸贴到樱桃花上,想让脸凉快下来。

屋里的人都很吃惊——他们对这事一无所知,尽管这事在全村已传得沸沸扬扬,但却没有传到波利那家中。

"物以类聚，人以群分，这是无赖跟无赖相斗，没有什么了不起的。"波利那愤愤说道。显然他很生气，因为他紧锁眉头，用力将木柴扔进炉中。

"他们为什么打架？"雅格娜后来才问道。

"那是为了你！"雅古斯丁卡恶狠狠地挖苦道。

"请你把话说清楚些！"

"事情是这样的：马特乌什在磨坊里当着大家的面吹嘘说，他和你在你的卧室里……正好被安特克听到了，便狠狠地揍了他一顿。他们这是公狗争夺母狗，为了你而互相撕咬。"

"你这是在说笑话，我不爱听！"

"你不相信我，那就去问问全村的人，他们个个都会告诉你我说的是实话。我并没有说马特乌什说的是实情，我只是重复了一下他向大家说的话。"

"他是个卑鄙的说谎家伙，一个说谎的坏蛋！"

"可是你逃不脱别人的诽谤。有的人进了坟墓之后还会遭到别人的议论。"

"好，打得好！该打！我恨不得亲手宰了他！"雅格娜怒气冲冲地嚷道。

"你看看她，鸡爪子变成鹰爪子了！"

"凭他这样撒谎，我真想立即宰了他，这个可恶的狗杂种！"

"我也是这样对大家说的，可是他们不相信，还是要对你嚼舌头。"

"等到安特克把他们的舌头割掉，他们就会闭嘴的！"

"嘿，难道安特克会为了你而同全世界的人打架吗？"雅古斯丁卡讥讽道。

"你这个犹太婆，你这个爱嚼舌头的臭女人，老拿别人的痛苦寻开心。"

雅格娜火冒三丈，生平第一次情绪如此激动，对她的恨也已达到恨马特乌什的程度。她差点就要跳近前去，将雅古斯丁卡的舌头揪下来，若非她又听到了安特克的名字和有关表现，怒气缓解了下来的话。现在她的心中充满了对安特克的柔情蜜意，和难以表达的感激之情。他对她的爱护，他不让她受到屈辱令她感到自豪。可是这样一来，她对家里的一切就更加难以忍受了，她会为了一点鸡毛蒜皮的事而训斥尤什卡和维特克。老波利那为此感到不安，便在她的身旁坐了下来，抚摸着她的脸，柔和地问道："雅格娜，你怎么啦？我的雅格娜！"

"没什么，我很好，走开，别来烦我，难道你要在大家面前表示男欢女爱吗？"

她很不客气地把他推开了。

"嗯，这个老家伙，这个年老体衰的糟老头，竟想要爱抚我，把我拦腰抱住！"雅格娜厌恶地想道，这是她第一次意识到他的年老，也是第一次被激起对他的嫌恶、反感，甚至是憎恨。

现在她对他产生了一种隐秘的鄙视和幸灾乐祸感。因为他最近的确衰老了不少，脚步迟缓，双手发抖，还有些腰弯背驼。

"这个糟老头子！"

她对他厌恶得浑身不舒服极了，同时更想念起安特克来——她已不再回避对他的思念了，也不再躲闪他对她说的那些甜蜜话语了！

白天过得很慢，慢得让她难受。她时时刻刻都会来到门廊里，或者走到屋后的果园里，透过树木眺望田野……或者倚靠在篱笆柱子上——这篱笆是随着果园和农舍而建的，把果园和通往乡村的大道分隔开来。她眺望着广袤的大地、白雪皑皑的田野、远方黝黑的森林——不过她对这些都视而不见，整个身心都沉浸在被安特克占领的欢乐之中，沉浸在对她的关爱之中——他绝不会让她受到任何的屈辱。

"他有办法对付所有人，他是个硬汉子！"她深情地想道。如果此时此刻他出现在她面前，她是不会拒绝的，一点也不会！

干草堆离此不远，就在路边的田地里，麻雀成群结队地在它上面叽叽喳喳地叫着，并在一边刨出一个窟窿来用作栖息之所。雇工们都不愿爬到堆顶上去取干草——尽管波利那一再嘱咐他们要这样做——宁愿从旁边一把一把地抽出来，抽得多了，便成了一个小洞窟，里面准能躺下两个人。

"出来吧，到干草堆后面来，出来吧！"她无意识地一再念叨着安特克的恳求话语。

她跑回屋里去了，因为晚祷的钟声已经敲响了，她想独自到教堂去，心中抱着一种能碰见安特克的模糊希望。

她没有碰见安特克，却在大门里面的过道上碰见了汉卡，她向汉卡问候了一声，便后退了一步，让汉卡先到净水池里去净手。汉卡既没有回答她的问候，也没有去净手，只是径自往里面走了过去，用眼睛狠狠地盯了雅格娜一眼，仿佛是在用石头砸她似的。

汉卡对她竟这样地轻蔑，这样明显地憎恨，这让雅格娜的眼里噙满泪水。可是等她坐在凳子上之后，又不由自主地盯住了汉卡那张憔悴苍白的面孔。

"安特克的婆娘，竟是那么憔悴，那么瘦削，嘿，嘿！"雅格娜的思想又转到别处去了。此时，唱诗班唱起了圣歌，管风琴也奏出了悦耳的音乐。这音乐如此轻柔低沉，如此庄严神秘，使她完全沉浸其中。她从未在教堂中感到如此美好，如此甜蜜，从来没有过！她甚至忘记了祷告，连手里的祈祷书都没有打开，念珠在她手里都没有转动过。她轻轻地呼吸着，双眼缓慢地转动着，望着从窗户穿进黑暗的一丝亮光，望着画像、柜子、烛光，以及几乎看不清楚的彩色装饰。她的灵魂得到升腾，仿佛处在奇妙的世界中，飘浮在画像的天空里，沉醉在逐渐减弱的音乐声和歌唱声中，陶醉在这节日的欢乐中。她忘记了一切，什么也不看，只有圣人们从画像里走了出来，笑容满脸地朝她走来，把祝福的双手伸到她的头上，然后走向信众，屈身向大家祝福，蓝色、红色的道袍在他们身上飘荡，带着慈爱的目光和感谢的乐声，直至一切都消失。

等到弥撒结束时，管风琴静了下来，她才清醒过来。她伤心地站了起来，和大家一起走出了教堂，但在教堂前面又遇见了汉卡。汉卡站在雅格娜前面，想要跟她说什么似的，可是只朝她怒视了一眼，便匆匆离开了。

"她以为这样狠狠地望我一眼，就能把我吓倒，这个傻婆娘！"雅格娜一边这样想一边朝家里走去。

夜幕降临了，夜晚宁静、祥和。大地一片昏黑，星光在浓雾中闪耀，大片大片的雪花在空中缓缓飘散，无声无息地从窗前飘过，宛如一根根带绒毛的长线。

房间里静悄无声，有点沉闷，黄昏刚过，西蒙便来了，表面上是来拜访他们，实际上是来和纳斯特卡见面。他们两个挨着坐在一起，低声细语地交谈着。波利那不在家里，雅古斯丁卡坐在炉前削着土豆，彼得在另一边拉着小提琴，琴拉得很柔和，但琴音却很悲切，引得瓦帕时时发出呜呜的吠叫声。维特克和尤什卡坐在一起，雅格娜被琴声搅得心绪不宁，便在卧室门口大叫道："彼得，别拉了！这音乐太悲伤，都快让人哭起来了！"

"我还以为这音乐有利于你的睡眠哩！"雅古斯丁卡笑道。

小提琴声停止不响了，但过不多久又响起来了，是从马厩那边传来的，声音不大，刚刚能让人听见。那是彼得躲到了马厩里，在那里拉了很久。波利那一直到晚饭都准备好了才回到家里。

"乡长的老婆生孩子了，那里聚了很多人，多米尼科娃把他们都赶出去了。雅格娜，明天你也去看看她。"

"我马上就去，马上！"雅格娜显得很兴奋，便急忙答道。

"你现在可以去，我和你一起去！"

"嗯，那还是明天去吧……你说，那里人很多，我宁愿白天过去，现在还下着雪，天又黑……"为了掩饰她的突然改变主意，便这样说道。波利那表示同意，正好这时候，铁匠老婆带着孩子们来到了，他也就只好同意了。

"你的那位到哪里去了？"

"沃拉村的碾麦机坏了，地主家的那个铁匠修不了，便把他叫去了……"

"现在他可是常常跑到地主家里去的！"雅古斯丁卡意味深长地说道。

"这妨碍你什么了？"

"没有妨碍。我只是瞧瞧看看，留意一些事情，等着看后来会有什么结果。"

这次谈话到此结束，没有人想大声说些什么，人人都感到很困倦，只是小声和旁边的人说话。他们昨夜一夜没有睡好，甚至连吃晚饭的胃口都没有了。只有雅格娜精神奕奕，兴致高昂，在房间里走来走去，劝大家多吃点，即使大家放下了汤勺，她还要热情相劝。她忽而大笑，忽而又停住，惹得大家都惊讶地望着她。她坐到姑娘们的身边——三个女人一台戏，可话没说完她便又跑向房子的另一侧……刚到过道上又立即返了回来。事实上，她的内心充满恐惧和不安。傍晚过得缓慢而沉闷疲惫。她想跑到房屋后面草堆去的愿望越来越强烈，但她还不敢痛下决心，她担心被人看见……她害怕犯罪……她使出浑身力量来抑制住自己。她在痛苦中挣扎，她的心就像一只被铁链锁住的小狗似的渴望自由……可是她不能，不能……也许安特克正站在那儿……正在等她……正在环视四周……也许在围着房子转来转去……也许在果园的某个地方朝窗户里面窥视,正在望着她,向她乞求……他伤心至极,因为她没有出来……她忍受不下去了,她要出去……哪怕一分钟……哪怕只对他说一句话:你走吧,我不再出来了,这是犯罪……现在她围上了围巾,正朝大门走去,她刚走了几步,就像有人从背后抓住了她的颈背,令她不能动弹……她害怕了……雅古斯丁卡的眼睛像条警犬似的一直盯住她不放……纳斯特卡也奇怪地看着她……老头子也是……难道他们知道什么了?也许他们猜到了什么?不,我不能出去,今天我不可以出去了!

她终于放弃了,她感到如此疲倦不堪,连周围的东西都看不清楚了,直至屋外的瓦帕在不停地吠叫,她才清醒过来。屋子里几乎空无一人,只有雅古斯丁卡在炉子旁边打瞌睡,老头子正站在窗前眺望窗外,因为瓦帕叫得越来越凶了。

肯定是安特克等得不耐烦了!他……雅格娜害怕得坐立不安。

然而,站在门外的却是老克温布,跟他一起来的还有文西奥尔克、瘸子格热拉[1]、米哈乌·查班、弗兰克·贝利查(汉卡的叔父)、歪嘴瓦伦提和约瑟夫·瓦赫尼克,他们正在门外抖掉自己身上的雪片,在门槛上擦掉鞋上的积雪。

波利那对这伙人的到来深感意外,他还来不及询问,便赶紧回应他们的问候,和他们握手,又拉过几张凳子来,请他们坐下,还把自己的鼻烟壶递了过去。

大家坐成了一排,个个都很乐意地闻了闻鼻烟,鼻烟很烈,有的揉着鼻子,有的打着喷嚏,有的在擦眼睛。随后,有的人在打量着房间,有的人说了几句话,有的人在庄重地回答,还有人在议论下雪和时世的艰辛,有的人点头表示肯定,有的打哈哈附和着。但是大家都在绕来绕去,就是没有触及正题——此次来的目的。

---

[1] 第三部为"歪嘴"格热拉,作者原文如此。

波利那坐在那里,忐忑不安地望着这些来客,想方设法想套出他们来找他的根由。

但是他的计策落空了,这些人坐成了一排,全都是白发苍苍的老人。他们身材瘦削,胡子刮得亮亮的,年龄也相差无几,虽然因年老和劳累而有些背驼,但身体仍很健康。他们身体笨重,有如田野里长有苔藓的岩石。他们皮肤粗糙,但肌肉结实,面容丑陋,但头脑聪明、意志坚定。他们不到时候不露馅儿,总是转来转去,就像聪明的牧羊犬要把羊群赶进圈门那样。

直到最后,克温布才干咳了一声,吐了口唾沫,庄重地说道:

"何必绕来绕去耽误时间,我们到你这里来,就是想知道,你是不是和我们站在一起?"

"少了你,我们就很难下决心……"

"你是村里的能人!"

"上帝赐予你这么多的聪明才智!"

"虽然你身无官职,但你是我们的领导……"

"大家都在看着你呢!"

"这有关我们大家的利益。"

虽然大家都在各说各话,但全都在吹捧波利那,说得他脸都红了,他摊开了双手,大声说道:

"亲爱的朋友们,请你们不要绕弯子了,告诉我你们为什么来找我?"

"有关我们的森林,过了主显节,他们就要来砍伐了!"

"锯木厂不是已经在加工他们的木材了吗?"

"现在这批木材是属于卢得卡村犹太人的,你不知道这事吗?"

"我不知道,最近我忙得都没有时间出去走动打探消息了……"

"不是你第一个去控告地主的吗?"

"因为我想，是地主把我们开垦地上的森林卖掉了……"

"你说是谁呢？还能有谁呢？"查班大声说道。

"他不是在卖自己的吗？"

"卖了还不够，又加卖了狼谷的树木，马上就要砍呢……"

"不经过我们的同意，他是不能卖的！"

"可是树木都标上了记号，森林也丈量出了面积，过了主显节，他们就要动手砍了。"

波利那想了想，便这样说道："如果是这样，我们就要告到特派员那里去。"

"从播种到收获，并不是每个人都还活着。"查班嘟哝道。

"要死的病人，医生也救不了！"歪嘴的瓦伦提说道。

"告状的结果也不过如此，还没有等到官方的禁令下来，我们的森林就被砍得一棵不剩了，就像他们在邓比查所做的那样，你们等着瞧吧！"

"地主就跟狼一样，只要尝过一只羊的味道，就会把整群羊都吃掉。"

"这种情况一定要制止！"

"你说的这话很对，马捷伊！明天做完弥撒后便到我家里来集合，大家商量一下怎么办，大家派我来请你去参加，出出主意。"

"大家都去吗？"

"全都会来，一做完弥撒就去。"

"明天……我参加不了，明天我必须去沃拉，我的几个亲戚因为分家产一事闹得不可开交，都闹到法院去了，我已经答应了他们要去调解的，免得孤儿们受到亏待和欺侮，所以我不能不去。你们大家决定的事情，我一定会照办，就像我亲自参加做出的决定一样。"

他们都不太满意地离开了，尽管波利那表示会赞成他们所做的一切，但是他们也很明显地感觉到，他不是诚心实意地和他们站在一起。

他暗忖道："嗯，你们自己去商量好了，我可不参加。无论是乡长还是磨坊主，村里的头面人物都没有和你们在一起。如果地主知道我没有出来反对他，那他会更愿意赔偿我的母牛了……他就会单独同我们——和解的……这些蠢蛋……最好还是让地主把所有的树木都砍掉，到那时候再去嚷嚷，告上法院，进行拘捕，下达禁令，用这种挤压的方法比和解协商的方法更能让地主拿出更多的钱来。让他们去商量好了，我就在一旁等着，我不用着急，等着瞧吧！"

全家人都已经睡了，只有马捷伊还坐那里，望着那块用粉笔记着数字的木板，整夜都在思考着问题。

翌日，吃过早饭后，他便立即吩咐长工给他准备好雪橇。

"昨天我给他们说了，今天我要去沃拉。雅格娜，你好好看着这个家，如果有人问起我，就说我不得不去沃拉。你也要抽空到乡长家去拜访一下。"

"你要很晚才能回来吗？"雅格娜问道，心中暗自高兴。

"大约在晚饭前后，也许还要晚些。"

波利那要穿节日的衣服，雅格娜便从储藏室给他拿来了一套最漂亮的衣服，还替他在颈下的衬衣上围上了一条丝带，还帮他打扮了一番，同时还催促着彼得尽快把马匹安排好。她动作迅捷，满心欣喜。她之所以欣喜，是因为丈夫整天不在家，傍晚才能回来，也许还要更晚，而她一个人留在家里，直到黄昏——啊，到了黄昏，她就可以到草堆后面去了……能出去啦！哈哈！她的灵魂在欢呼雀跃，眼里露出欢笑的光芒，她双手挥动，昂首挺胸，心情激动得有如一股刺人的灼热的电流穿透全身，给她带来了甜蜜的痛苦……然而，突然间，出乎意料地，她又被一种怪异的罪恶感抓住了，把她的心灵压得沉默不语了，她用迷蒙的眼神望着波利那，这时候他系好了腰带，戴上了帽子，正在对维特克下达一些指令。

"你把我也带去吧!"她轻声说道。

"你要去,谁来看家呢?"波利那很是惊讶地说道。

"把我带去吧,今天是圣斯蒂芬节,家里没有多少事的。把我带去吧,在家里我会很烦闷的,你就把我带去吧!"她不断地请求着,他虽感惊讶,但最后还是同意了。

过了没多久,她就准备好了。他们立即出发了,雪橇在马儿的奋力拉动下,快速地向前奔驰,掀起一片雪尘。

第六章

"我以为你被大雪困住了!"波利那有些生气地嘀咕道。

"哎呀呀,风雪这么大,我怎么走得快呢?雪片不停地朝眼里刮来,让你都不敢睁开眼,我只好摸着走。路上风雪弥漫,两步之外就什么都分辨不清了。"

"你老娘在家吗?"

"嗯,这样坏的天气,她还能去哪儿呢?早上去了科兹沃夫家,马格达的情况不妙,她躺在神父家的马厩里,已经无药可救了。"雅格娜边扫身上的雪片边回答说。

"村子里有什么新闻?"他打趣地问道。

"你出去一问,不就知道了,我又不是什么包打听。"

"地主要来我们村里,你知道吗?"

"这样的鬼天气连狗都不愿出门,地主怎么会到这里来。"

"常言道:无事不出门,有事何惧风雪!"

"当然,有事的人才会出门。"她不无怀疑地笑着答道。

"是他自个儿要来的,我们并没有请他来。"波利那严肃地说道,他放下了手上的那把两头都有柄的刮刀,从板凳上站了起来,他走到窗前朝外边望去，只见风雪肆虐，雾霭重重，连篱笆和树木都看不清了。

"我觉得，雪好像没下了。"他温和地说道。

"啊，不！风还在刮，雪到处飞扬，漫天雪雾，让人看不清道路。"雅格娜说道。她把手烤热之后，便将纱线从锭子上绕到车轴上去。波利那又开始了他的工作，时不时地朝窗外一望，他越来越焦急不安地倾听外面的动静。

"尤什卡到哪儿去了？"过了一会儿他问道。

"一定在纳斯特卡家里，她常常到她家里去。"

"这个贪玩的姑娘，在家里一刻也待不住。"

"她说家里太闷了！"

"她是想出去玩玩的，这小家伙！"

"不如说她是在逃避家务。"

"你可以不让她出去的。"

"不让她？我说过她一两次，她就像在训狗似的反骂我。还是你去说她吧，她是不会听我的。"

可是波利那并没有听雅格娜的抱怨，他正在焦急地注意着外面的动静，不过他没有听到从庄院来的任何人的声音，只有狂风的暴啸声把整个世界淹没了，还拍打着墙壁，把房屋震动得很厉害，并发出咯咯的响声。

"你要出去？"她小声问道。

他没有回答，他听到了过道上的开门声，只见维特克跑了进来，一进房门就大声嚷道：

"地主已经来了！"

"来了多久？快把门关上！"

"我还听到雪橇上的铃铛响呢！"

"他是一个人来的吗？"

"风雪太大了，我只看见了马。"

"你赶紧跑出去，打探一下他去了谁家。"

"你要去见他？"她轻声问道。

"我等他来叫我，没有他的邀请我是不会去见他的，缺了我，他们会一事无成。"

两人都沉默不语了。雅格娜正在卷线，把线卷成一团一团的，波利那心情焦躁，无法再继续工作，便把所有的东西都放下了，准备外出，恰好这时维特克冲了进来。

"地主正待在磨坊主家靠近大路的那间房子里，马匹留在了院子里。"

"为什么身上搞得这么脏？"

"风太大了，把我吹倒在雪堆里……"

"一定是和那些小家伙在打雪仗吧……"

"是风把我吹倒的……"

"算了，算了，你就是把衣服撕破了也可以，只要我鞭打你一顿，你就什么都记住了。"

"我说的是实话，风刮得这样厉害，我站都站不住。"

"从火炉边滚开！你要烤火，等到晚上再烤好了。现在你到彼得那里去，叫他打些麦子，你帮着他打，你再也不要像伸着舌头的瓦帕那样在村里乱跑了。"

"我去，但我得先去把木柴抱进来，这是太太吩咐的。"他很不乐意地低声说道。他本想说说村里发生的趣事，因此他在房间里转来转去。随后他朝瓦帕吹了声口哨，但这条老狗依然躺在炉边，根本不听他的使唤，维特克只好独自离开。波利那穿好了准备出门的衣服，在房间里不停地从这个角落踱到另一个角落，还不时地拨动炉子里的木柴，向马厩那边看了看，又朝窗外望了望，他走出了房外，焦急地等待着地主的召唤，但是谁也没有来请他。

"也许是他们忘记了……"雅格娜提醒他道。

"你说什么？他们把我忘记了？"

"很有可能。你这么相信铁匠，可他是个十足的骗子。"

"你这个傻瓜，你不懂的事情就不要乱插嘴！"

雅格娜给气得不说话了，他再三用好言好语来安慰她，也不起作用。弄到最后，他也气得抓起一顶帽子戴在头上，便砰的一声打开房门出去了。

雅格娜正在把亚麻绕在杆子上。她坐在窗前纺线，时不时把眼睛朝窗外望去，外面是一幅风雪交加的情景。

狂风怒号，震天撼地，雪片凝结成大片大片的雪云，大如房屋，给刮得四面八方地乱飞，还常常撞到房屋的墙壁上，震得连木梁和橡子都抖动不停，橱柜里的盘子碟子也当当作响，连房间里挂着的剪纸也都摇晃不止。一股刺骨的寒风从窗口和门缝中直穿了进来，冷得连瓦帕都不止一次地挪动着身子，去找寻最暖和的地方，雅格娜也赶紧用大围巾裹住了身体。

维特克走了进来，胆怯地说道：

"太太！"

"什么事？"

"你知不知道，地主是坐马车来的，拉车的全是纯种好马，墨黑墨黑的，头上带有红网和羽毛，肚子两边挂着铃铛，金光闪闪，和教堂里的镀金东西一样。车子跑得可快了，比风还要快！"

"这不奇怪，那是地主的马，而不是农民的马！"

"我的老天爷，我可从来都没有见过这样的好马！"

"他们的马又不干活，吃的又是燕麦，还能不膘肥体壮？"

"的确不错。要是我们的马也照顾得这样好——把它的尾巴剪短,把它的鬃毛编好,让它和乡长家的马一样只管拉车,那它也会长得又肥又壮、漂亮好看的,夫人,你说是不是?"

这时瓦帕突然跳将起来,汪汪地不停吠叫。

"你出去看看,好像台阶上有人!"

维特克还没有出去,就有一个满身沾着雪花的人站在了门口,他向大家问候了一声,便把帽子摘下朝大腿上拍打了几下,还朝房间扫视了一番。

"请允许我烤烤火,喘口气。"他用请求的口气说道。

"请坐!"她有些慌乱地说道,"维特克,再把火烧旺些!"

这个陌生人便在炉边坐下,烤着火,抽起烟来。

"这是波利那……马捷伊·波利那的家吗?"他拿出一张纸来看了看,问道。

"是的,是波利那家。"她有点担心地答道,她怕这个人来自官府。

"你父亲在家吗?"

"我的丈夫正在村子里。"

"那我就在这里等他,请允许我坐在火炉前烤烤火,我差点冻僵了。"

"请坐吧,凳子都是空着的,没有人坐。你就随意坐下烤火吧!"

这位陌生人脱去了羊皮袄,但他实在冻得太厉害了,全身都冷得发抖。他搓动双手,朝火炉靠得更近了。

"这个冬天真是冷得要命。"他低声说道。

"的确冷得要命。也许来一杯热牛奶可以暖暖身子,好吗?"

"谢谢,不用。我倒想喝口茶。"

"秋天的时候我们倒是有茶叶的,那是因为我丈夫肚子不舒服,我进城买给他喝的,但现在都喝完了。村子里头谁家有茶叶,我也不清楚……"

"神父是常常喝茶的！"维特克插嘴道。

"那你去向他借些来。"

"不用了，我身上带有茶叶，请你给我烧些水就可以了。"

"我马上去烧！"

雅格娜把一壶水放在火炉上便又在纺车前坐下了，但她并没有纺线，而是在不停转动车轴的时候，一直盯着这个陌生人。她既不安又大为好奇：他到底是个什么人？想干什么？他是不是带着什么公文来的官府人员，因为他一直在看一本小册子……他的穿着像贵族一样，灰绿相间，完全像个贵族庄院里的猎手，但他又穿着农民那样的羊皮袄，戴着农民的帽子。他可能是个怪人，或者是个浪迹天涯之人！也许这两者他都兼有。她暗自思忖着，一边跟维特克交换着眼神。维特克借向火炉添柴的机会，从近处来观察这个陌生人。令他惊讶的是，这陌生人竟和瓦帕成了朋友，向它吐烟吐雾。

"小心，它会咬人的……"

"你不用担心，狗是不会咬我的。"他奇怪地笑着说道，还用手抚摸着瓦帕的头，让它躺在他的两膝中间。

过了不久，尤什卡回来了，接着，瓦夫章诺娃和其他一些邻居也来了，因为波利那家来了一个陌生人的消息很快就传遍了全村。

但是这个陌生人依然在烤着火，对于来的这些人和他们的窃窃私语，他并不在意。等到壶里的水煮开了，他便取出一包用纸包着的茶叶，倒了进去，他亲自到柜子上去取了一个白色茶杯，把茶水倒进杯子后，还加了一些糖，便独自酌饮起来。随后他便在房间里走来走去，打量着各种家具、画像。接着，他站在房间中央，用刺人的眼神望着大家，令大家感到很不自在。

"这是谁做的？"他指着天花板下用圣饼做成的饰物问道。

"是我做的。"尤什卡尖声答道，脸涨得羞红。

他又久久地在房间里走来走去，瓦帕紧跟在他身后，亦步亦趋。

"这些又是谁画的?"他站在一些剪纸前面惊讶地问道。这些剪纸有的嵌在画框里，有的直接贴在墙壁上。

"它们不是画的，是用纸剪成的!"

"这不可能!"他大声说道。

"都是我亲手做的，我当然知道!"

"那么，这些也都是你自己想出来的吗?"

"是的，我们村里的每个孩子都会做。"

他又沉默不语了，往杯子里倒了茶水后便在火炉前坐了下来，在相当长的一段时间内他一声不吭。

围观的人都散去了。黑夜降临，风雪停息，偶尔会卷起一阵大风，掀起雪尘，撞击着农舍，但相隔时间较长，风势也渐渐变弱，就像一只因长途飞行而感到精疲力竭的鸟儿一样。

雅格娜放下了卷线筒，准备去做晚饭了。

"有个叫雅库布·索哈的人，是否在你家服务过?"

"你说的是古巴吧?他在我这里打过工，不过他秋天就死了。"

"你们的神父告诉过我了，我的上帝，我在这一带的村子里找了他很久，等我找到他时，他却不在人世了。"

"你是要找我们的古巴?"维特克激动地问道，"先生，您就是沃拉的贵族的哥哥了。"

"你怎么知道我的?"

"村里的人都在说，沃拉的地主的哥哥从老远的地方回来了，他在打听一个叫古巴的人，可是这个叫古巴的人到底是什么人，没有人说得出来。"

"他姓索哈。今天我才打听到他在你这里当过长工，而且去世了。"

"他是被人打了一枪,流血过多死掉的!"维特克抽泣着说道。

"他在这里干了多久?"

"从我能记事的时候起,他就一直在这里了。"

"他是个正直的人,是不是?"他有些犹豫地问道。

"那当然,全村的人都可以向你做证,就连神父在葬礼上都哭了,而且丧葬费一文不取。他还教我做祷告,教我打枪,就像亲生父亲那样照顾我!他常常会给我些零花钱……"维特克止不住哭了起来。

"他是个非常虔诚的教徒,不喜声张,干活不怕脏不怕累,就连神父都常常夸奖他……"

"他是葬在你们的墓地里吗?"

"那还会在别的地方吗?我知道在什么地方,我带你去。雅姆布罗兹给他立的十字架,罗赫给他写的字,哪怕是给雪盖住了,我也能认出来,我带你去!"

"我们马上就走,天黑之前还来得及。"

陌生人穿起了羊皮袄,却站在房间中央停留了片刻,似乎在想什么事情。他是个年迈的人,背微驼,发灰白,体干瘦,满是皱纹的脸孔带有灰暗的颜色,右边脸颊上还留有一个被子弹打过的痕迹,额头上也有一条长长的红色伤疤。他的鼻子很长,胡子凌乱而又稀疏,灰色眼睛深陷内凹,但炯炯有神。嘴里叼着烟斗,老是不放,不时加入烟丝,猛抽两口。最后他终于回过神来,他想付给雅格娜一点钱,但雅格娜把双手缩到身后,脸都红了。

"拿着吧,世界上没有什么是不要钱的。"

"嘿,也许这是现在流行的时髦。但我不是犹太人,也不是商人,难道为了这点柴火和水,就要收你的钱?"她很不满意地低声道。

"上帝会为了你的殷勤好客而赐福给你的。请转告你的丈夫,沃拉的雅切克来过这里,他会记得我的,过些天我再来府上拜访,现在天快黑下来了，我得赶紧走了。上帝与你同在！"

"上帝与你同在！"

她本想吻他的手，但他缩回去了，随即便急急离开了农舍。

夜幕渐渐笼罩着大地，狂风已经停息，然而从堆积在道路边上的雪堆上依然吹来不少的雪尘，就像从面粉袋里撒出的面粉一样。夜空下十分安静，房屋和果园在暮色苍茫中依然清晰可辨。

整个村庄仿佛是从昏睡中惊醒过来，大路上已是行人不断，庭院中也是人声鼎沸，到处都有人在打扫自己房前的积雪，有的人还在池塘的冰上打洞，好打水回家去喂牲口，谷仓的门打开了，从里面传出打麦子的连枷声。只有少数的几辆雪橇在积雪的路上艰难前行。甚至连乌鸦都出来了，在房前屋后跳来跳去的，它们是天气变化的准确无误的预示者。

雅切克先生饶有兴致地打量着周围的景色，并热情问候路上遇见的人和经过的农舍的主人。他走得很快，连维特克都差点赶不上他，瓦帕跑在前面，还欢快地吠叫着。

在教堂前面，积雪堆得高高的，把围墙都掩埋了，那些雪堆和树枝一样高。他们不得不从神父家门前绕过去，住宅对面有一群孩子在追逐打闹，吵吵嚷嚷，打着雪仗。瓦帕便朝着他们吠叫不停，有个孩子抓住它的脖子，把它抛到柔软的雪堆里。维特克蹿上前去救它，孩子们便用雪球掷打他，差点儿让他脱不了身，经过一番互掷之后，他便迅速退了出来，赶忙去追赶雅切克先生，因为这位先生没有等他。

他们终于来到了墓地，墓地里的积雪足有一人高，就连十字架也被大雪遮住，只露出了它的两只黑色胳膊。这里是一片开阔地带，时不时会刮来一阵大风，掀起的雪粉会把这里的一切蒙上一片雪雾，让人什么也看不清，只能看到光秃秃的树木在风中摇晃的枝丫。周围的田地全是白皑皑的，一片青色的雾霭，既看不清树木，也看不见墓石。

就在墓地后面，可以看到有十多人在积雪很深的路上弓腰前行，他们背着很重的东西。狂风停息时，就能看见身着红色裙子的女人们一个个地显露了出来。

"这是些什么人？他们是赶集回来的吗？"

"啊，不是！她们都是女雇农，是到森林里去拾柴火的。"

"她们要用肩来背木柴吗？"

"是的，她们家里没有马，只好自己来扛木柴了。"

"这样的人，村里多不多？"

"可不少。只有农民才有自己的土地，没有地的人只好出去打工或者去当长工。"

"她们常去拾木柴吗？"

"地主准许她们带着钩子每周去一次，只有在这一天之内她们才能砍下枯枝，捆成一捆背回家去。只有农户们才有权把大车驶进森林里去，用斧子去砍木柴……我和古巴就常常到森林中去，不止一次运回一棵大树来……因为古巴很会把树木藏在木柴堆中间，这样一来连守林人都发现不了。"他不无骄傲地说道。

"古巴病了多久？你把一切都告诉我……"

于是维特克便把他所知道的一五一十地讲了出来，雅切克先生不时提出问题打断他的讲述，这时他突然站住，展开双手，大声叫喊。维特克觉得他很古怪，不明白他是什么意思，便立即感到害怕。而且天也黑下来了，整个墓地仿佛被一块巨大幕布盖住了似的，四周还响起了各种声音，于是他跑在前面，用惊恐的眼神去寻找古巴的十字架。他终于在围墙下面找到了，就在一群起义战士的乱冢旁边，万灵节的那天，他们曾在这片乱冢上祷告过。

"就是这里，十字架上写着：雅库布·索哈！字是罗赫写的，十字架是雅姆布罗兹做的。"他用手指着十字架上的姓名，一字一字地读了出来。

雅切克先生给了他两个兹罗提，让他赶快回家去。

小家伙便立即跑走了，不过他还是站了站，用口哨招呼着瓦帕，还回头看了看这个陌生人在干什么。

"我的老天爷，这个大地主的兄长竟跪在古巴的墓前。"他惊讶地低声道。此时黑暗已笼罩大地，树木的阴影落在头上，发出怪异的响声，他被吓得连奔带跑，抄近路奔向村里去。当他跑到教堂旁边时才停下来歇一口气，看了看手中紧握的钱币，瓦帕也跑到了他的身边，这时他们才缓步朝家里走去。

在池塘旁边，他碰见了下工回家的安特克，瓦帕亲切地蹿到他身上，摇头晃尾，欢快地吠叫着，安特克也温柔地抚摸着它的脑袋。

"真是条好狗，忠诚温和，你是从哪里回来的，维特克？"

维特克把全部经过都告诉了他，但他没有提钱的事情。

"哪一天你过来看看我的孩子们。"

"我一定去，一定去！我还给小彼得做了辆小车子，还有一个小人儿。"

"可别忘了，都带来！这点钱你拿去！"

"我过会儿就去，我要先回家看看主人有没有回来……"

"他不在家吗？"他装作毫不在乎地问道。实际他心里在发抖。

"他到磨坊那里去了，同地主和其他一些人商量什么事情。"

"女主人在家吗？"他轻声问道。

"在家，正忙着家务活呢。我回去看看，马上就过去。"

"来吧，来吧，过一会儿你就来！"他本想再问点什么，可是，天虽然黑了，但四周还有人在走动，怕被别人听见，况且这个孩子呆头呆脑的，说不定会乱说出去，于是他只好匆匆忙忙地朝家里走去。当来到教堂前面时，他朝四周打量了一下，看看有没有人在注意他，随即他拐进了那条通向谷地的小路。

维特克也急忙朝家里走去。

波利那还没有回来。房间里一片黑暗，只有炉子里的木柴在发出火光。雅格娜正在准备晚餐，但她心情很坏，因为尤什卡又不知跑到哪儿去了，而手头上的工作她一人又忙不过来。她根本没有听维特克的说话，及至他提到安特克的名字，她才突然停了下来仔细倾听。

"不要对别人说他给了你钱。"

"既然太太盼咐了，我就什么也不说。"

"记住，别对第二个人说。他回家去了吗？"

她还没有等他回答，便突然站了起来，慌里慌张地跑到过道上去叫彼得，同时以探索和惊慌的眼神朝果园和篱笆那边望去。她甚至跑到马棚和草堆前面去看了一看，那里一个人也没有……她的心情稳定下来了，但她还是有一肚子的气。于是雅格娜便大声叫唤尤什卡，催她去给母牛喂水，骂她好吃懒做，到别人家去闲逛。可是小姑娘也不是省油的灯，她口齿伶俐，人也机灵固执，二人立刻争吵起来。

"你就顶嘴好了……你爸爸就要回来了，看他会不会拿鞭子抽你！"雅格娜吓唬她道。她点亮了油灯，又开始去纺线了。她不再理会尤什卡的抱怨，因为这时候她觉得屋角那边的窗外有什么东西在走动。

"维特克，你出去看看，好像是小猪崽跑出了猪圈，跑到果园去了……"

维特克向她保证，他把猪圈的门都关得严严实实的。尤什卡来到房屋的另一边，和彼得一起提了一桶水去喂母牛，然后又把牛奶桶拿了过来。

"我会去挤的，你不是忙了一天了，就歇歇吧！"

"你就去挤吧！等挤到一半你就撒手不干了！"尤什卡反唇相讥道。

"你给我闭嘴！"雅格娜怒喝道。她穿上木底鞋，围上围裙，拿起牛奶桶便到牛棚去了。

　　黑夜降临，风已停息，雪尘也已沉寂下来了，但天空依然是一片漆黑。没有星星，片片低云飘浮着，积雪变得阴沉灰暗。大地显出一种疲软的寂静，也听不见村里人说话的声音，唯一能听到的是从铁匠铺里传出的叮叮当当的打铁声。

　　牛棚里昏黑沉闷，母牛正在喝水，它发出咕嘟咕嘟的喝水声，随后又用舌头去舔桶底。

　　雅格娜在黑暗中摸到了一把小板凳，拿到排在第一个的母牛旁边坐下，摸了摸它的奶头，擦了擦，便把自己的脑袋靠在母牛的肚子上，开始挤起奶来。

　　牛棚里一片寂静，连最轻微的响声都听得一清二楚。牛奶不断地流进桶里，从旁边的马厩里传来马蹄踏地的嗒嗒声，而尤什卡的喃喃抱怨声也从屋里传到了这里，虽然含糊不清，但依然能够听见。

　　"唠唠叨叨的，也不去削土豆皮！"雅格娜轻声道。突然她停了下来，竖起耳朵倾听起来，她听见屋外雪地里踏雪的吱嘎声，好像是有人从马厩的右边朝这里走来，走得很慢……甚至驻足不前，一切又归于寂静……又响起了脚步声，而且越来越近。她转过头去，望着昏暗的敞开着的大门，看见了门口有一个模糊的人影。

　　"彼得！"她叫了一声。

　　"别出声，雅格娜！"

　　"安特克！"

　　听见这声音，看到这人，她立即感到浑身无力，就像要瘫倒下来似的，她什么话也说不出来，连动都不能动一下。她依然在无意识地挤着牛奶，但牛奶却洒在她的衣裙上，流落到了地上。她浑身发热，就像一股炽热的情焰在燃烧似的。眼前电光闪闪，一种甜蜜的痛苦充满她的心田，仿佛她被什么东西扼住了喉咙，堵住了她的心脏，她感到奇怪的是,她没有立即倒下死掉。

"打从圣诞节以来,我每天晚上,都像只看家狗一样一直守在草堆后面,等着你的到来……但你一直都没有来……"他轻声说道。

安特克的那被压低了的声音,他那炽热地燃烧着爱情火焰的话语,混合着无比甜蜜的情话,深深攫住了她的心,并以一种巨大的力量完全把她征服了。她感觉到他就站在那里,靠在母牛身上,低着头注视着她,他离她如此之近,她都能感受到他那灼热的气息喷到了她的额头上。

"不要怕,雅格娜,没有人看见,用不着害怕。我实在忍受不住了,我真把持不住了。不管是白天还是黑夜,你时时刻刻都出现在我的面前,一双眼睛老是盯着我看。雅格娜,你就没有什么要对我说的吗?"

"唉,我能说什么呢?"她抽泣着答道。

两人都沉默不语了。他们都无话可说,激动使他们沉默,还有如此的相互贴近和日夜期盼的单独相处,都把他们压得浑身无力,他们既感到无比甜蜜,又觉得非常害怕!他们渴望亲近,却又难以开口,他们相互都有同样的欲望,却又不敢伸手相握,于是只好沉默了。

母牛在喝水,尾巴甩来甩去的,有几次还甩到了安特克的脸上,于是他乘势紧紧抓住它不放,还弯身朝雅格娜贴了过去,轻声对她说道:

"啊,雅格娜!没有你,我睡不好,吃不下饭,什么事也做不成!雅格娜,没有你……"

"我也很不好过……"

"你想过我吗,雅格娜?想过我吗?"

"我还能不想吗?!你常常出现在我的脑海中,常常……我不知道该怎么办好……你为了我,打了马特乌什一顿,这是真的吗?"

"是真的，他造谣，说你的坏话，我就要他闭上他的臭嘴。不管什么人，我都会这样做的。"

住房那边的大门砰的一声开了，有人穿过院子朝牛棚飞跑过来。安特克立即跳上食槽，躲了起来。

"尤什卡要我把水桶拿去，好准备喂猪的食料。"

"拿去，两只都拿去！"她差点儿吐了出来。

"不行，维苏拉还在喝着呢，过会儿我再跑来拿！"

维特克急忙跑了回去，又听见砰的一声撞门声。安特克立即从藏身之处走了过来。

"这小家伙还要回来……我到草堆那边去等着……雅格娜，你会来的吧？"

"我怕……"

"来吧，来吧……哪怕来一两个小时也好！我在那里等你，你一定要来！"他恳求她道。

他来到她身后，她依然还坐在母牛身边。他紧紧把她抱在自己的怀里，把她的头转了过来，用力吻着她的嘴唇，吻得她都喘不过气来。她的双手垂了下来，牛奶桶也碰倒了。她神志恍惚，迅捷地抬起身来，像发疯了似的狂吻着他。两个人身子纠缠在一起，好像正在展开一场生死搏斗似的。他们久久地吻在一起，那样疯狂，那样粗野，竟使两人失去了意识。

他终于停止了热吻，悄悄地离开了牛棚。

她也立即站起来，想去追他，但他像影子那样一闪，便出了大门，消失在茫茫的黑暗中。她看不见他了，但他的细声低语依然在她耳边环绕，以一种火热的力量，把她紧紧抓住。她向牛棚四周望去，因见不到他而深感惊奇。她朝院子里望去，只见黑色夜幕已完全落下，四周万籁俱寂。在牛棚里，还能听到母牛的反刍和挥动尾巴的声音，而在门外,远远传来铁匠铺里敲打铁器的叮当声……是的,他来过了,他站在她的身边,他还拥抱过她,吻过她……她的嘴唇还在燃烧,火一般的激情像闪电一样传遍她的全身,而在她的心里仍在回荡着无比欢欣的欢呼声:天主啊,我的天主!请把我高高举起,立即把我带到他的身边,我愿跟随他去到天涯海角。

"安特克!"她不由自主地叫喊起来,听见自己的叫声她才冷静了下来。她又开始挤奶了,而且用尽全力,可是她还有些心乱意迷,好几次她到前腿那边去找奶头。一股疯狂的快乐占据着她的心房,使她竟不知道自己脸上满是泪痕,直到回到正房时,冷风吹在脸上,她才发觉。她带回了牛奶,却忘了过滤。她听见纳斯特卡的说话声,她便跑到房屋的另一边,可是纳斯特卡什么话也没有说,她又跑了回来,她在镜子前面一照,把自己都吓坏了。她把木柴扔进炉里,可她总觉得,还有什么要紧的事情等着她去做,是什么呢……她想来想去,又总是想不起来……因为这时候她的脑海里只有一件事:安特克在草堆那里等她……她在房间里转来转去好几回之后,便裹上围巾,走了出去。

她悄悄地沿着窗子前行,穿过果园和牛棚之间的那条小路,积雪把树枝压得很低,仿佛给小路盖了个顶棚,她不得不弯下腰来,穿行过去。

安特克在围墙外面等她,一见她来便跳上前去,像头野狼似的,将她拦腰抱住,把她带到离路最近的那个干草堆去。

可是这一天并没有让他们尽心满意,他刚把她拉到草堆里拥抱接吻时,便听见了波利那严厉而响亮的呼叫声:

"雅格娜!雅格娜!"

他们仿佛被雷击中似的,迅速分开来。安特克赶忙跳向一边,沿着围墙溜走了。雅格娜也急忙回到院子里,连树枝把她头上的围巾扯去，身上落满了雪片，她都没有留意到。她用雪擦了擦面颊，从木棚里抱了一捆柴火，镇定自若地缓步走向正屋。

老波利那对她侧目而视，还带着一点怪异的神情。

"我去看希乌拉了，它一直躺着，还不停地哼叫。"

"我去牛棚找你，怎么没有看到你……"

"这时候我到木棚去抱柴火了……"

"你身上怎么都是雪呀？"

"哪儿有？屋檐上尽是雪，只要一碰，便落满了全身！"雅格娜平静地答道。但她把脸转了过去，避开了火光，以免波利那看到她脸红。

但是她还是瞒不过波利那，他无须正面看着她的脸，便能知道她满脸通红，像着了火一样，她的那双眼睛也闪现出病态般的狂热神采。他的心头涌起了一种模糊的怀疑之情，妒忌也在他心里油然而生，像恶狗似的准备咬人。他想了很久，终于得出结论：一定是马特乌什和她见面了，并把她推倒在篱笆上。

这时候，纳斯特卡正好进来了，他可以向她打听一些消息。

"听说马特乌什已经好了，能出来走走了，是吗？"

"哎，没有的事！"

"有人告诉我，今天天黑前看见他在村里走来走去的。"波利那故意这样问道，还特意望着雅格娜。

"这是在胡说，马特乌什连动都动不了，躺在床上都起不来，只是不再吐血了。今天雅姆布罗兹给他拔了火罐，现在正在给他喝一种泡了猪油的药酒，两个人喝得高兴极了，站在大路上都能听见他们大声歌唱的声音。"

老头不再多问了，但怀疑依然未消。

雅格娜被这种沉默搞得闷闷不乐，而他那种怀疑的眼神更使她感到恍惚不安，于是她就把雅切克拜访的事一五一十地都说了出来。

波利那很是惊讶，他在想雅切克来访的意图，他思来想去就是摸不着头脑，他对雅切克说的每一句话都进行了一番推敲，最后断定，这是大地主派他来摸底的，是来探听村民们对于砍伐森林的态度。

"关于森林的事，他一句也没有问吗？嘿，他们做事就像用绳子把你捆住了一样，慢慢榨取你，让你把一切都吐出来，嘿，我对地主的这一套了如指掌。"

"他只问了问古巴和贴在墙上的剪纸。"

"走的是小路，要找的是大路。这里面就包含着地主的某种计谋。嘿！地主的兄长竟然来找寻古巴，谁会相信这种事呢？不过，听说这个雅切克脑子不正常，他常常在村子里游荡，还在圣像前拉小提琴，说话颠三倒四的。他是不是说过还要来？"

"他说过，他还问起过你。"

"唔，唔，我真搞不透他是什么意思。"

"你见到了那个地主吗？"她温柔地问道，想把他的思想转移到别的事情去。

他惊悚了一下，仿佛被人刺到了软肋似的。

"没有，我整个时间都在西蒙那里。"他一说完便不再出声了。

她不敢再问下去了，因为瓦帕在房间里窜来窜去，还乱叫起来，她不得不吆喝它，把它赶跑，于是房间里寂静得就像在播种罂粟时一样。她也希望他走开，免得他再来刨根问底。

他们在这种令人厌烦的沉默中一直坐到吃晚饭时罗赫来了为止。罗赫习惯性地坐在炉子前面，不过他什么也没有吃。等到大家都吃完了，他才轻声说道：

"我到这里来不是为我自己，村里的人都在说，地主对利普查村很是不满，这次砍树，村里的人他一个都没有雇用，我来就是想问你，这是不是真的？"

"以圣父和圣子的名义发誓,我根本不知道这件事,这是我头一次听到的。"

"今天在磨坊主家开过会,消息就是从那里传出来的。"

"开会的有乡长、磨坊主和铁匠,没有我!"

"是吗?他们说,地主到你家里来了,你们一起出去的。"

"我没有见过他,你要相信我,我说的是实话。"

他没有说出他是多么伤心,因为这件事他们避开了他,不和他商量。

一想起这件事他就愤愤不平,但他沉默着没有说出来。他反复咀嚼着这份被轻视的痛苦,拼命地压制住自己,以免罗赫看出他的心思!

他像个傻子似的在等呀瞧呀,可是他们开会竟没有邀请他,把他排斥在外!他绝不会善罢甘休,他将永记在心。他们把他看成个无足轻重的人,他要让他们看看他在村里的重要地位。绝不会是别人,一定是磨坊主在暗中捣鬼。一个佃农,一个流浪鬼,靠欺诈老百姓发财致富,现在倒要爬到村民头上来拉屎了!这个骗子,我所掌握的材料足以让他去坐牢!还有我们的这个乡长!他应该去放牛,而不是来管理我们这些年长的聪明人,他这个酒鬼,众人能把他推举为乡长,明天也可以把他撤下来。只要大家愿意,雅姆布罗兹也是可以当的,而且干得会比他好……还有铁匠,这个忘恩负义的坏女婿,看他还敢前来家里。还有那个地主,他是只恶狼,老是东嗅嗅西闻闻,想方设法掠走村民们的东西。这个地主老爷,住在农民的土地上,却出卖农民的森林,用农民的血汗来过自己的享乐生活。这个狗杂种,他没有看到,连枷打在地主的身上,会跟打在其他人的身上一样厉害!

但是,波利那并没有把他心里的这些想法露出一句口风,他不想引起家人和朋友的伤心。但是这些想法折磨着他,让他感到切肤之痛。不过这是他自己的事情,跟别人无关。他突然觉得,在客人面前这样久久沉默不语很不礼貌，于是站了起来，说道：

"你把消息告诉我了，如果地主已经这样决定，那就谁也无法迫使他改变了。"

"你说得不错。不过，如果有一个声望很高的人把村民们所受到的损失细细对他诉说一番，也许他会让步的。"

"我是不会去求他的！"他坚决地答道。

"可是你也清楚，村里有二十多个雇工待在家里，等着找工作，你也知道他们的处境。而且冬天又是这么寒冷，大雪纷飞，寒风刺骨，不止一家的土豆都冻坏了，又没有工作可做。春天到来之前，他们的处境会十分悲惨。现在就有村民一天只能吃一顿热饭，晚上只好饿着肚子去睡觉。他们原本都在想，地主要砍伐狼谷的森林，大家就有活可干了。可是他们听到，地主发了誓，利普查村的人他一个也不雇，因为村里有人向特派员告了他的状，他生气了。"

"我亲手在状纸上签了字的，而且我也绝不会退让。没有我们的同意，他就休想砍倒一棵树！"

"这样的话，那他就砍不了啦！"

"是我们的，他就砍不了！"

"那些穷人该怎么办呢？有什么办法能帮助他们呢？"罗赫哽咽道。

"对于他们，我真是无能为力。要是为了他们有工作可做，那我就会受到很大的损失。我可以去保护别人，替他们去求情，但是，如果我受到伤害，谁会来替我说话呢？也许只有这条老狗能帮我了……"

"从这点可以看出，你不是和地主站在一起的。"

"我只站在我自己一边——正义的一边，你多想想吧。我还有许多事要考虑，至于伏伊特克或者巴尔特克吃不上饭了，我不会为他们难过，这是神父的事情，不关我的事。我一个人也养不了所有的人！"

"但是，你是能做很多事情、帮大忙的……"罗赫忧愁地说道。

"你试试用筛子去装水,看看能盛多少,贫穷也是如此。我看到的是,有的人富有,有的人穷得只好去喝西北风,这一切都是上帝的旨意。"

罗赫点了点头便失望地出去了,他没有想到波利那对待穷人竟会是这样无情。波利那把罗赫送出篱笆后,便按照他往常的习惯,在房前屋后查看了一番,又去看了看牛和马,这才去上床睡觉。

这时候,雅格娜铺好了床,正在低声做着祷告。马捷伊进来后,把一块沾有雪迹的围裙扔到她的脚下。

"这是你掉的围裙,我在篱笆边捡到的!"他说道,声音虽轻,但语气严厉,还用锐利的眼神盯着她。雅格娜害怕得不知所措,过了一会儿才伤心地解释道:

"这是……这是……那调皮捣蛋的瓦帕,把我的围裙叼出去的……昨天它就把我的一只鞋叼到它的狗窝里去了!这坏蛋,老是喜欢恶作剧……"

"是瓦帕吗?哼……哼。"波利那用嘲讽的语气说道,因为他根本不相信雅格娜说的话。

第七章

　　这一年的主显节正好是星期一，晚祷还没有结束，人们便陆陆续续地从教堂走了出来，慢步朝酒馆走去——那里传出了音乐和歌唱的声音。自从圣诞节以来，这是第一天允许演奏音乐，而且今天也是马乌戈霞·克温布和维切克·索哈订婚的日子，虽然维切克和死去的古巴是同一个姓，但他不承认古巴和他有亲缘关系，因为古巴是个一无所有的长工，而他却是个拥有田产的真正农民。

　　大家都在传说，打从收获完土豆以来，斯达赫·普沃什卡就在追求村长的女儿乌利西娅，今天晚上就要摊牌，请她父亲一起喝酒，把这门亲事确定下来，并商量结婚之事。据说村长并不赞成这门亲事，因为斯达赫是个特爱打架的人，而且脾气暴躁，又不尊敬父母，他还要求女方拿出四垧土地或二千兹罗提现金，外加两头母牛作为嫁妆。

　　今天也是乡长家孩子受洗礼的日子，虽然洗礼是在家中举行，但前来祝贺的亲朋好友们都希望热热闹闹的，家里容不下这么多人，乡长就把他们全都带到酒馆里去，他做东，请大家喝酒，以表庆祝。

　　除了这些让人开心的事情之外，还有一件更大更重要的事情，关系到全村村民的切身利益。

事情是这样的：他们在晚祷时听到别村的人在说，地主已经找好了砍伐森林的人手，而且也谈妥了报酬的问题。工人们十个来自卢得卡村，十五个来自莫德利查村，八个来自邓比查村，还有二十个来自地主所在的村，而利普查村却一个也没有。这完全是真的，护林员在晚祷时也证明确有此事。

这在贫穷的人中引起不小的忧虑。

的确，利普查村有不少大户人家，同时也有一些并不富裕的人家，但是他们对砍树挣钱这件事并不那么上心。还有些人家家境贫穷，却不愿承认，因为他们特好面子，为的是要和富有的亲朋好友保持联系，要和他们平起平坐。但也还有许多雇农，以及只有一间茅屋可供居住的穷人。这些人有的在富裕农民家里打工，有的在锯木场里用斧头挣钱，还有些人遇上什么活儿就干什么活儿，依靠上帝的保佑，艰难地过着日子。村里还有五户人家根本找不到工作可做，他们就指望给地主砍树来度过这个冬天。

现在，他们怎么办呢？

冬天是严酷的，这些人家里毫无积蓄，甚至有的人家连土豆都吃完了，已经是穷困潦倒了，饥饿之神正睁大眼睛在望着他们。现在离春天还很遥远，而且援助也毫无希望，他们心中很是焦急、痛苦，他们聚在一起商量对策。最后他们来到克温布家里，求他陪他们一道去见神父，请神父给出出主意，但克温布借口女儿要举行订婚典礼，没时间伴他们前往，婉言拒绝了。他们也去求过别人，可是他们只顾自身的利益，怕引火烧身，便像泥鳅那样滑溜过去了。这种情况，让在锯木场工作的巴尔特克异常愤怒，他自己虽有工作，但他始终和穷人站在一起，他叫上在水上工作的菲利普、贝利查的女婿斯达赫、科热尔以及歪嘴瓦伦提，五个人一起去见神父，请求神父为这些穷人向地主说说情。

但他们等了好久都不见神父出来，直到晚祷过后雅姆布罗兹才跑来告诉科布斯，神父正在和他们商量事情，过一会儿他们就会直接到酒馆来。

这时候黑夜来临，落日的最后霞光已经消失，只见西方有一片灰白色的光芒，像是即将熄灭的余烬。大地已被夜晚的大幕覆盖，月亮尚未出现，可是冻硬的积雪却映现出一片冰似的光辉，所有的事物都好像披上了一层尸布似的。星星在黑暗的天空中显露出来，在遥远的地方忽闪忽现，在白雪上反射出它们的亮光。严寒越来越强烈，把人的耳朵都冻痛了，即使是很小的声音也会引起很大的回声。

村民的家里，炉火都烧得很旺，人们都在为晚上的家务忙个不停，有的还到池塘边去，有时也能听到开门的吱嘎声，或者呼叫牲口的喊叫声，有的人在匆忙整理雪橇。人们在急匆匆地走来走去，酷寒像烙铁似的灼烧着他们的脸孔，让他们透不过气来。整个村庄都沉浸在寂静之中。

但是从酒馆里却传出了音乐声，而且几乎家家户户都有人来到酒馆，有的人纯粹是为了娱乐，而另外一些人是来参加订婚典礼的，还有些人就是奔着伏特加的香味而来。女人们不想独自留在家里，而姑娘们一听到音乐，两只脚便止不住动了起来，想和小伙子们一起跳舞。她们趁天还没有全黑下来，便偷偷跑出家门来到了酒馆，借口是来接她们的男人回家，可是她们一到酒馆便不愿离开了。还有一些小孩子也跟着他们的父亲溜进了酒馆，他们在酒馆周围吹着口哨，相互响应，而且成群结伙地在追逐打闹，也顾不得刺骨的严寒了。

然而在酒馆里却是另一番景象，那里已是人声嘈杂，拥挤不堪。

炉火熊熊，把半个房间照得血红通亮，犹太人不停地向炉中加柴添料，每个进来的人都要在炉边跺跺脚烤烤手，在人群中寻找自己的熟人。尽管炉火和油灯把柜台照得亮堂堂的，但在各个角落里却很昏暗，一时很难分辨清楚。在靠近大路的那个角落里，乐师们都坐在腌洋白菜的几个大木桶上，很不情愿地在演奏乐曲——因为舞会还未正式开始，只有一对性急的舞伴在跳舞。

在大厅里，靠近墙壁和桌子旁边，都挤满了人。他们并没有开怀畅饮，互相碰杯，而是在互相交谈，或者朝四周张望，有时也对进来的人瞄上一眼。

柜台前面更是热闹非凡，那里坐着克温布家的一批客人和索哈家的亲人们，但是他们也还没有开始畅饮，只是在交谈，表现得斯文有礼，很符合订婚典礼的规矩。

大家时不时把目光偷偷投向靠窗子的那边，那里坐着十多个来自热普基村的村民，他们白天就来到了这里，一直坐在那里没有挪动过。没有人去招惹他们，但也没有人去和他们打招呼，只有雅姆布罗兹是例外，他很快就和他们打得火热，还和他们一起喝了很多伏特加，给他们讲了许多有趣的奇闻趣事。他们旁边站着的是锯木场的巴尔特克和他的朋友们，巴尔特克将神父说的话告诉了他们，并且大声痛骂了大地主一顿。干瘦的伏伊特克·科布斯也大声应和着，他个子不高，但性情火暴，说话时还常常用拳头擂着桌子，一副气势汹汹的样子。他是故意这样做的，因为他觉得这些热普基人明天就要到森林里去砍树了，但是这些热普基人，都装出没有听见的样子，根本不理他，依然平静地坐在那里聊着天。

对于神父没有答应他们去向地主求情一事，那些较富裕的农民既不理睬也不放在心上。反而是他们叫喊得越凶，这些富裕的农民便躲得越远。而且这也很容易做到，因为酒馆里人山人海，拥挤不堪，人人都可以去找他们喜欢的人结伴聊天。只有雅古斯丁卡在人群中转来转去，从这一堆人转到另一堆人，对这堆人说几句俏皮话，又跑到另一堆人那里去搬弄是非，或者悄悄向另一些人说点她打听到的消息。

但她时时观察着，哪儿在碰杯畅饮，她就会赶到那里去讨杯酒喝。

过了一会儿，人们开始渐渐地投入到狂欢滥饮中，房间里的喧嚣声越来越大，叮叮当当的碰杯声越来越频繁，越来越响亮。酒馆的大门已经无法关上了，因为客人接踵而至，络绎不绝。乐师们被克温布招待了一番之后，个个酒足饭饱，便兴致勃勃地奏起了一支动听的玛祖卡舞曲，于是索哈拉着他的未婚妻马乌戈霞领头跳起舞来，接着就有好几对舞伴也翩翩起舞了。

跳舞的人不多，大多数人只是望着这些跳舞的利普查村的单身汉们，望着普沃什卡、索哈、瓦赫尼克、乡长弟弟和其他一些人，他们自己宁愿待在角落里去和姑娘们谈情说爱，或者嘲笑雅姆布罗兹对热普基贵族的阿谀奉承。

就在这时候，马特乌什进来了，还拄着拐杖——这是他从病床上下来之后第一次出来活动，他特渴望和大家见见面聊聊天。他要了一杯加热的掺有蜂蜜的伏特加酒，便在火炉边坐下，他一边喝着酒，一边向熟人们打着招呼。他突然停住了，因为他看见安特克正站在门口。安特克也看见了马特乌什，便傲然地抬起了头，装着没有看见，想笔直地走过去。

马特乌什站了起来，大声喊道：

"波利那，到我这儿来！"

"你有什么事，就过来说好了！"他毫不客气地答道，他认为马特乌什是在挑衅。

"我倒很想过来，可我现在还得靠拐杖才能行走。"他温和地答道。

安特克并不相信他，但还是皱起眉头走了过去。马特乌什一把抓住他的手臂，请他坐在身旁的凳子上。

"你在我旁边坐下吧。你在那么多人面前羞辱过我，还狠狠揍了我一顿，使得大家不得不替我去把神父请来。但我并不怨恨你，我是来和你讲和的。和我喝一杯吧！从来没有人打败过我，而且我还认为，在这个世界上是没有人能够打败我的。你是个真正的大力士，竟能把我这个壮汉子像扔干草一样扔出去……真是，真是……"

"我在工作时你老是挑我的刺，后来又胡说八道，把我气坏了，我也一时气愤，便做出这样的事来。"

"你说的是实话，你是对的。我承认，不是因为害怕，而是出自内心。你也太厉害了，竟让我流了那么多血，还断了好几根肋骨。来，我敬你一杯，安特克！不要把这件事放在心上，我也要把这一切都忘掉，虽然我的肩背还很痛……我听说，你比沃拉的瓦夫章还要更强壮？"

"我在去年的秋收节上，将他打了一顿，至今他身体都还没有好呢。"

"打的是瓦夫章？他们说起我都不敢相信。犹太佬，给我拿杯带香精的哈拉酒来，要不然小心我的拳头。"他喊叫道。

"那天你在那些农民面前说起的那件事，不会是真的吧？"安特克小声问道。

"怎么会是真的呢，我是有气才这么说的。哪里会有这种事呢。"他说这话的时候，却用酒瓶挡住了光线，以免安特克从他的眼神中看出了真相。

他们又连续干了两杯酒，现在轮到安特克请客了，他们又重新喝了起来。他们紧紧地坐在一起，像亲兄弟那样亲密无间，让在场的众人都深感惊异。马特乌什已经喝得太多了，他大叫大喊，要乐师们奏起更欢快的乐曲来。他跺着脚，朝小伙子们大笑着，随后他安静了下来，凑近安特克的耳边喃喃细语起来：

"实话实说，我的确很想抱住她，但她用手指来抓我的脸，把我的脸抓得就像被荆棘刮过那样伤痕累累。我知道得很清楚，她更喜欢你。

你不要否认这点,即使不是这样,她也不会看上我……牛要是不想自己走,你是很难拉动它的。我很生气,我也无法说出我心里的嫉妒。嘿,这样一位美得出奇的姑娘,世界上很难找出比她更美丽的姑娘了,却嫁了个老头子,让你遭受到很大的痛苦,我真是搞不明白……"

"让我痛苦,还把我毁了!"安特克呻吟道。可是他立即打住了,回忆激起了他的怒火,他大骂了一句,便又含含糊糊地说了起来。

"别再说了!让人听见了又会去说三道四的。"

"我说了什么?"

"你说了什么,我没有听见,但保不准别人会听见的。"

"我实在很难憋住了。我心里有团火,它自动会冒出来,我……"

"我对你说,你还是要忍一忍,时间会……"马特乌什说道,他狡黠地想一步步地把他的话套出来。

"我能忍得了吗?爱情比生病还难受,我的骨子里就像着了火似的,我的心在腐蚀,我的灵魂都被思念搞得寝食难安,什么也做不了,我真想一头撞到墙上去一死了之。"

"这种感受我能体会得到。啊,我的上帝,我也曾拼命追求过雅格娜!对待爱情只有一个办法,就是结婚。结了婚,那种难受就会消失。你找不到人结婚,那就找个情妇,等你尝到了她的滋味,爱情也就自然消失了!我对你说的是真话,我就是个深有体会的过来人。"他不无自豪地说道。

"要是以后还是不行,那怎么办呢?"安特克伤心地问道。

"这样的人只配躲在草丛中和某个角落里去唉声叹气好了。如果他不能改变,那他就不是男子汉,这样的人我一点也瞧不上。"他轻蔑地补充了一句。

"你说得很对。你看看,我就不是个男子汉!"安特克想了一下说道。

"老弟,来,和我干一杯吧!我的喉咙都干到底了。让那些娘们儿都见鬼去吧。她们看似弱不禁风,一口气就能被吹倒,却能把最强壮的男人控制得五体投地,就像被绳子牵住的一头公牛那样,让他失去一切力量和理智、变成众人嘲笑的笑柄。我给你说,女人们都是妖怪、魔鬼,都是魔鬼的杂种!来吧,和我干一杯!"

"好!敬你一杯!干!"

"上帝会保佑你的!我给你说,别去理那些魔鬼的杂种!幸好你还有自己的理智……"

他们一边说着话,一边继续喝着酒,直喝得安特克有点糊涂了。他从来没有一个可以倾诉的人,现在他真想把胸中的苦恼全都倒出来。虽然他竭力在约束着自己,控制着自己,但还是会不经意地吐出一两句意味深长的话来。从这些话里,马特乌什能猜出其中的含义,但他没有表示出来。

这时候,酒馆里的欢乐气氛已渐入佳境,乐队在卖力演奏,跳舞一曲接着一曲,各个角落里的人都在开怀畅饮,到处都在高声说笑,有的还发生了争吵,使得酒馆里的吵闹之声不绝于耳,而舞者用力跺着地板的响声,有如连枷打谷那样。克温布家的那伙人已经转到单间去了,里面也不乏喧闹声。只有索哈和马乌戈霞还在拼命地跳舞,有时会相互搂着腰,跑到外面去凉快凉快透透气。锯木场的巴尔特克和他的那些人,还留在原来的地方,他们已经在喝第二瓶酒了。而伏伊特克·科布斯却直接嘲笑热普基人:

"贵族们,狗杂种,只有袋子和包裹,这算什么贵族!"

"还是地主哩,半个村子里只有一头可以挤奶的母牛!"另一个人插嘴道。

"头发长得像马毛似的,还脏得不行。"

"犹太人的佃农!"

"这些地主的喽啰,应该和地主庄园里的看门狗一样,都是一路货。"

"他们闻到的东西,现今已经到手了。"

"他们竟把我们分内的工作抢去了。"

"我们给你们梳梳乱发吧,好让你乖乖地逃走。"

"这些无能的混子,连犹太人都不雇用他们,他们就跑到这里来了。"

这些人大声叫嚷着,还挥舞着拳头,拥到热普基人的跟前,反对他们的人越聚越多,竟把他们给围了起来,这都是烧酒的作用。可是他们依然闷声不响,相互紧紧坐在一起,把木棍夹在两腿中间。他们喝着啤酒,吃着自己带来的香肠,勇敢而又坚定地望着那些农民。

幸亏克温布前来劝阻,对他们再三解释和安慰,加上一些老人和雅姆布罗兹的说服,才避免了一场斗殴。科布斯停止了叫骂,其他人也拥到柜台前去喝酒了。接着乐队又奏起了一首强有力的乐曲,雅姆布罗兹又讲起了他的那些耸人听闻的故事,讲起了战争、拿破仑和科希秋什科。后来又讲起了许多笑话,把大家逗得哈哈大笑,前仰后翻。最后连他自己都乐坏了,喝了不少酒,只好把头靠在桌子上,嘴里还在喃喃地说道:

"最后,我要给你们再讲一个故事,故事很短,因为我急于去跳舞。我要去找个健壮的姑娘!你们知道,今天是克温布的女儿和索哈订婚的日子。假如我愿意,马乌戈霞就是我的了,我的了!事情是这样的:星期四有人带着伏特加酒去见老克温布,同一个时候,索哈和普利兹克都把酒送去了,克温布都喝了他们的酒,因为他们中一个很优秀,另一个也不错!

"媒人们都冒汗了,便竭力称赞起自己的小伙子来,一个有自己肥沃的土地,另一个的土地也不差。一个有住房,母猪到处乱跑;另一个的农舍也很好,他们都是远近闻名的富人!索哈有带毛领子的皮袄,而普利兹克有节日穿的民族服装,上面的扣子金光闪闪。一个长得雄壮,另一个也大腹便便!俩人都是不错的农民!索哈的嘴里常流哈喇子,普利兹克的眼里也爱流泪水!他们在各个方面都不分上下,而且干起活来都不惜力气,每顿饭都能吃下小半袋土豆,而且还盼着下一顿。他们都会是好女婿,让干什么都能干得好好的。他们也绝不会亏待自己的女人,因为他们都是身强力壮的男子汉,喜欢说话,爱自作聪明,而且生来都顺顺当当的,不愁吃不愁穿。该怎么办呢,老克温布考虑来考虑去,都拿不定主意,于是他就问马乌戈霞:

"'你想要哪一个?'

"'两个我都不要!爸爸,我要选雅姆布罗兹!'

"克温布转动着脑袋,考虑了很久,众所周知,他是家里的智多星,但两个年轻人都不错,媒人们又在不断地吹捧自己介绍的对象,而他本人也分别喝过他们的烧酒和甜酒,于是他吩咐道:

"'你们去把秤拿来!'

"他们把秤拿来后,他便说:

"'小伙子们,你们上去称称,谁重我就选谁做女婿。'

"两个媒人忧心忡忡,吩咐去拿烧酒来,正在思考着谁能被选上的问题,因为这两个小伙子都像干瘪的臭虫。普利兹克的媒人突然脑子开窍,为了增加他的重量,把石头放入他的口袋里,索哈的媒人也不是笨人,手边没有什么东西,便把一个瓶子塞进他的外衣里面,他们让他过秤,叫着索……索哈的名字时,突然他身上的瓶子掉到了地上,引起满堂哄笑,克温布便大声说道:

"'你是个聪明的家伙,尽管分量不够,你就是我的女婿了。'"

在雅姆布罗兹讲的这个故事中,除了称重确有其事外,其他都是他乱编出来的,但他的讲述是那么有趣,引得整个酒馆都哄堂大笑,有的人甚至还笑出了眼泪。

随后,克温布家的客人们都走出了单间,一起跳起舞来,显得更加热闹。跺脚声和呐喊声把所有的说话声淹没了,让人无法听清。

酒喝多了让人兴奋,使人欢乐,热情高涨,年轻人更加卖劲地跳呀唱呀,年长一些的围坐在桌子旁,有的结成一伙一伙地挤在可以容身的地方,跳舞的圈子越跳越大,把他们逼到了墙角。人人都在争着说话,不停地喝着酒,和别人分享着这庆典的快乐。

音乐演奏得激情奔放,舞者也跳得豪情满怀,由于跳舞的人越来越多,而场地的容量有限,大家头靠着头,背挨着背,你挤我推,但大家跳得还是劲头十足。他们大声呼叫,双脚猛烈击地,把地板都敲得咯吱咯吱地响,柜台也被震得不停地抖动。

欢乐达到了高潮,人人都全身心地投入到了这场愉悦中。

现在正是严冬。长年累月在土地母亲上耕耘劳作的双手,今天终于可以休息了,过去的弯腰驼背现在也可以伸直了。人人都能得到平等的自由和休息,大家都有发表言论的权利,个个都可以按照自己的意愿和个性去开展活动。森林也是如此,夏天时,枝繁叶茂、苍翠欲滴,俨然长成了一片,现在大雪完全覆盖了大地,每棵树木都能清晰可见,无论是橡树、榆树还是松树,都可分辨清楚。

此时此地的树木和村民都一样。

只有安特克和马特乌什依然坐在原来的地方,像朋友一样亲切地谈论着各种事情。时不时有其他人插了进来,和他们交换意见,来的人当中有斯达赫、普沃什卡、巴尔切莱克、乡长的弟弟,还有那几个曾在雅格娜婚礼上当过她伴郎的年轻男子汉。他们开始还有些胆怯,怕安特克责怪他们,但是他不仅不怪他们,还和他们一一握了手,眼里闪耀出友善的神情,于是他们立即在他身边围成了一个圆圈,倾听他的谈话,向他表示友好,还像从前那样把他当成了他们的老大。但是，当他回想起昨天之前，他们碰见他时躲之唯恐不及的态度，不免苦笑了起来。

"这阵子都没有看见你，你也不到酒馆来了！"普沃什卡说道。

"我从早到晚都在干活，哪有时间上酒馆？"

"是的，是的！"大家齐声说道。随后他们的谈话便提到了村里的种种问题——他们的父亲、姑娘，还有严冬。谈话进行得并不顺畅，安特克很少说话，但时不时朝门口投去一眼，希望能看到雅格娜的到来。直到巴尔切莱克谈起节前在克温布家里商量森林的问题时，安特克才认真听了起来。

"他们有没有做出什么决定？"他问道。

"他们除了抱怨、诉苦和伤心外，还能做出什么决定呢？最后一致同意，绝不准许地主砍伐树木。"

"还能指望他们做出什么聪明的决定来！他们聚在一起就会喝酒、抱怨、唉声叹气，做出的决定也就像去年落下的雪一样。而地主照旧能顺利地把所有的森林砍去。"

"绝不允许！"马特乌什大声道。

"谁来阻止他呢？谁出来阻止他呢？"大家齐声问道。

"还有谁？你们呀！"

"可是，我们做不了主，我只要一开口，父亲就训斥，要我少管闲事。他还说这不是你的事，是农民们的事，他们才有权利去管的，你只有忍气吞声，管好自己，他们有财产，他们才有说话的权利。你算老几，还不是像长工一样！"普沃什卡愤愤不平地说道。

"真是糟透了！"

"不应该这样！"

"我们年轻人，对于土地和管理，也拥有一份权利的！"

"他们应该退休！"

"我在军队里当过兵,年岁也不小了,可是父亲还是不肯将我的那份给我!"普沃什卡大声道。

"现在是我们得到应得权利的时候了!"

"可是我们的权利还是被剥夺了。"

"尤其是安特克!"

"现在应该来一次全村大变革!"西蒙高声说道。他刚刚到来,站在大家的身后,被大家惊异地望着。他朝前挤了过来,愤愤不平地诉说起自己所受到的不公平待遇。他望着大家,还有些脸红,因为他不习惯在这么多人面前说话,另外他还有些怕他的母亲。

"这肯定是纳斯特卡教给他的!"有个人轻声说道。大家都笑了起来,于是西蒙便不再说下去了,躲进了一个阴暗的角落里。这时候,乡长的弟弟——格热拉·拉科斯基虽然是个寡言少语的人,而且还有点口吃——也开口说起话来:

"老人们抓住土地不放,不让子女掌管,这很糟糕,太不公正了!更糟糕的是,他们还经管不善,愚蠢透顶。如果他们能和地主和好协商,森林的事情早就解决了。"

"地主又怎么样?他只给两垧地来换我们的十五垧森林,可是他是应该给我们四垧地的。"

"应该不应该,还很难说,要由政府官员来决定!"

"可是政府官员是和地主穿一条裤子的!"

"这可不一定。特派员就说过,给两垧地是不能同意的,地主应该给更多的土地才行。"巴尔切莱克解释道。

"别说话,铁匠来了,和他来的还有个老头子。"马特乌什提醒大家道。

他们都朝大门看去,只见铁匠搀扶着一个老人走了进来。他们都是喝过酒的,极力向前挤来,直到柜台面前,但他们没有在那里停很久，犹太人便把他们领进了包间。

"他们是来参加乡长家的洗礼的。"

"是今天举行受洗礼的吗？"安特克问道。

"是啊！所有的老家伙都去了，村长是教父，巴尔切科娃是教母，老波利那因为生气，没有去。"普沃什卡解释道。

"那个老家伙是谁？"巴尔切莱克问道。

"他叫雅切克，是沃拉地主的哥哥。"格热拉答道。大家都站起来看这个雅切克先生，他正从人群中挤向前来，好像是在找什么人。最后，他碰到了锯木场的巴尔特克，便和他一起到热普基人靠墙坐着的那一边去了。

"他来这干啥？"

"他呀，不一定有什么事。他老爱在村里东走西逛的，常常和村民们说说话，还不止一次地帮助过他们。他爱拉小提琴，还教小姑娘们唱歌，这个人神经有点毛病。"

"格热拉，你还是把刚才说的话说下去吧！"

"我刚才说到森林的事，我的意见，就是不要让那些老家伙再插手了，他们只会坏事。"

"对于这种事，唯一的办法就是，当他们来砍树时，我们全村的人一齐出动，把他们赶跑，直到地主和我们协商和解为止。"安特克坚决地说道。

"他们在克温布家也是这样商量的！"

"商是商量了！但他们不会付诸行动，谁会跟他们一起去呢？"

"那些自耕农都会去的。"

"并不会全都去的。"

"只要波利那领头，大家全都会去的。"

"波利那想不想领头，还没有定呢！"

"那就让安特克来领头！"巴尔切莱克大声地喊道。

他的提议得到了大家的赞同，唯有格热拉表示反对，因为他是个见过世面的人，还读过《曙光》报纸和其他书籍，他便以一个博学之人的身份来提醒大家：暴力是不行的，只能诉诸法律，靠法院来解决问题，否则会受到判刑处罚的。最好的办法就是去城里请个律师来，所有的问题才能得到公正的解决。

大家都不想再听他说下去，有的人还嘲笑他，令他很不愉快，于是他便说道：

"你们说老头子们傻，你们也好不到哪里去，你们说的全是蠢话，就像孩子玩游戏那样，都在重复别人的东西。"

"波利那来了，还有雅格娜和几个小姑娘。"有人说道。

安特克本想说几句反驳格热拉的话，见波利那他们进来便闭口不语了，他的眼睛一直跟着雅格娜在转动。

他们是吃过晚饭才来的，太晚了。老波利那对于尤什卡的又哭又闹和纳斯特卡的一再哀求都概不准许，他是在等待雅格娜和她们一起来求他，因为雅格娜在吃过午饭之后便闹着要去听音乐，但他坚决拒绝了，还不准她出门。他自己也没有去乡长家，一直守在家里。

雅格娜没有再向他提出请求，而是躲在角落里哭泣，把门碰得砰砰响，还故意跑到房外去受冻，还在房子里冲过来冲过去的，像旋风一样。大家吃晚饭时她也不来，反而从柜子里拿出那些漂亮的裙子，试来试去的。

老头子拿她毫无办法。他大骂，他劝说，他说他哪儿也不去，可是到最后，他不得不向她求饶，不管他愿意不愿意，只好带她们来酒馆了。

他神气活现地走了进来，很少和人打招呼，因为在座的那些人中，和他身份相同的人不多，那些人大多到乡长家里去庆贺他孩子受洗礼了。他朝四周的人群环视了一番，想看看他儿子在不在，但由于人多太拥挤了，他没有发现安特克。

安特克一直目不转睛地盯着雅格娜，此时她正站在柜台前面，小伙子们立即拥了过去，纷纷邀请她跳舞，她都拒绝了，但很乐意和他们说话，她时时转动着眼睛朝房间里的各堆人群扫了过去。今天她是如此楚楚动人，尽管大家都喝了不少酒，但都用惊异的眼光望着她。在场的所有女人中她是最美丽的一个。在场的姑娘中有纳斯特卡，她穿一身红色衣裙，就像一株高大的锦葵。还有微朗卡·普沃什卡，她高傲华贵，就像一朵美丽的牡丹。还有索哈的女儿，她是个豆蔻年华的小姑娘，亭亭玉立，娇小温柔，很是可爱。还有许多可爱的女人，个个都吸引着男人们的眼球，比如马丽霞·巴尔切莱克，她身材高大，结实健壮，皮肤又白又嫩，是村里跳舞的能手。但她们没有一个能与雅格娜相媲美，她的美貌、她的衣服、她的那双迷人的蓝眼睛都让她超过所有的女人，就像玫瑰超过锦葵、牡丹和罂粟一样。相比之下，她们显得粗俗平庸，失去了光彩。雅格娜今天打扮得就像是举行婚礼时一样，穿一条绿白相间的金黄色长裙，围有一条白腰带，上衣是由金线缝制的，衣料是深蓝色的天鹅绒，胸口开得很低，将雪白的胸部露出了一半，轻柔的内衣冠以精美的花边，脖子上还挂有好几条珍珠、琥珀和珊瑚的项链，头上围着一条粉色圆点的蓝丝巾，丝巾一角垂落在后背上。

雅格娜的这身华丽的衣着和佩饰，引起了其他妇女的羡慕、嫉妒和挖苦讥讽，雅格娜对于她们的议论，根本不放在心上。她看到了安特克，高兴得脸都红了，宛如夕阳西下时的水面一样。她转身朝她丈夫望去，只见他和犹太老板说了几句话，便被带进了单间，一直留在那里没有出来。

安特克等待的正是这样的机会，他立即从人群中挤了过去，用平静自若的态度向她们表示问候,只有尤什卡不理他,把脸掉转过去。

"你们是来听音乐还是来参加马乌戈霞的订婚典礼的?"

"来听音乐的!"雅格娜回答道,她因激动,声音都有些嘶哑了。

跳舞的人群把他们挤到了墙边,西蒙把纳斯特卡拉去跳舞了,尤什卡也不知去了哪里,只有他们两人还站在那里。

"我每天都在那里等你,每天都在等你……"他低声对她说道。

"他们都在监视我,我怎能出来呢?"她声音颤抖地说道。他们两人的手不由自主地握在了一起,胯骨和胯骨也贴得很紧,俩人都脸色苍白,呼吸急速,眼睛发亮,他们的心里也奏起了另一种无法描述的音乐。

"快放开,离我远点!"她小声说道,"四周的人太多了。"

他什么话也不说,却把她紧紧搂住了,他推开人群,加入跳舞的圈子中,安特克朝乐师们大声叫道:

"奥别列克舞曲,伙计们,奏快点!"

他们非常起劲地演奏起奥别列克舞曲来,低音提琴的声音很动听。乐师们都深知安特克的为人,他一高兴起来,定会招待大家喝酒的。

在他的带动下,他的那些伙伴们也都跳起了舞来。有普沃什卡、巴尔切莱克、格热拉等,就连还没有完全恢复的马特乌什也都坐在那里跺起脚来,大声叫喊为他们助兴。

安特克疯狂地跳着舞,不停地朝前舞去,很快就成了大家的领舞人。他越舞越快,他忘记了一切,什么也不想了,因为雅格娜紧贴在他身上,一边喘气,一边温柔地说道:

"安特克,再快点!越快越好!"

他们跳了很久很久,只是偶尔停了下来喘一口气,喝口啤酒就重又跳了起来,根本不在乎大家都在看着,也不关注他们的窃窃私语,或者高声的讥笑和指责。

此时此刻，安特克把世上的一切都置之度外了，如今他感受到了雅格娜就在他的身边，被他紧紧搂住，只要她那双时闭时开的蓝色眼睛在他面前闪耀，他就置身于忘我的境界，忘记了整个世界，忘记了在场的所有人。欢乐充满了他的全身，高兴让他热血沸腾。他意识到自己的力量在增长，在扩大，勇气也在成倍地增长，不可侵犯，而且他的胸中充满了无穷的力量。至于雅格娜，她也完全沉浸在幸福欢乐之中，竟也忘记了一切，她好像是被一条恶龙卷走了，既无力抗拒，也不想抗拒。他以强大的力量控制着她，又携着无限爱意拥抱着她一起旋转，一起腾飞。她时时被爱弄得头昏脑涨，眼前发黑，什么也看不见，只能看到他的黑眉毛，他那双深不可测的眼睛，和他那张诱人热吻的鲜红嘴唇。

小提琴依然在欢快地演奏着，乐曲就像收获季节的季风，带来了暖人心肺的欢乐，使人的血液变成了火焰，给人以无比的激动。而低沉的大提琴则奏出快速的跳跃节奏，使舞者的双脚情不自禁地腾跳起来，响亮地敲打着地板。笛子吹起迷人的乐声，仿佛山鸟在呼唤春天，让人敞开心扉，使人狂喜不已，让人头晕目眩，浑身颤抖，透不过气来。它使你想哭，想笑，想狂呼乱叫，想拥抱，想狂吻，想飞到任何的地方去，想飞到世界的天涯海角。他们就这样狂热地跳呀跳，跳得酒馆震动不止，跳得乐师们坐着的木桶都抖动起来。

跳舞的人大约有五十对，形成了一个大圆圈，在房间里旋转着，他们唱着歌，怀着无比兴奋和欢乐的心情舞动着，动作之大让酒瓶翻倒，灯火熄灭，黑暗笼罩。炉子里的木柴发出血红的光芒，投射在飞驰而过的舞者的身影上，人影模糊，分不出是男是女。狂野的舞步，把炉火带动得火星四溅，只能看到外套像白色的翅膀在飞舞，看见各色各样的头巾、围巾、绶带，还有通红的脸孔、闪亮的眼睛。只能听见鞋跟的踏声、歌声、叫声，这些嘈杂声交织在一起，形成了巨大的声浪。这声浪冲过过道，直达大门外，飞向白雪皑皑的酷寒的冬夜。

安特克跳得最凶，叫喊得也最响，一直都跳在前头。他的脚猛力踏着地板，像狂风似的在飞速旋转。他摔倒在地，人们以为他倒下去了，他又忽地站了起来，叫喊着，有时还高歌一曲，让乐师们伴奏。他飞速地旋转着，像狂风那样，没有人能跟上他的舞步。

安特克就这样跳了足足一个小时，还没有一点倦意，其他的人都已精疲力竭，纷纷退下去了，就连乐师们的手也拉得酸麻了。安特克又给了乐师们一些钱，催促他们演奏起来，还要他们拉得和他跳得一样快。到最后，舞圈里只剩下他们一对了。

妇女们对于他们的这种疯狂劲头甚感惊讶。她们议论纷纷，有的指责他们，有的同情老波利那。尤什卡既不满安特克，更恨她的后母，于是跑去见父亲。

"爹爹，安特克在和后母跳舞，引起大家议论纷纷！"她低声说道。

"就让他们跳去吧，酒馆就是跳舞的地方。"他答道。他正在同几个老头和铁匠讨论什么事情，根本不把这事放在心上。

尤什卡很失望，回到了她原来的地方，但她依然紧盯住安特克和雅格娜不放。他们刚跳完一曲舞，正和一群姑娘和小伙子们站在柜台前面，大家都兴高采烈，因为喝得醉醺醺的雅姆布罗兹正在给他们讲笑话，讲得姑娘们只好用围巾遮住自己的脸孔，小伙子们则大笑不止，也插嘴讲了他们的故事。安特克还请大家喝啤酒，他先敬了大家一杯，要求他们人人都喝，随后亲切地挽起了朋友的手臂，或者搂着他们的肩背，强迫他们干杯。他还把大把大把的糖果塞到姑娘们的怀里，这样一来，他也就能名正言顺地把糖果塞到雅格娜的怀里了。虽然他很累，但他依然开怀大笑，大声说话不止。

酒馆里依然热闹非凡，大家玩得兴高采烈，有的还浑身出汗，只有少数几对还在跳舞。不少人都离开了舞场，有的来到墙角边，和人交谈喝酒，有的和旧识新友相聚，其乐融融，就连热普基的贵族们也离开了桌子，来和利普查村的村民们喝酒碰杯。还有几个人邀请姑娘们跳舞，他们举止优雅，彬彬有礼，被邀请的姑娘也都欣然接受。

安特克和他的那些小伙子们，自成一团，不和其他人搅在一起。他们全都是年轻人，而且是村里的第一流人物。至于安特克自己，虽然他跟大家说着话，但他心不在焉，他什么也不在乎，他什么也不隐瞒，他也不顾周围的人都在看着他，都在听他说话，他对这一切都置若罔闻，依然在她耳边说着悄悄话，把她挤到了墙边，把她搂抱起来，用手握住她的手，按捺不住地想要亲她吻她。他的眼睛模糊着，他的胸中汹涌奔腾，正在酝酿一场大风暴，他在雅格娜那双蓝色的热情四射的眼里看到了她的惊羡和热爱之情！这更使他热情高涨，像狂风那样在他的脑海中翻腾，这种激情也传染到雅格娜身上，搞得她头昏目眩，不知所措。当音乐一曲奏完，四周暂时沉寂下来时，雅格娜才稍微清醒了些，她感到害怕，茫然地望着四周，像是在寻求救助，她甚至想逃走。但他就站在她身边，凝视着她，眼中的热火把她心中的爱情之火点燃了，刹那间，她便把一切都丢到九霄云外去了。

这种状况持续了不短的时间，因为安特克一直在请伙伴们喝烧酒。犹太老板自然很乐意给大家添酒，还把加的每一杯酒都在门板上记上了双倍的价钱。

这伙人都已喝得有些糊里糊涂了，为了使自己更清醒些，他们全又投入到跳舞中去了，安特克和雅格娜又是在前头领舞。

波利那从单间出来了，是那些爱管闲事的女人把他拉出来的。波利那一看便火冒三丈，他咬紧牙齿，扣好外套，把帽子戴好，便直朝他们走去。大家都给他让路，因为老头子的脸色就像墙壁一样苍白，眼里喷发出愤怒的火光。

"回家去！"当安特克和雅格娜舞到他的面前时，他大声喝道。他本想把雅格娜抓住，但安特克一个旋转便把她带走了，她也无法从他手上挣脱开来。波利那一步跳上前去，挡住了跳舞的圈子，从安特克的怀里硬把雅格娜拉了出来，他对儿子安特克连瞧一眼都没瞧，便径直朝外走去。

音乐立即停住了，酒馆里顿时一片寂静，大家都呆呆地站在那里，一句话也说不出来。他们在想一定会发生某种不幸的事情，因为安特克像推开草束那样推开了人群，冲出了酒馆去追赶他们了，但严寒的空气让他头晕眼花，以至于被房前的一根木头绊了一下，摔倒在了雪地上。他马上站了起来，在池塘边的大路转弯处追上了他们。

"你滚你的，别来掺和别人的事情！"老头子厉声吼道。雅格娜大叫着跑进了屋子。尤什卡拿起一根木棍递到她父亲的手里，叫喊道：

"打他！打这混蛋！爸爸，打他！"

"放了她，放了她！"安特克有点神志不清地叫嚷道，他紧握着拳头冲上前来。

"我再说一遍，快滚开！不是看在上帝的面上，我准会像打狗那样狠狠揍你一顿！快滚！"老头子又大声吼道，这次，他打算不顾一切地狠揍安特克了。安特克垂下双手，不由自主地朝后退了几步，一阵突如其来的恐惧使他全身发抖。老头子也缓步朝家里走去。

安特克没有再上前追去，他全身发抖地站在那里，脑子里一片空白，他用迷离的眼神朝四周望去，不见一个人影。月亮高悬空中，射下一片清光，照得雪地银光闪闪，地上的各种物体也依稀可辨。刚才发生了什么事情，他自己也想不起来了。当朋友们把他接回酒馆后，他才清醒了一些。朋友们听说他和父亲在打架，是赶来声援他的。

这时候，玩乐已经结束了，人们相继离开酒馆回家去了。夜已深，酒馆人已走空，但在大路上还能听到喧闹声和歌唱声。只有热普基人还留在那里，他们要在酒馆里过夜，雅切克先生正在给他们演奏一首令人无限悲伤的乐曲。他们用胳膊支撑在桌子上，双手托住下巴，静静地坐在那里一边听着，一边在唉声叹气。安特克独自坐在角落里，谁也不和他说话，因为他们问问题时他也不回答，大家只好离开了他。他呆呆地坐在那里，犹太人多次提醒他，酒馆打烊了，他也置之不理，好像没有听见对方说话似的，直到听见汉卡的声音他才清醒过来。汉卡是听说他和父亲打架了，才赶来找他的。

"你想要什么？"安特克问道。

"回家去吧！太晚了！"她忍住泪水哀求他道。

"你自个儿回去，我可不会和你一起走的！我给你说，你快滚！"他用威胁的口气大叫道。随后，他出于某种难以描述的冲动，莫名其妙地突然弯下身子对着她的脸孔说道："即使给我戴上镣铐，关进监狱，也要比待在你身边自由自在多了！知道吗？"

汉卡伤心地大哭着离开了。

安特克也缓慢地站了起来，出门之后便朝磨坊走去。

皓月当空，夜色明朗。树木投下长长的蓝银色的影子，严寒压得篱笆时不时发出咔吧的响声，闪亮的积雪也发出平静的窃窃私语声。除了这些迷人的深夜响声之外，整个大地都是悄无声息。全村的人都已入睡了，没有一家灯火是亮着的，甚至连狗都不吠叫了，磨坊也不再发出轰隆的响声。从酒馆那边的大路上还能听见雅姆布罗兹的歌声，他照例会在喝醉了之后用他嘶哑的嗓子喊唱起来，可是也很微弱，就像在梦幻中听到的那样。

安特克迈着沉重的步子缓慢地前行，绕着池塘走来走去，不时停了下来，无意识地朝四周望去，恐怯地听着还在他耳中回响着的父亲的斥责声。他看到父亲的那双犀利而又凶相毕露的眼睛直盯着他看，就像一把利刃直刺他的胸膛。他不由自主地后退着，恐惧扼住了他的喉咙。他心慌意乱，头发倒竖，完全失去了他的坚定、他的爱、他的一切，只留下了致命的恐惧、令人颤抖的惊慌，和一种绝望的浑身无力之感……

他自己也不明白，他怎么会朝家里的方向走去。当他走到教堂前面时，便听到有人在哭泣和诉苦，只见墓地的门口躺着一个人，两手伸开，如同被钉在十字架上似的。由于是倒在围墙的阴影中，他无法认出这人是谁，以为是个过路人或者是个酒鬼，他俯身下去定眼一看，原来是倒在那里哀求上帝大发慈悲的汉卡。

"回家去吧……天太冷了！走吧，汉卡！"他请求道。顿时，他的心软了，没有听到她的回答，他便用力把她扶了起来，一起往家里走去。

他们默默地走着，一句话也没有说，汉卡却一直在伤心地哭泣。

第八章

  主显节过后，波利那家变得冷冷清清，就像坟墓一样。没有哭泣，没有叫骂，也没有争吵，笼罩着全家的是沉重的平静、隐含的仇恨和压抑在心中的愤怒与痛苦。
  现在，这个屋子里只有沉默不语，郁郁寡欢。所有人生活在不断的惊恐之中，老是担心会有不祥的事情发生，就像生活在一间随时都有可能倒塌的房子里似的。
  无论是回来的那天夜里，还是第二天，波利那都没有对雅格娜说过一句责备的话，甚至都没有向多米尼科娃诉过苦，仿佛什么事也没有发生过似的。
  但是，他却被一肚子的怒气给弄倒了，不得不卧病在床，而且他常常头晕，身体两侧疼痛，还高烧不退。
  "这不要紧，不过是肝脏有点发炎，或者内脏下垂。"多米尼科娃在用热油去擦他的身体两侧时说道，但他什么也没说，只是强忍着疼痛，双眼紧盯着上面的天花板。
  "这不是雅格娜的过错，真的不是！"多米尼科娃说道，她压低了声音，以免屋子里的人听到。波利那对于昨天发生的事情，一句话也没有向她提及，这反而使她更加不安。

"那么又是谁的错呢？"他喃喃说道。

"她有什么错？你把她独自留在那里，自己到单间去喝酒，音乐一响，大家都来跳舞，寻欢作乐，难道她要像个傻瓜似的待在角落里吗？她可是个年轻健康的女人，需要娱乐，他要她跳舞她就去跳了。难道她不该去跳吗？酒馆里的每个人，都有跳舞的权利，他挑选她跳舞，还不肯放她，这个混蛋！他是出于对你的怨恨，对你的怨恨！"

"你替我擦身，能让我好得快些，那你就好好擦吧，用不着你来教导我，这件事情我知道得清清楚楚，你不用多啰唆！"

"既然你那么聪明，你就该知道，一个年轻健康的女人是需要自己的娱乐的！她不是木头，也不是老太婆。她找了个男人，这个男人就该像个真正的男人，而不是个老弱之人，让她只好跟他去数念珠，不，她可不能这样！"

"那你为什么要把她嫁给我？"他冷笑着说道。

"为什么？是谁像条狗似的老是汪汪叫地着哀求我？不是我在求你娶她，也不是她勾引了你！她完全可以跟别人结婚，可以嫁给村里最优秀的男人，而且这样的男人可不少……"

"这样的男人有是有，但不会和她结婚！"

"你这条乱叫的狗，不怕烂掉你的舌头！"

"真话像刺芒那样把你刺痛了吧，你才会这样受不了！"

"一派胡言乱语！全是谎话，不是事实！"

波利那把毯子拉到胸脯上，把头转向墙壁，对于她的激烈辩解，一句话也不回答。直到听见她的哭声，他才不无嘲讽地低声说道：

"一个女人用花言巧语不能取胜，便求助于眼泪了！"

他清楚地知道她说的是真话！现在他躺在床上，不能起来。他便将过去听到的有关雅格娜的种种议论，又重新回忆了一下，进行了一番分析、归纳，并得出结论。顿时，他心中妒火上升，怒不可遏。他现在躺在床上，只能辗转反侧，暗自诅咒别人。他把脸转向房间，用那双锐利的眼睛追逐着雅格娜……她脸色苍白憔悴，精神萎靡不振，梦幻般地在房间里走来走去。她用受委屈的孩子的那种悲伤眼神望着他，不住地唉声叹气，这不禁使他心生怜悯，心便软了下来，但他的嫉妒之情却有增无减。

这种状况一直持续到星期天。雅格娜原本就是个十分敏感的人，在家里再也忍受不下去了，如同第一次经受严寒摧残的娇艳鲜花那样，她也开始憔悴了。她的脸色一日不如一日，坐立不安，彻夜难眠，吃不下饭。她也无法工作，手上拿不住东西，常往下掉。她生活在连续不断的恐惧之中，时时刻刻都提心吊胆。老头子躺在床上，唉声叹气的，从来不对她说一句好话，她总是觉得背后有一双贼眼睛盯着她不放，看得她再也忍受不下去。她感到生活很累，是种沉重的负担。这一个星期来，她得不到安特克的任何消息，也从未出现在草堆旁，虽然有好几次，天黑以后，她怀着巨大的恐惧去过草堆那边找过他。思念之情常常袭上心头，使她深感痛苦，焦虑不安。她又不敢去问别人，她对这个家庭已深感厌恶，每天都要跑回娘家好几次，但是她母亲多米尼科娃常常不在家，不是出去看病人了，就是待在教堂里很长时间。有时母亲在家，也不曾给过她好脸色，常常对她说些尖酸刻薄的话。兄弟们也是绷着个脸，满腹怨气地走来走去，因为老太婆怪西蒙在主显节那天在酒馆里喝掉了四个兹罗提，用木棍狠狠打了他一顿。为了度过这无聊的白天，雅格娜有时到邻居家去串门，但这也没有让她顺心过，她们虽然没有赶她走，但说出的话也不是很中听。而且她们对波利那卧病在床都感到难过，深表同情，对于所处的这个艰难时期，大家都说了许多诸如世风日下的抱怨话。

尤什卡也在不断招惹她，使她寸步难行。就连维特克也不敢在主人面前像过去那样唠叨了。她有话也找不到人去说,既得不到别人的安慰,也得不到任何的乐趣,唯一能得到放松的是,每天完工之后彼得会在马厩里给她轻轻拉起小提琴来——老头子不让他在房里拉琴。

况且这个冬天一直非常寒冷,经常出现狂风暴雪,她只好待在家里不出门。

直到星期六,波利那的身体虽未完全复原,却硬撑着下了床,因为天气很冷,他便穿上厚实的衣服,朝村里走去。

他到了好几户人家去串门,装着去烤烤火的样子,甚至对那些他从不理睬的人,也很乐意和他们谈起正经事儿来。不过,他总是想方设法把话题引到那天酒馆的事情上来,他说那不过是场笑话,他那天喝得酩酊大醉,以致生了场病。

大家对此深感惊异,但还是聪明地点头表示赞同,可是谁也不相信。大家都深知他的刚愎自用,只要是涉及他的自尊心,即使别人用火把他烧死,他也不会叫喊一声的。

大家也都很清楚,他永远都要高居于别人之上,被人尊崇为全村的第一人,因此他非常注意,绝不让自己成为别人恶语中伤的对象。

大家也都心知肚明,他是特意来平息这场已经传得沸沸扬扬的丑闻的。

村长老西蒙按照他的老习惯,却对波利那直言不讳地说道:

"俗话说得好,人应有自知之明!人们的议论就像团火,你无法用双手去扑灭它,否则,自己反而会被烧伤!我在婚礼前就提醒过你,老夫娶少妻,就是把一个连圣水都不怕的魔鬼娶回家!"

波利那听了很生气,便直接回家去了。雅格娜看到他能下床外出,以为他好了,这一切就都过去了,又要恢复成老样子了。她甚感欣慰,便像从前一样和他说话,直望着他的眼睛,显得甜美可爱,在屋子里高兴地走来走去……面对她的殷勤,波利那却回以严厉的责骂声,这让她听了不寒而栗。后来他对她的态度毫无改变，不再和她亲密，不再拥抱她、抚爱她，不再想得到她的温存，不再想去博得她的微笑。如果她干活干得稍有差错，他就会责骂她。他把她当成了一个普通的女仆，常驱使她去干活。

从这天开始，他又重新把一切事务都掌握在自己的手中。他亲自监督一切，亲自掌管一切，绝不放手。身体好了之后，他便整天和彼得一起打麦子，几乎一步也不离开家里，晚上也待在屋子里，不是修修马具，就是收拾各种家中用具。他把雅格娜看得如此之紧，使她寸步难行。她一出房门，他便会立即去找她，他甚至把她节日穿的漂亮衣服都锁了起来，把钥匙带在身边。

她很苦恼，真的很苦恼！只要有点过错，便会受到严厉训斥，他从不对她说句好听的话，他所做的这一切，就是不把她看成是这家里的女主人了。他把管家的权力全部交给了尤什卡，有事只向她交代，她不懂的事情还会教她怎么去做，嘱咐她照管好家里的一切，仿佛雅格娜不存在似的。她整天都在纺纱，几乎要发疯了，她跑去向母亲诉苦和抱怨，母亲只好去替她求情，但毫无作用。

波利那断然地说道："她过去是女主人，想做什么就做什么，而且什么也不缺。可是她不尊重自己，那就让她去干干别的什么好了！你听好，我要你告诉她，只要我还动得了，我就会保护好我的财产，我也绝不会允许我成为别人嘲笑的对象，绝不会让人给我戴上绿帽子，你叫她好好记住！"

"上帝可以做证，她并没有做什么坏事呀！"

"若是她做过了，我就不会这样对待她了。她和安特克干的这些勾当就够人难受的了！"

"那是在酒馆里……跳跳舞……而且还当着大家的面！"

"哼！难道只是在酒馆里？是这样的吗？"他想起上次在篱笆上捡

到她围巾的那件事，便猜想到她是去和安特克幽会的。

他是不会被说服的，他现在什么也不信，只相信他自己，于是他坚定地说道：

"我是个好人。大家都知道，我脾气好，心肠软。可是，谁若是敢抽我一鞭，我就会狠狠地打他一棍！"

"该打的人你可以去打，可是你不能冤枉人，被冤枉的人会加倍报复你的。"

"我是在自卫，我不会错！"

"你不好好想想，你的这种权力还能维持多久？"

"你这是在威胁？"

"我想到什么就说什么，你也太过于自信了。冤枉别人，也是在冤枉自己！"

"收起你的那套俗语和教训来，我有自知之明！"他怒气冲冲地说道。

多米尼科娃看到他那样固执，便不再和他争论了。她相信这场风暴会自行过去，状况会渐渐好起来。可是他却依然如故，丝毫也没有改变他的严厉态度，甚至还乐此不疲，在其中尝到了一种残酷的快感。尽管他在夜里有时听到雅格娜的抽泣声，会无意识地跳了起来向她跑过去，但他又突然会想起那事，于是便装着是去查看窗户和房门。

这种状况持续了整整两个星期。在这段时间里，雅格娜一直忧心忡忡，闷闷不乐，郁郁寡欢，神情憔悴，以至于都不敢外出见人。她在村人面前也感到羞愧难当，因为人人都知道波利那家里发生的事情。

这时的波利那家完全笼罩在一片深沉而忧郁的阴影中，变成了一处寂静而又可怕的住所。

而且也确实没有什么人去看望他们，家里常常发生争吵。乡长之所以不来看他，是为波利那没有去参加他儿子的洗礼而耿耿于怀。只有多米尼科娃的两个儿子偶尔会来看看她。纳斯特卡也会带着纺线杆来，不过她到这里来主要是来看尤什卡的，或者是和西蒙幽会，并没有给雅格娜带来什么欢乐。罗赫有时也来看看，当看到大家都是一副阴沉的生气的脸孔时，他也总是待不多久便离开了。

只有铁匠是每晚必到，而且待的时间很长。每次来他都会想方设法增强老波利那对雅格娜的憎恨。他现在又博得了老丈人的欢心，得到了他的垂爱。雅古斯丁卡也经常来，她总是在他们吵架时旁敲侧击，火上浇油。多米尼科娃天天都来，每次来都要教导她女儿学会忍耐和逆来顺受。可是雅格娜对母亲的教导却很反感，她不是那种卑躬屈膝的人，要她低三下四去侍奉人，她宁死也不干。相反地，她的怒气一天比一天更盛，反对她丈夫的权威和欺压的勇气与信心也日益增强，而在这中间雅古斯丁卡也起了不小的煽风点火的作用。有一次她轻声对雅格娜说："雅格娜，我真替你伤心！你就像我的亲生女儿一样。那条老狗这样虐待你，你却像绵羊那样忍气吞声，要是换了别的女人，绝不会像你这样，绝不会的……"

"那么，又该怎么办呢？"她不免好奇地问道，对于目前的这种状况她真是无法再忍受下去了。

"你不能用善去对抗恶，你越善恶越嚣张。他会把你当小贱人来看待，你就什么也不是了。他不是把你的衣服都锁起来了，令你步步都受到他的监视，连一句安慰的话也不给你说吗？可是你呢？只会唉声叹气，只会抱怨诉苦，只会哭哭啼啼，盼望着上帝来救你！可是上帝只会去救助那些能自救的人。若是换了我，我会怎么做呢？我会揍尤什卡一顿，让她以后不再管理家务，你才是这里的主妇。我也绝不会向丈夫屈服，他不是要打架吗？那就和他打，要打得他再也不敢和你打了。不过，你首先要……"说到这里，她压低了嗓门儿，把嘴凑到她的耳边悄悄说道，"令他像小牛犊那样断了奶，别老缠着母牛，让他一个人独睡，不让他近身，就像一条给关在门外的狗那样，过不了多久，你就会看到他变得态度温和了，说话和气了。"

雅格娜立即从纺车转过脸去，以掩饰她的满脸羞红。

"怎么啦，害臊了？你真是个傻瓜！别觉得害羞，这又不是什么坏事！大家都是这样做的，而且以后也会这样做，这个方法并不是我首先发明的。女人对于男人来说就像咸肉对于狗一样，具有很大诱惑力的。说到老家伙，那要比年轻人更容易对付，因为他们渴望女人，但又不容易找到野食！你就按照我的办法去做，保证你很快就会感激我的！至于人们对你和安特克的那些议论，别放心上，即使你像初雪那样洁白，也会有人嚼舌头，把你说得污黑难听。世间的事情就是这样，柔弱的人，连向别人用手指招呼一声都不行，都会有人向他指指点点。而那些强而有力的人想干就干什么，作恶多端也没有人敢去反对他，反而会像狗那样对他摇尾乞怜。这个世界是属于那些强人、什么也不怕的人和不屈不挠的人！我年轻的时候，说我的坏话可不少……你妈妈也一样，她跟弗罗内克的那些事，大家都知道……"

"别说我妈妈！"

"好吧，就让她成为你眼里的圣人好啦！说真的，我们每个人都需要有一个能当成圣人的人。"

雅古斯丁卡还在继续教导她，对她说了很长时间，渐渐地，雅古斯丁卡不需提问，便谈到安特克的许多事情，不少是她臆想出来的。雅格娜贪婪地倾听着，但她也没有露出丝毫的口风。雅古斯丁卡的劝说深深留在了她的脑海中，她对此思考了一整天，到了晚上，她便当着罗赫、铁匠和雅古斯丁卡的面，对她的丈夫说道：

"把柜子的钥匙给我，我要把里面的衣服晾一晾。"

波利那不好意思拒绝，便把钥匙给了她。站在他身后的纳斯特卡笑了起来。等到她重新把衣服放好之后，他便伸手向她要钥匙。

"柜子里全都是我的衣服,钥匙就归我保管了!"她坚决地说道。

从这个晚上开始,这个家就变得像地狱一样。老头子不想改变,雅格娜也不让步。对于波利那的责骂,他说一句她便回敬十句,声音之大,连大路上的人都能听到。为了报复,她什么事都做得出来。她还常常挑尤什卡的错儿,不止一次地把小姑娘打得痛苦叫喊,跑到父亲那里去告状,但这毫无作用。从此以后,只要尤什卡不按她意志做事,不听她的吩咐,雅格娜便会狠狠地折磨她。到了晚上,她便搬到另一个房间,而把丈夫留在原卧室里。她还要求彼得给她拉小提琴,她会在音乐的伴奏下,高唱各种歌曲,一直到深夜。每到星期天,她穿上最漂亮的衣服,也不等候波利那,便独自前往教堂,一路上还和男人们说说笑笑。

波利那对于她的变化深感惊异,气得火冒三丈,但他绝不受制于人,也不想让村里人知道。对于雅格娜的任性,波利那也无计可施,只好采取不断退让的方式,睁一只眼闭一只眼,以求得平静的生活。

有一次,他大声地对雅古斯丁卡说道:"我的老天爷!她以前像只小绵羊那样温顺,现在可好了,像头公山羊那样横冲直撞!"

"面包把她养壮了,她才这么神气!我教你一个办法,现在得采用强硬的手段去制伏她的任性,要不然,你以后就是用棍棒揍她,也改不回来了!"雅古斯丁卡也愤愤不平地说道。她这个人就是:谁向她求教,她就站在谁的一边。

"这不符合波利那家的家风!"他高傲地答道。

"不过我认为,就是你们波利那家,将来也会走到这一步的!"她阴险地说道。

过了没几天,圣烛节过后的一个下午,雅姆布罗兹前来告知,神父明天要来做巡回祈祷。

听到消息后,他们便忙着收拾屋子,里里外外大扫除。由于雅格娜老是在责备尤什卡，老头子不爱听她的咒骂，便走到屋子外面去清扫房子周围的积雪。他们还打开了所有的门窗，让房里吹进新鲜空气，墙壁上的蜘蛛网也清除干净了，尤什卡还把黄沙撒在大门口和过道上。神父已来到相距不远的巴尔切莱克家，大家赶忙换上了节日的盛装。

不一会儿，神父的雪橇便停在了台阶前，他在法衣上面加了一件皮短套，后面跟着风琴师的两个儿子，他们都穿着唱诗班的长袍，来到了屋子里。波利那端着盛着圣水的盘子走在前面，神父念起了拉丁文的祈祷词，给各个房间和过道以及各种家具都洒上了圣水。接着他们又来到屋外，给牛栏马厩和其他农具都洒了圣水以示祝福。神父转来转去，口中不停地念着祷词，风琴师的儿子在两侧随行，一边唱着圣诞颂歌，一边不停地摇着铃铛。家里的其他人都跟在后面，仿佛是一列宗教游行队伍似的。仪式结束后，神父又回到房间里来休息。这时候，波利那和长工则把半袋燕麦和二十五升的豌豆放进了神父的雪橇里面。而神父却在房间里听尤什卡和维特克背诵祈祷文。

他们都背得很熟，神父大为惊讶，便问是谁教的。

"古巴教我们祈祷文、罗赫教教义问答和小祷告书！"维特克大胆地回答道。神父摸了摸他的脑袋，尤什卡则没有这种勇气，脸涨得通红，呜咽着，一句话也说不上来。神父给了他们两张图片，并嘱咐他们要尊敬长辈，要常常祈祷，要小心不要犯罪，因为魔鬼时时刻刻都在窥视着我们，一步走不好便会把你拉进地狱去。接着，他抬高了声音，眼睛望着雅格娜，威严地结束道：

"我要正告你们，世上的任何事情都逃不过上帝的公正眼睛的，任何事情。你们要牢牢记住最后审判日和世界末日的到来。趁着时间还来得及，你们要好好忏悔和改过自新。"

两个孩子都哭了起来，激动得就跟在教堂里听布道一样。雅格娜的心也因为害怕而怦怦急跳，脸上露出了深深的羞红。她清楚地知道，神父的这些话是针对她说的。这时候,波利那回到了房间里,雅格娜便立即走开了,离开时都不敢看神父一眼。

"我想跟你谈谈,马捷伊!"当房间里只剩下神父和波利那两个人时,神父小声说道。他让波利那坐在他的身边,干咳了一声之后,便把鼻烟壶递给了对方,还用一条小手帕擦了擦鼻子,维特克后来对大家说,这小手帕散发出一种气味像香炉上的香味。他还把手指关节绞动得咔吧咔吧地响,然后平静地开口说道:"酒馆里发生的那件事我都听说了,人们都在纷纷议论!"

"确有其事!那是当着大家的面发生的!"波利那一脸苦相地说道。

"你们不该去酒馆,更不能把女人带到那里去。我说了多少次,我把心都掏出来了,可还是不管用,你们还是我行我素。我真的要感谢上帝,幸好那次没有犯下可悲的罪孽。我再说一遍,没有犯下可悲的罪孽!"

"真的没有!"波利那的脸色豁然开朗起来,他是相信神父的。

"但我也听说,就是因为这件事,你还严厉地处罚了你的妻子。你做得不对,这不公正。谁若是做得不公正,谁就是在造孽。我要告诉你,这是在造孽呀!"

"啊,不是,不是!我只是责备了她一顿,只是……"

"错在安特克,而不是她!"神父急忙打断了他,"安特克这是在报复你,这才强迫她跳舞。很显然,他是想和你大闹一场。我告诉你,他是要和你大闹一场的。"他坚信自己的这个判断是正确的,因为他太相信多米尼科娃说的话了,"我还有什么话要对你说呢……啊,对了!你的那匹小马驹不要在马厩周围转来转去,要把它拴起来,否则,它会被别的马踢伤的,我的小母马去年就是这样被踢瘸。它是谁家的马配的种?"

"磨坊主家的!"

"我从毛色和额头上的白斑就看得出来,那是一匹很壮实的小马。不过,你应该和安特克和好才是。由于你们的矛盾,他才走上这种邪路的。"

"我没有对他发火,我也不会去和他和好!"他固执地答道。

"我这是以神父的身份向你提出的,你应该凭着你的良心去做事。我还要告诉你,由于你的过错,安特克正在走向堕落。今天还有人对我说,安特克经常到酒馆去喝酒,还煽动小伙子们去反抗他们的父辈,好像还要去和地主作对。"

"没有人向我说过这种事。"

"他是个害群之马,会带坏整个马群的!他们阴谋反对地主,这会给全村的人带来巨大的不幸。"

神父见波利那对这件事一言不发,便改变了话题,最后他说:

"和好!我的朋友,和好!"神父闻了闻鼻烟,戴好帽子,又接着说道,"整个世界就是建立在和好基础上的。要和好,要团结,大地主愿意和你们达成和解的。他还说,他是个好人,愿意和邻居们和睦相处。"

"邻居是只狼,最好的办法就是用铁棍或斧头来对付他。"

神父一听,实感惊讶,便紧紧盯着他的脸看,但看到的只有冷酷无情的眼睛和紧闭的嘴唇,于是他赶忙转过脸去,搓着双手,因为他不喜欢争论。

"我该走了,请容我对你再说一遍,不要用严厉的方法去惩罚你的女人。她还年轻,她像许多女人一样,轻浮任性——你应该聪明而又公正地对待她,有些事情你应该装聋作哑,不闻不问,这样你才能避免不必要的争吵,争吵会造成最坏的恶果的。上帝特别喜欢和和气气的,他会祝福那些和睦相处的人。这是什么鬼东西!"他喊叫一声,跳了起来,原来一直待在柜子上的那只鹳鸟,此时竟出其不意地蹿到他

167

的脚边，用力啄着他那闪闪发亮的皮靴。

"这是只鹳鸟，秋天时它的翅膀断了，维特克把它捉了回来，精心护理，它好了后便一直待在这里不走。它抓起老鼠来，不比猫差。"

"噢，是真的吗？我还没有见过一只驯养过的鹳鸟呢！真不错，真是不错啊！"

神父弯下腰去想摸摸它，可是鹳鸟不买这个账，却转动脖子，想从侧面再去叨啄神父的皮靴。

"我告诉你，我很喜欢这只鸟，想把它买下来，你们卖不卖？"

"卖是不会卖的！不过要不了多久，小家伙就会把它送到府上去的。"

"那我派瓦列克来取吧！"

"不过，除了维特克，谁也不能碰它，它只听维特克的话！"

他们把维特克叫了过来，神父给了他一个兹罗提，要他傍晚时神父做完了巡回布道后就把鸟送过去。维特克便哭了起来，神父一走他就把鹳鸟抱到牛棚里，一直号啕大哭到傍晚。直到老头子前来制止，提醒他该把鹳鸟送到神父家里去，小家伙才不得不听从主人的盼咐。可是他的心却像碎了似的疼，他走来走去的，眼睛都哭肿了，神智也很不清醒似的，他一步跑到鹳鸟面前，双手紧紧把它抱在了胸前，尽情地去吻它，不停地哭泣着。

到了傍晚，神父该回到住所了，维特克便用自己的外衣把鹳鸟裹好以免它冻着，因为鸟重，一个人抱不住，他便和尤什卡一起，把鸟送到了神父家。瓦帕也跟着去了，一路上还汪汪地叫个不停。

神父说的那番话，以及他那真诚的保证，令波利那进行了一番思量之后，心情豁然开朗、平静了不少，对待雅格娜的态度也渐渐地有了不小的改变。

一切又恢复到了原先的状态，但过去的那种愉快的气氛、那种和睦的相处、那种深沉的信任却不复存在了。

这就像一口破缸那样，虽然用铁丝修补好了，看起来很完整，但总有地方会渗出水来，即使在亮光下也看不出什么裂缝来。

波利那家里的情况也是如此，表面上看来，他们和和气气，但在重归于好的水缸中，总有怀疑、不信任的水滴，从看不见的缝隙中渗出来，虽然愤怒不像过去那样强烈，但疑虑犹存心中，忧愁依然存在。

老头儿虽然做出了很大的努力，但依然不能完全摆脱那种猜忌的心态，他常常会无意识地留心雅格娜的一举一动。而雅格娜呢，也始终不肯原谅他过去对自己说过的那些恶言恶语，心中的怒火还在燃烧，而且她还因为无法摆脱他的监视而耿耿于怀。

或许，就是因为波利那还在监视她，不信任她，使她更加强烈地厌恨他，从而对安特克更加倾心了。

由于她把事情安排得十分巧妙，每过两三天便能和安特克相会在草堆边。维特克也给他们帮了不少的忙，自从失去了鹳鸟之后，他就失去了对主人的关心，而是转到了雅格娜这一边。她也会给他些好东西吃，安特克更是经常送给他几个格罗什。但是，帮助他们最大的却是雅古斯丁卡。她不仅获得了雅格娜的喜爱，还得到了安特克的信任，如果没有她的通风报信，就不可能有他们的见面机会。她给他们传递信息，为他们掩护，以避免意外的发生。她之所以这样做是出于她对整个世界的憎恨，她因自身所受的虐待和屈辱，而拿别人来出气。虽然她讨厌雅格娜和安特克，但她更讨厌老头子，因为他是村里的首富，拥有一切，而她连落脚的角落都没有，上无片瓦遮身，下无滴水充饥。而且她也仇恨穷人，甚至更加瞧不起他们。

她简直就是个魔鬼，村里人说她比魔鬼还坏。

"说不定会有那么一天，他们会像疯狗一样扑向对方，相互撕咬起来。"她经常这样想，为自己的安排后果而兴高采烈。由于冬天无事可做，她便常常拿着卷线杆到各家各户去串门，倾听人家说话，散布种种流言蜚语，进行挑拨离间，嘲笑每一个人，没有人敢把她拒之门外，主要是怕她乱嚼舌头，更怕她那双贼眼。她有时也去安特克家，但更多的是在他收工回家的路上和他见面，把雅格娜的消息向他贴耳相告。

神父访问之后过了两个星期，雅古斯丁卡便在池塘边见到了安特克。

"你知道吗？你家老头子在神父面前说了你许多坏话。"

"他又乱吠乱叫了些什么？"安特克并不在意地问道。

"说你煽动大家去反对地主，应该把你交给警察，以及这一类的事情……"

"那就让他试试看，他们还没有抓走我，我就会把他弄得鸡飞狗跳的，把他的房子烧成灰烬。"他怒气冲冲地说道。

她又立刻跑去告诉老波利那，老头子琢磨了一番，便低声说道：

"他会这么干的，这个混蛋，这种事他干得出来！"

他没有多说什么，他不想在女人面前说出自己的想法。等到晚上罗赫来了，才把自己的想法说了出来：

"千万不要相信雅古斯丁卡说的什么话，她是个坏女人！

"也许她说的全是谎话，不过这样的事情以前确实发生过。老普里切克就曾因财产分割不公，便把内弟的房子烧掉了。虽然他被关进了牢里，但房子也被他烧光了。安特克是会这么干的，他一定是露出了什么口风，她不可能全是凭空捏造的。"

罗赫是个和善的好人，他感到很难过，便劝说道：

"你们和解吧！你分给他一些土地，他也能生活下去。这样他才能安下心来，就不会有和你争吵、威胁你的理由了……"

"不行！哪怕要破产，哪怕要去讨饭，那也不行！只要我活着，我就一寸土地也不给！他打我，羞辱我，虽然这让我很痛心，但我还能原谅他。但是，他若是要干出什么别的事情来……"

"你把一个长舌妇的胡言乱语看得这么认真，值得吗？"

"也可能是假话，我不相信……但也可能是真的。一想到可能会发生这种事，我就气不打一处来，感到透骨的寒冷。"

一想到有可能会发生这样的事情，他就紧握起拳头，呆呆地坐在那里。他找不到雅格娜行为不端的证据，同时也认为雅格娜是清白无辜的，但是他觉得，安特克之所以会这样仇恨他，并不是单单因为没有给他土地而愤愤不平，从儿子的那双眼睛里所露出的凶光和狂热就可以看出其仇恨是另有原因的。此时此刻，他的内心里也萌发出了同样的感情——冷酷、仇恨和不共戴天的敌视。于是他转身对罗赫低声说道：

"利普查村太狭小了，容不下我们父子二人！"

"你脑子里怎么会有这种想法，真是奇怪！"罗赫惊讶地大声说道。

"但愿上帝保佑，让我在他放火时把他逮个正着。"

罗赫竭力安慰，向他解释这样的事是不会发生的。

"你就等着瞧吧！他会放火烧我房子的！"

从这时开始，他就终日惶恐不安。每到夜晚，他都要偷偷地查看，或躲在屋角处，或围着房子和其他建筑物转来转去，或去查看顶棚。一个晚上他都要醒来好多次，竖起耳朵一听就是好几个小时。一听到哪怕是最细小的声音，他也会从床上跳起来，带着狗巡视着所有的角落。有一次他在草堆边上发现地上有好几个脚印，虽然被风吹得模糊不清，后来他又在篱笆墙边的地上发现了好几个足迹，于是波利那完全可以肯定，安特克晚上来过这里，是来为放火踩点子的。但至今他还没有发现其他什么罪行。

他从磨坊主那里买来了一条特别凶的恶狗，在板屋里面给它搭了个狗窝，用铁链锁住，给它很少的东西吃，但却常常用食物去引诱它，让它变得更凶猛。每天晚上他把它放出来,令它碰见人就狂吠不停,甚至扑上前去咬住不放,已经有几个村民被它咬伤了,他们便来向波利那提出控诉。

虽然他加强了警惕和监视,但他的身体却日见憔悴和消瘦,腰带也缩小了,脸色潮红,背曲脚飘,眼睛却显得炯炯有神。他决定不再去接近任何人,也不再去向别人诉苦,这又大大增加了他的痛苦。

这样一来,谁也无法了解他坐立不安和愁眉苦脸的原因了。

他严密看护他的家宅,买进凶狗,夜夜巡查,人们都能找到合理的解释,因为这年冬天,野狼猖狂肆虐,几乎每天夜里都会成群结队地来到村里,村民们常常听到狼嚎声,狼还在牛棚墙下挖洞,有好些农户的禽畜被叼走。另外,在春天到来之前,也是盗贼流窜作案的时期。邓比查村的一个农民就被偷走了两匹马,卢得卡村也丢失了一头猪,别的村子还丢失了一头牛。如同一石掀起千重浪,利普查村的村民们都在搔首想办法,有的换了门锁,有的加倍看护马厩,因为利普查村的马匹在这个地区是最有名的好马。

日子就这样有条不紊地慢慢过去了,就像钟摆那样,既不超前,也不退后。

冬天依然奇寒无比,天气常常变化莫测。有些天真是奇寒无比,连村里最年老的村民都没有经历过。有时雪下得很大,随即又是好几星期的融化,沟里都积满了雪水,田地也显露出来了,黝黑而荒凉。接着又是罕见的暴风雪,雪雾弥漫,遮天蔽地。然后又是阳光普照,宁静而又温煦的好天气。大路上孩子们在嬉闹追逐着,家家户户都敞开着大门,人人都很愉快,老人们都在朝阳的地方晒着太阳。

然而,利普查村却依然循着亘古不变的规矩前行:命运注定要死的人,到时就会死去;命运注定会活得快快活活的人,就会去寻欢作乐;命运注定要贫穷的人,就会一贫如洗;命运注定他是病入膏肓的人，就应赶快去忏悔，等待末日的到来。借助于上帝的垂顾，利普查村的人就这样日复一日、周复一周地生活下去了。他们遵从命运的安排，期望着春天的来临。

在这段时期内，每逢星期天，酒馆里就会奏响音乐、举办舞会，村民们纷纷前来狂欢滥饮，常常引来争吵、斗殴，这引起神父的不满，他便在布道时严厉训斥他们。另外，也还发生了其他的一些事情：克温布的女儿出嫁，举行三天的婚礼以示庆祝。据说，为了让婚礼办得热热闹闹的，克温布还向风琴师借了五十卢布。村长为了女儿和普沃什卡的订婚，也曾大摆宴席。但给孩子受洗礼的不多，因为还不到季节，许多女人要等到开春之后才会生孩子。

老普里切克就是在这期间去世的，他病了一个星期，这个才活了六十四岁的瘦老头子就这样走了。全村的人都去送殡了，其子女还举办了丰盛的丧宴。

每到晚上，人们便会聚集在某些人的家里一起纺织，那里也会有许多姑娘和小伙子。大家在一起谈天说地，嬉戏玩耍，嘻嘻哈哈，兴高采烈，更令他们高兴的是，已完全恢复健康的马特乌什几乎每场必到。只要他出现在那里，那里的年轻人就会玩得特别尽兴。

村子里就是这样的吵吵嚷嚷，热闹非凡，而且流言蜚语和闲言闲语也层出不穷，不时还发生吵架斗殴、血口喷人或者邻人相争，以及散布各种小道消息的事件。有时还会有个把巡礼乞丐来到村里，向大家讲述外面世界发生的种种新闻，在村里一住就是好几个星期。

有时候，有人会接到他儿子从军队里写来的家信，大家便一起读了起来，而且一读再读，让人议论纷纷。姑娘们为之叹息，母亲们为之流泪，这样的状况能足足持续一个星期。

其他的事情有：马格达到酒馆当了帮工，波利那家的狗咬了瓦列克的儿子，正威胁要起诉他。安德烈家的母牛吃土豆吃得肚子发胀，雅姆布罗兹不得不把它宰了。格热拉向磨坊主借了一百五十个卢布，用一块草场做抵押。铁匠买了两匹马，村里的人对此深感惊讶，并久久为之深思不解。神父病了一个星期，从蒂莫夫来的一位神父替他主持了星期天的弥撒。另外，大家还谈到了盗贼的问题，喜欢唠叨的老太婆们还说起了各种各样的鬼故事。人们还讲到了地主家的羊被狼叼走了好几只。谈论的还有家务农活、世界奇闻以及其他许多无法记住、难于弄清楚的事情。总之，新闻天天有，足够大家白天黑夜的谈资，因为冬天有的是时间。

大家也曾在波利那家聚会过，但有所不同的是，老波利那一直待在家里，自己不参加任何娱乐活动，也不让女人们参加。雅格娜因此而闷闷不乐，尤什卡也整天气鼓鼓地在抱怨，足不出户的日子让她苦不堪言，幸好她父亲只是不准许她到年轻人寻欢作乐的地方去，但准许她到老太婆们集会的家里去。

因此，他们大多数晚上都是在家里度过的。

二月底的一个晚上，来了好几个人，她们都到另一个房间去了，多米尼科娃在那里的灯下织布，其他的人则围坐在火炉边，因为天气冷得要命。雅格娜和纳斯特卡在纺纱，纺锤转得嗡嗡响。晚饭正在准备，尤什卡百无聊赖地在房间里走来走去，老波利那叼着烟斗，边抽烟边在想事情，几乎一句话也没有说。房间里一片安静，只有火炉里的木柴在毕剥毕剥地响，虫子在角落里鸣叫，织布机发出有规律的呜呜声。就是没有人说话，第一个打破沉默的是纳斯特卡，她说道："明天你们会去克温布家纺线吗？"

"今天马丽霞发出邀请了！"

"罗赫还答应，要给大家读一本有关古代国王的故事书。"

"我想去，但现在还不能确定……"雅格娜望了丈夫一眼，答道。

"我也要去，爸爸……"尤什卡央求道。

老头子没有回答,狗在门外叫得很凶,绰号叫"颠三倒四"的雅舍克闯了进来。

"快把门关好,笨蛋!这里不是牛棚!"多米尼科娃大声嚷道。

"不要怕,没有人会吃了你!你东张西望的干什么?"雅格娜问道。

"因为那鹳鸟……它一定躲在什么地方,好来啄我!"他结结巴巴地说道,用惊恐的眼神打量着各个角落。

"主人把博切克给了神父,它再也不会啄你了!"维特克嘟哝道。

"我真搞不懂,你干吗要养那只鸟儿,它只会欺侮人!"

"快坐下,别啰唆了!"纳斯特卡指着她身边的一个地方,对他说道。

"你说它欺侮人?它欺侮谁了,欺侮的是傻瓜和陌生的狗,它只是像个地主似的在房间里走来走去……它抓起老鼠来,什么也比不上,它从不妨碍别人,现在却把它送人了!"

"别说了,别说了。既然你这么喜欢鹳鸟,明年春天再养一只不就得了!"

"我可不干!这一只才是我要的。等春天暖和了,我有办法把它搞回来,它在神父家是待不住的,一定会飞回来!"

雅舍克千方百计想把他的计谋打听出来,但维特克却气鼓鼓地对他说:

"你自己想不出来,也别指望别人会告诉你。如果你是个聪明人,就能自己想出办法来,就不会去套别人的办法!"

纳斯特卡替雅舍克打抱不平,便呵斥起维特克来。尽管雅舍克很傻,村里人都取笑他,但在她看来他还是不错的,因为他是家里的独子,拥有十垧土地。姑娘在计算着,西蒙才有五垧土地,而且还不确定多米尼科娃是否准许他结婚。所以她要和雅舍克保持良好关系,一旦西蒙不行,她就可以用雅舍克来取代。

他坐在她身边，呆呆地望着她。正想对她说话的时候，乡长便进来了，他已同老波利那和好了，一进门便喊叫起来：

"我给你带消息来了，明天中午你得出庭去。"

"是关于我家母牛的案子吗？"

"是。就是控告地主有关母牛的案子！"

"明天一早就得动身，到县城的路很长，维特克，你去告诉彼得做好一切准备。你也要去做个证人，通知巴尔特克了吗？"

"今天我去了法院，把所有的传票都带回来了，你们要去的人一大堆，不过，罪在地主，他应赔偿！"

"一定得赔偿，这么好的一头母牛！"

"到另一个房间去，我有话要和你说。"他轻声说道。

他们在另一间屋里待了很久，尤什卡只好把晚饭给他们送了过去。乡长不止一次地劝说，不要和那些人搞在一起，去和地主作对，他要波利那把这件事延后一下，看看形势再说，绝不要和克温布的那伙人搞在一起。波利那至今还在犹豫不决，他在衡量利害得失，既没有答应乡长，也没有明确站在那伙人一边。上次地主到磨坊主家去的时候，没有请他去商量，他特别生气，一直耿耿于怀。

乡长见劝说不起作用，便用实际利益来引诱，最后说道：

"你知道，我、磨坊主，还有铁匠，我们三人已和地主达成了协议，我们负责把木头运到锯木场，制成木板后，再由我们运到城里去。"

"嗯，嗯！我当然知道，大家都在说，你们不给他们挣钱的机会。"

"就让他们说去，我才不在乎呢。多说无用，我要告诉你的，我们是三个人的协议。你听好了。"

老头子看了对方一眼，便仔细听了起来。

"我们很希望你来入伙，你也可以运同样数量的木头，你有两匹壮马,还有赶车的长工,赚钱是肯定的,运费是按立方米来计算的。到来年春耕开始之前,你就能挣到一百卢布。"

"你们什么时候开始运送木头?"波利那考虑良久之后才问道。

"明天就开始!我们已经在最近的林子里砍伐树木了。路还不算坏,可以跑雪橇。我雇的人星期四就会来!"

"他妈的,要是知道明天的官司能打赢,那该有多好!"

"只要你和我们在一起,一切都会顺顺当当的,这是我以乡长的身份对你说的。"

波利那考虑了好一会儿,盯着乡长看了又看,还用粉笔在凳子上画了又画,最后搔了搔脑袋,才说道:

"好吧!我会去运木头,和你们合作!"

"好极了!明天法院判决后,你就到磨坊主家来一下,我们再把事情落实好。现在我得走了,铁匠要给我的雪橇钉铁片。"

乡长满心欢喜地离开了。他认为自己通过运送木材这件事,已经把老波利那拉到自己这一边了。

这样一来,磨坊主便可以和地主连成一气了,他的土地并没有在本村注册过,因此他并不拥有本村森林的任何权利。乡长拥有的是从教会没收过来的土地,铁匠家的也是一样,但是波利那家的却和他们的不同。波利那在想:运木材是运木材,森林纠纷却是另一回事。在和地主达成协议或者引发争斗之前,还得需要一段时间。那么,为什么不能和他们合作,同时又不会失去自己的利益呢?这样一来,他就能赚几十个卢布,反正总得雇人养马。他微笑着搓起了双手,满意地眨巴着眼睛。

"他们笨得就像这些山羊一样,还以为可以把我像小牛那样牵着鼻子走,这些傻瓜!"

他心花怒放地回到了那些女人待的那个房间,雅格娜却不在那里。

"雅格娜去哪里啦?"

"她去喂猪了!"纳斯特卡回答道。

他谈笑风生,还同雅舍克和多米尼科娃开起玩笑来。他越来越焦急地等待着妻子的回来,因为她出去得太久了。于是他便一声不吭地来到院子里,小伙子们正在谷仓里收拾雪橇,需要进行加固和放上坐垫,以备明天的出行。他还对马厩、牛棚、猪圈都仔细地瞧了瞧,那儿也不见雅格娜的人影,于是他站在屋檐下的阴暗处等待着。这是一个寒风劲吹的漆黑夜晚,巨大的云块在天空中相互追逐着,不时有雪片飘落下来。

过不多久,便见一个模糊的人影出现在篱笆那边的小路上,波利那便迅速地冲了过去,怒气冲冲地低声问道:

"你干什么去了?"

雅格娜虽然吓了一跳,但依然装得若无其事地平静答道:

"出去走了走,你什么都要管!"说完便进屋去了。

他在屋里再也没有提起这件事。在准备睡觉的时候,他虽然还没有看她一眼,却用温和的口气对她说道:

"你明天要去克温布家吗?"

"只要你不阻止,我就和尤什卡一起去。"

"你想去,我不阻止你……明天我要去法院,家里只好交给老天爷管了,你还是留在家里的好……"

"你天黑前不是就能回来吗?"

"我不敢肯定,也许要到深更半夜才能回来……看起来,天要下雪了,路远不好走……既然你想去,那你就去吧!我不阻拦你……"

第九章

　　打从清早起天空就是阴沉沉的,天亮后更是阴云蔽天,狂风大作,雪花纷飞,密密麻麻的雪片又硬又干,像是没有筛过的燕麦。天亮后,风势更加强劲,狂风怒号,还不断改变着劲吹的方向,宛如一个东倒西歪的酒鬼。风在呼啸,在旋转,把雪花猛烈地卷动翻滚,特别吓人。

　　不顾天气如此恶劣,吃过午饭后,汉卡便和父亲老贝利查到森林里去拾木柴了,和她一起去的还有几个佃农的妻子。

　　天气出人意外地险恶,大风刮过田野,摇动着树木,呼啸着掠过村庄,把落在地上的白雪重新卷起,在空中飞舞,然后又重重把它摔在地上,就像有人把一块装满白麻屑的手巾抖出来一样。在这雪花飞舞的混乱和呼啸中,一切东西都显得模糊不清了。

　　他们一出村子,便排成一列纵队前行,曲着背弯着腰,沿着田间小路,直朝远方被大雪弥漫得几乎看不清楚的森林走去。

　　风越刮越猛,从四面八方向他们袭来,跳跃旋转,张牙舞爪地攻击着,使他们站立不稳。大家只好俯伏着身子,缓慢前行。风又朝前冲去,把卷起的积雪和沙土,直向他们的脸庞猛撒过来,使人不得不将眼睛蒙住。

他们默默地向前移动着,喉咙仿佛被白雪堵住了。他们用雪擦着双手,寒气已穿透他们单薄的衣服,让他们感到彻骨的寒冷。那些在石头堆和树木周围形成的雪堆,常常挡住了他们的去路,使他们不得不绕道而行,为此路程延长了不少。

汉卡走在最前面,时常回过头来招呼父亲——他用一条围巾裹着脑袋,伛偻着身子,身着一件安特克弃之不用的旧羊皮袄,用一根草绳系着。风把他吹得站立不稳,摇摇晃晃地前行,累得他不时停下来喘口气,擦擦他那迎风落泪的眼睛,随后他又赶紧朝前走去,大喊道:

"我来了,汉卡,我来了!你不用担心,我不会落后的!"

的确,他是很愿意待在火炉旁边的,愿意归愿意,可是,汉卡这个可怜的人都出来了,他怎好留在家里呢!况且家里也是如此地寒冷,孩子们被冻得簌簌发抖。家里连做饭用的柴火都烧光了,没法煮东西了,只好去啃干面包。可是寒风刺骨,全身冻得像根冰棍似的……他一边想着一边奋力去追赶她们。

如果不是这样急迫,谁还会出来受罪呢,绝不会的。

汉卡咬紧牙关,一直走在她们前面。她现在落到了这种地步,竟要和这些村里最穷的婆娘——费利普卡、克拉卡利纳和老科布索娃、科兹沃娃她们为伍,去拾木柴了。

汉卡喘着气,咬紧牙齿,继续向前走去。她和她们一道出来已经不是第一次了。

"管他呢!管他呢!"她强忍着说道。她竭力忍着,努力打起精神来。

既然有这种必要,她也只好逆来顺受,跟这些穷婆娘们一起去拾柴。她不哭也不抱怨,更不去求别人帮助。

而且,实际上,她又能去找谁呢?也许他们会施舍点东西,说几句怜悯同情的话。那样的同情话,简直会把你的心刺出血来。天主耶稣正在考验她,给她送来了十字架,也许过不多久,天主便会奖赏她。她要忍受这一切,要和孩子们坚持下去,绝不屈服,既不需要别人的怜悯,更不用怕别人的嘲笑。

最近这一段时期,她所经受的痛苦,真把她弄得心力交瘁,而且各个部位都以其特别的疼痛在折磨着她。

这倒不是因为穷,或者是别人的嘲笑,也不是因为全家都在饿肚子,即使把所有食物都留给孩子们吃也不能吃饱。也不是因为安特克有钱便到酒馆去喝得酩酊大醉,一点也不关心家里的生活,常常像条狗似的偷偷溜回家里。要是对他说几句劝导的话,他便大骂不止,拳脚相加。这一切她都可以忍受,可以原谅:他心情不好,只要我耐心等待,他的坏脾气就会过去的。但是安特克对她不忠,这一点她无论如何都是不能忘记的,也是绝不会原谅的。

不,绝对忘不了,也绝对不能原谅。自己有老婆有孩子,却抛弃这一切不顾,一心只是为了她。一想起这点,就像有块烙铁把她的心烧得剧痛,把她全身都吞噬了进去,使她怒火中烧。

"他爱雅格娜,迷恋雅格娜,她才是这一切不幸的根源!"

她觉得,恶魔就在身边,不断地对着她耳语,要她好好地记住,绝不要忘记自己所受到的冷落、蔑视、耻辱、嫉妒、仇恨,所有这些心灵上的不幸的魔鬼都在折磨着她,像针刺一样从头刺到心,让她呼天抢地大声呼叫,要么就一头撞在墙上!

"啊,上帝,请发发慈悲吧!啊,耶稣,请救救我吧!"她痛苦地呻吟道,抬起她那双因不断哭泣而红肿的眼睛,仰望着上苍。

汉卡开始加快前行的步伐,大风在没有树木遮蔽的光秃山丘上刮得更加凶猛,令她冷得无法忍受。和她同来的其他女人却相反,她们放慢了脚步,拉开了距离,在白茫茫的雪雾中看起来像一个个红球。离森林不远了,在大风停歇的刹那间,森林便突然变成了由一排排柱子组成的巨墙,屹立在寂静而冰封的平地上。

"你们走快点,等到了森林我们再休息!"她很着急地喊道。

可是她们不听召唤,依然不慌不忙地走着,还常常蹲在雪地上休息。她们脸背着风,像一群鹧鸪那样嘀嘀咕咕说着话,费利普卡听到汉卡的招呼,便很不情愿地嘟哝道:

"汉卡就像一条追赶乌鸦的狗,以为马上就能抓到它!"

"她也真是可怜,穷到这种地步!"克拉卡利纳不无同情地说道。

"唉,算了吧!她在波利那家时住得暖和,吃得美味,也许现在该让她尝尝苦头了。有的人一生都在忍饥挨饿,像牛一样劳作,却没有人可怜他。"

"过去她从来都不跟我们打声招呼的!"

"亲爱的,俗话说得好:有钱能使鬼推磨,无钱寸步难行!"

"有一次,我去向她借揉麻器,她却说她自个儿要用,不借!"

"的确,她过去很抠门,从来看不起别人。波利那家的人都是这副德行。不过,我为她难过,难过!"

"说句公道话,安特克真是个大混蛋!"

"如果是我呀,我就会抓住雅格娜的脑袋,把她揪到大路上,好好教训她一场,骂她、咒她、把她揍得一辈子都忘不了!"

"这种事终究会发生的,也许结局会更糟糕。"

"雅格娜不愧是帕切斯家的种啊,她的母亲多米尼科娃年轻时不也是这样的?"

"我们走吧!风小些了,也许天黑前就会停的。"

她们到达森林后,便各自分散开来,但保持着一定的距离,以便回家时能听见相互的召唤,

黑暗完全把她们吞没了,彼此都看不清楚了,只能看见她们留下的足迹。

这是一片面积广袤、雄伟高大的古老森林。密密麻麻的松树，高大挺拔，枝繁叶茂，树干上生长着浅绿色的苔藓，看上去像是长满铜绿的铜柱子，耸立在一片带有灰色斑点的翠绿中。它们成排成堆的，一眼望不到尽头。脚下的积雪发出阴冷凄凉的寒光，而在头上，透过那些稀疏树木的空隙，有如透过茅草屋顶的破洞那样，能看见灰蒙蒙的天空。

风在她们头顶上空呼啸着，有时却又阒然无声，就像在教堂那样，管风琴突然停奏了，合唱的歌声也随之沉寂下来，只有深深的叹息声、踏脚声和正在消失的祈祷声。森林也是一样，静止得一动不动，无声无息，仿佛正在倾听远方的轰鸣声和从远方传来的原野的狂啸声，这狂啸声来自很远的地方，它在高空中传播，听上去却像是微弱的呻吟。

过不了多久，又是一阵狂风冲击着森林，它以强大的威力抽打着树干，向密林深处进攻，在黑暗中咆哮，和那些巨树进行肉搏战，但这一切都枉费力气，它体力耗尽了，终于停息了下来，消失在浓密的灌木丛中。而森林依然岿然不动，没有一根树枝被折断，没有一棵树干在摇曳，而森林深处的寂静却更加深沉更加可怖了，偶尔有一两只小鸟在阴影中振翅飞翔。

时而又有狂风突起，既出人意料，又猛烈无比，有如一只饥饿的老鹰扑向小鸡那样势不可当。它抓住树冠，来一个突然袭击，狂呼乱叫，把树枝摇晃、击打、撕裂着。森林终于从沉睡中惊醒过来，重新振作起精神，发出了沉闷而不祥的呼声。它挺直了身躯，昂首挺胸，发出一声可怕的呐喊，像一个因愤怒和复仇而变得盲目的大力士那样与狂风展开了殊死搏斗。整个森林都在斗争，松涛怒吼，声震长空，原来居住在密林中的所有动物，都慌里慌张地躲进了它们的巢穴。吓坏了的飞禽小鸟，在树枝上的雪花倾泻之中，在残枝败叶纷纷落下之中，发疯似的飞来飞去。

随后又是一段很长时间的寂静,在寂静中能隐隐约约地听到从远处传来的沉闷的响声。

"他们正在狼谷那边砍树呢,干得很欢啊。"老贝利查听了听这沉闷的响声,喃喃说道。

"别嘟哝了,快走吧!天黑之前我们得赶回家去。"

他们进入了一片高大的幼树林,里面的矮树和灌木的树枝交织在一起,密密层层,难以穿行。他们费了很大的劲才到达其中心地带,那里是死一般的寂静,任何声音都传不进这里。树上积满了一层厚厚的白雪,像房顶一样盖在上面,连光线都无法穿透进来。这个寂静的地方是土灰色的,地面上几乎没有积雪,但堆满了残枝败叶,有的地方树叶厚可及膝。有的地方长有大片的绿色苔藓,有的还长有一丛丛的浆果和毒菌,因为是冬天现在都枯黄了。

汉卡挑选最大的干树枝,砍下之后便截成一样的长短,放入她带来的一块帆布上,她干得特别卖力,以至于热得她都把围巾取了下来。干了差不多一个小时,汉卡就砍下了一大堆木柴,重得她都要拿不动了。他父亲也砍了一堆木柴,用绳子捆好,拖着去找树桩,利用它就能较轻易地把木柴扛到背上去。

他们呼叫着其他女人,但由于森林中又刮起了大风,她们根本听不见呼叫声。

"汉卡,我们得从白杨大路回去,这要比穿越田间小路好走些。"

"那就走吧,跟紧一点,别落后太远了!"

他们立刻就动身了,穿过左边的一片不大的老橡树林,但这条路很难走,积雪一直没到膝盖上。他们还常常遇到更糟糕的路段,那里树木稀少,树叶都掉光了,树枝却纠结在一起,树枝上挂满一条条很长的雪须。有的地方又有伏倒的小橡树,零零散散地盖住了地上的枯叶,被风吹得上下起伏,发出啸声,不停地拍打着大地。风刮得更猛了，空中雪花飞舞，他们无法前行，老父亲累得不行，停在那里不动了。汉卡也感到筋疲力尽，只好背着木柴靠在一棵大树上，她的那双惊恐不安的眼睛正在寻找一条更好走的路。

"不能走这条路了，橡树林后面就是沼泽地，我们还是走田间小路吧。"

他们很费力气地回到了那片巨大而又浓密的松树林，那里的风小些，积雪也少些。接着他们走出了松林，来到田野，又遇到了一场大风雪，漫天雪雾，让他们分不清天南地北了。大风不断向森林袭击，可是却遇到了像座墙似的堵击，于是便退了回来。大风便在田野上肆虐，巨大的风力把山一样的雪堆卷到了空中，恰似大片的白云，然后又把它们掷向森林。暴风雪就这样来来回回地冲击着森林，不断地翻腾飞舞，狠狠地打在他们的身上。他们好不容易才走到耕地上，老头子跌倒在地上，汉卡虽然也精疲力竭站立不稳，但还是费尽力气把他扶了起来，一同往前走去。

他们又回到了树林里，躲在大树后面，商量着怎么才能回到家里。因为现在该朝哪个方向走，连他们自己都摸不着头脑了。

"沿着这条小路往左走，我们就一定能走到十字架那边的白杨大路了。"

"可是我根本看不见有什么小路呀。"

老头子向她解释了很久，因为她怕再走错路。

"那你好好想清楚，该朝哪个方向走？"

"我看就走左边这条路！"

他们沿着树林朝左边走去，这样就可以避风雪了。

"快点走吧，天快黑了！"

"让我先喘口气，汉卡！我会赶上，会赶上的！"

可是，想要顺利回家绝非易事，小路完全被淹没了。大风从身边向他们猛袭过来，雪花雪崩似的倾泻到他们身上，即使他们像兔子那样蹲在枞树下也毫无作用。寒风刺骨，他们走入一个凹地的时候，更是冷得可怕，血液简直都要被冻住了。这时候，狂风怒号，声震整个森林，树木剧烈摇动，把树枝吹得几乎弯曲到了地面。树枝还常常打在他们的脸上，偶尔有小树被连根拔起，随即又砰的一声倒下，其声音之大让人觉得似乎整个树林都被掀翻了似的。

他们拼尽全力地艰难前行，希望尽快到达大路上，以便在天黑之前回到家里。现在，夜晚就要来临了，田野已变成灰暗色。在白皑皑的雪原上空，开始出现条条黑色条纹，好像是袅袅上升的炊烟。

他们终于到达了大路上，在十字架前跪了下来，都累得半死不活的。

十字架矗立在森林边上，靠近大路，四周有四棵高大的白桦——树皮白皙，树枝有如长辫子一样在飘来飘去，护卫着，替它遮风挡雨。黑色木头制成的十字架上，挂着一个铅铁做的基督像，像身被染上了鲜亮的色彩，看起来像活人似的。大风把基督像刮得大部分都脱离了十字架，只有一只手臂还挂在那里，被风吹得不停地和十字架碰撞，发出低沉的响声，仿佛在请求怜悯和救助似的。白桦树被狂风吹得左右摇晃的时候，也把十字架淹没在一片白色雪雾中，透过雪雾，可以隐约看到基督那铁青色的身躯和苍白的流血的脸孔，不时从白色的雪雾中显现出来，让人看到后定会产生怜悯之情。

老贝利查怀着敬畏之心凝望着基督像，画着十字，他不敢开口说话，因为汉卡此时严肃、呆板，令人捉摸不定，就像正在降临的黑夜那样，被狂风暴雪挟持着，被雪雾遮盖着，神秘莫测，预兆不祥。

他以为汉卡什么也没有看见，什么也没有听见，只是坐在那里沉思，其实她思来想去的只有一件事——安特克的变心。汉卡的内心充满了难以表达的哀愁——就像十字架上的基督像一样叫人同情。她心里的血和泪都已凝结成冰，充满了绝望的呼号，从她年轻生命的痛苦中发出的。

"真是无耻，连上帝都不怕！后妈跟儿子乱搞，耶稣啊，耶稣！"

厌恶像暴风一样掠过心头，令她感到惊恐不安。随后，她的愤怒又是如此地粗暴，愤恨不平，她就像这座森林，起初向风暴俯首屈服，随即便奋起抗争。

"快走吧！快点走吧！"她把那捆木柴扛到肩上，便俯身向前，走上了大路，被无法抑制的愤怒一直催促向前，她再也没有回头看。

"哼，为了这一切，我会向你报复的，报复的！"她放声大哭起来，如同这些正在和狂风搏斗的、一路陪伴她呜呜叫个不停的白杨树那样。

"我受够了。就算我是块石头，遭受如此重的打击，也会被打得粉碎！安特克爱干什么就干好了，他喜欢上酒馆，去喝得醉醺醺的我也不在乎。可是，他干的这种缺德事我绝不会原谅，我一定要报复他。哪怕把我关进监牢里，我也要狠狠地报复他，即使要把牢底坐穿我也不在乎。要是让他逍遥自在地在这块神圣的土地上走来走去，那么这个世界就没有什么正义可言了……"她心中想的尽是这些事情。但是，过了一会儿，她的怒气渐渐消失了，脸色却变得十分苍白，就像被霜打过的鲜花那样。现在她的力气几乎用尽了，感到被沉重的担子压迫着——木柴的枝节压痛了她的肩背，尽管下面有围巾和衣服顶着，但她还是感到肩膀痛得要命。她还用木棍顶住那捆木柴，喉咙却被压得喘不过气来，她越来越觉得沉重，步子走越慢了。

大路全被积雪盖住了，大风毫无阻拦地刮来刮去，白杨树在大路两旁排列成行，在雪雾弥漫中只相隔几步便看不清楚了。狂风抽打时，它们就低头弯腰，发出可怕的呜呜哀鸣声，就像落入网里的鸟儿，徒劳地扑打着翅膀，发出绝望的叫声。大风仿佛失去了力气，在高空中静了下来，但是在平地上，却更加疯狂地刮了过来——从大路两旁刮过，直朝平原奔袭而去，驰向灰蒙蒙的远方。大风依然在猛烈地翻腾，就像大锅里的沸水一样。成千的旋风在跳着魔鬼之舞，被风卷起的千万个雪球，从大路上滚了过去，像是又白又大的纺球。这些巨大的雪球在平地上滚动，越滚越大，越滚越高，似乎要上达天空，把整个世界都挡住了。接着又迅速地崩落下来，发出杂乱的轰鸣声。整个大地看起来就像个煮沸了的大锅，溢出白色的液体，不断增多的泡沫在翻腾飞跃，扬起霜气。随着黑夜的来临，地面上冒出了千百种声音，吹向上空，到处都是响声，仿佛有无数鞭子在你的周围挥动抽打。还有像大地颤抖时发出的响声，有从森林中传来的如同管风琴奏出的乐声，有把空气撕裂的久久的悲喊声，如同离群迷路的小鸟的哀鸣，有如鬼哭狼嚎那样的凄厉可怕的叫喊声、哭泣声。突然，安静了一阵。不久，一阵狂风又把白杨树刮得啸声四起，积雪又是满天飞舞，白杨树被吹得东摇西晃，朝天伸出手臂，如同可怕的鬼怪一样。

一步之外就什么也看不清了，汉卡几乎是摸着一棵一棵的白杨树向前走去的，她常常停下来歇一会儿，惶恐不安地听着这些令人毛骨悚然的声音。

在一棵白杨树下，她发现有一团黑色的东西，原来是只兔子蹲在那里。兔子一见她便立即逃入风雪中去了，却被大雪像老鹰捕食一样吞没了，在风雪的利爪中发出了哀鸣。汉卡悲伤而又怜悯地望着这只逃走的野兔，现在她也精疲力竭了，身子也弯得更低了，十分艰难地把脚从雪里抬了起来。肩上的重负令她再也无法承受了，她觉得自己背负的是严冬，是积雪，是狂风，是整个世界，她以一种悲伤的流血的累垮了的心情，永无休止地跋涉前行，直到世界的尽头。她觉得这条路长得不得了，永远也走不到头，背上的重负压得她几乎要崩溃了。她背靠着树干休息得越来越频繁了，休息的时间也越来越长了，她的神情有些麻木，处在半清醒的状态中。她的脸在发烧，于是不断用雪去擦洗脸孔，揉搓眼睛，尽力让自己更精神一些，之后便重新朝狂风呼啸的混沌进发。但是她止不住哭泣起来，泪水从她的心里，从她最深最痛的悲哀中涌出来。从她那被撕得碎裂的心底里，发出了一个哭诉无门的人的绝望呼喊。有时，她又像忘记一切似的倾心祈祷起来，用呻吟的声音念起祈祷词来，用不清晰的语调喃喃说出话来。就像一只快冻死的小鸟，在死前也会扑动着翅膀，最后只好精疲力竭地躺在地上，挣扎了几下，发出几声哀鸣，便陷入了深沉的睡梦中。

突然，她从地上站了起来，显得很惊慌，因为她仿佛听见了孩子的哭声和呼叫声，好像是儿子彼得在哭叫。

于是她又奋力前行，时而被雪堆绊倒，时而又陷入了雪坑，爬不起来，但她一想到儿子，便立即站了起来，好像受到了鞭策似的，不再感到疲劳和寒冷，又继续前行了。

这时候，她从风里听到了铃响声、雪橇的滑动声和人的说话声，但声音时有时无，断断续续的，她竖起耳朵来听，也听不清一个字，但她知道，有人正赶着雪橇从后面驰来，而且越来越近，不一会儿，她便透过雪雾，清楚地看见了马的脑袋。

"这是公公的马！"她看见了马脑袋上的那块白斑，喃喃说道，但她并没有停下来等待，而是继续前行。

汉卡没有看错，正是波利那带着维特克和雅姆布罗兹从法院回来。他们走得很慢，路上的雪堆阻碍了他们的快行，在有些难走的地方，他们不得不从雪橇上下来，拉着马辔才能前行。他们都有点喝醉了，正在大声地说笑着，雅姆布罗兹还时不时地哼唱着几句歌词，也不顾狂风的劲吹。

汉卡给雪橇让出了路，还把围巾拉下遮住了脸孔。但是，老波利那从她身旁驶过，正想挥鞭催马快走时，雪橇正好碰上一个雪堆停了下来，波利那下来查看时，汉卡正好站在与雪橇平行的地方，透过雪

雾,波利那看见了汉卡,便对她说道:

"把木柴放到后面去,快上来坐,我把你带回去。"

由于她服从惯了公公的命令,这次也本能地照办了。

贝利查坐在树下直哭,波利那便让他搭乘巴尔特克的雪橇,他的雪橇就在他们的后面。

汉卡什么话也没有说,便在前座上坐了下来。她的神情有些呆滞,只是忧郁地望着这茫茫黑夜和正在肆虐的暴风雪,神智还没有从劳累和惊恐中恢复过来。波利那久久地仔细地端详着她,只见她满脸憔悴,一看就会让人心痛、可怜。她的脸孔消瘦,呈土青色,双眼哭得红肿,嘴唇因痛苦而紧闭着。她又冷又累,浑身发抖,把破旧的围巾紧紧裹在身上也毫无作用。

"你应该保护好自己,这样的天气很容易生病的。"

"可是,有谁来替我干活呢?"汉卡小声说道。

"这样的天气你还到森林里去?"

"我们完全断柴火了,连饭都没法煮了。"

"孩子们都好吗?"

"彼得病了两个星期,现在全好了,饭量比过去增长了一倍。"她大胆地答道。现在她已从沮丧中觉醒过来了,摆脱了恐惧的心理。她把围巾从脸上拉开,平静地直视着他的眼睛,过去的那种惶恐不安和俯首帖耳的神态,现在也不复存在了。老头子猜想,汉卡的内心已发生不小的变化,现在的汉卡已不再是从前的汉卡了,为此,他感到十分的诧异。

现在她身上有一种奇异的冰冷的平静,而她紧闭的嘴唇,则显示出一种不屈不挠的、坚定的力量。现在他对她已经没有了过去那种威慑力,她跟他说话的口气,就像平辈对平辈,或者像和陌生人谈论各种事情那样,已无尊卑之分了,她既不诉苦,也不抱怨,回答直截了当，简单明了。但从她的声音里能感觉到她曾经受过莫大的痛苦，从她的语气里也能听出她那由痛苦之火锻炼而成的坚定意志，只有那双蓝色的泪眼，还能显示出她那颗深情的灵魂。

"我看，你变了。"

"贫穷锻造一个人比铁匠打铁还要快！"

他对她的回答深为惊讶，不知道该说些什么，于是转向雅姆布罗兹，和他谈起了同地主打官司的事情，尽管有乡长的一再保证，但官司还是打输了，而且还要承担全部的诉讼费用。

"我一定要把全部损失都捞回来……"他平静地说道。

"这很难！地主的手很长，而且神通广大。"

"我有应对的办法。只要有耐心，一切事情都会有办法的，我要等机会。"

"你说得对，马捷伊。天太冷了，我们到酒馆去，暖和一下身子！"

"好啊！我们去。大钱都花了，还在乎花这点小钱！不过我要告诉你，只有铁匠才会趁热打铁，如果一个人要打败对手，就必须要静观世变，用耐心来磨炼自己。"

这时候他们已经到了村子里，暮色苍茫，天色越来越黑。狂风已停息，但路上的雪雾尚未消失，两边的房屋还难以辨认，大风却已静息下来了。

波利那在通往汉卡家的小路口上勒住了马，等汉卡下了雪橇，便帮她把木柴扛在肩上，小声对她说道：

"你哪天过来看看我？若是明天能来也行。我想，你的日子一定过得很苦，这混蛋把所有的钱都喝光了，让你和孩子们在家里忍饥挨饿。"

"你把我们都赶了出来，我怎敢回去呢？"

"别说傻话，这不关你的事。听我的话，来吧，会有东西给你的。"

她一时感动得喉咙都堵住了,什么话也说不出来。她只吻了一下他的手,便一声不响地走了。

"你会来吧?"他用一种特别慈和、特别亲切的口气问道。

"我会去的。真心谢谢你!既然你叫我去,我就一定会去!"

波利那挥鞭策马朝酒馆那边去了,这时候老贝利查刚从巴尔特克的雪橇上下来,但汉卡没有等他,已急忙赶回家去了。

房间里一片漆黑,比院子里还要黑,似乎也比外面冷,孩子们蜷缩在羽毛被里面。她赶忙生起火来做饭,但是心里一直想着今天和公公的这次奇异相逢。

"不去,即使他快咽气了,我也不去,安特克不会让我去的!"她愤愤不平地说道。但同时,另一种反抗丈夫的思想也在她的心中爆发了出来。

要不是安特克,她怎会经受如此多的苦难呢!的确,老头子把土地给了那头猪了,还把他们赶了出来,但却是安特克先动手跟他打了起来,还常常跟他大吵大闹,这才惹得老头子忍无可忍。只要他还活着,他就有权利按照自己的意愿处置财产。人人都是这样做的。而且,他还那样慈和地对她说:"你来吧!"还问起了孩子和其他事情……要不是安特克去追求那条母狗,她的贫穷和屈辱至少要少一半。这不是老头子的过错,不是!

她就是这样思过来想过去的,到最后对公公的怒气也渐渐消失了。

老贝利查也回到了家里,他今天冻得半死,累得精疲力竭,在火炉边烤了一个多小时的火才缓过来,随后才开口,把经过缓慢地说了出来。他说要不是波利那的搭救,自己肯定会在那棵树下冻死的。

"他看见了我,要我搭坐他的雪橇,我就告诉他你在前面,他就要我去坐巴尔特克的雪橇,他就催马赶你去了……"

"真是这样?他可没有对我说。"

"他不是个铁石心肠的人,只不过外表看起来是这样。"

吃过晚饭——孩子们今天都吃得很饱——他们立即上床睡觉去了。汉卡便坐在炉边,继续纺起风琴师家的羊毛来。老贝利查依旧在炉边烤着火,怯生生地望着她,咳了声嗽,便大着胆子对汉卡喃喃说道:

"为了你自己和孩子们,去同他和解吧!别看安特克的脸色了!"

"说得容易!"

"他先向你伸出了手,说了好话,说明他气消了……现在波利那家简直成了地狱……不是今天就是明天,他早晚会把雅格娜赶出家门的,到那时他又会是一个人……尤什卡照顾不来这么一个大产业。老头子现在还健康,但也做不了这么多事,顾不过来……你还有时间去得到他的好感,你应该去替他分忧……现在正是时候,你去帮他做做事……"

汉卡开始考虑起父亲的建议来。

贝利查准备去睡觉了,便悄悄问道:

"他在路上有没有和你说什么?"

汉卡便把一切都告诉了她父亲。

"那你就去吧,女儿,明天就去!既然他提出要你去,你就要赶快去,要为你和孩子们着想。你要把老头儿抓住,关心他老人家,他对你多好呀……顺从的小羊能吃到两个妈妈的奶……谁也不能靠仇恨来获得成功……安特克迟早会回到你身边来的。现在他是被魔鬼缠住了,让他恣意妄为,但不久之后他就会被解而回到你的身边来,现在天主给了你好机会,要把你从贫穷中解救出来。你不要听信别人的,你就去!"

他花了不少时间来劝说她,可却没有得到一句回答,于是他就什么都不说了,躺下床去安静地睡觉。

汉卡继续纺着线,一边思考着父亲的这些意见。她常常来到窗前,看看安特克是否回家来了。但她什么也没有听见。

她又坐了下来继续纺线，但今天手气不好，不是纺线断了，就是纺锤脱落掉在了地上，因为她心里尽想着波利那的话。

说不定有那么一天，老头儿真会把她叫回去的。

渐渐地，渐渐地，她的心里涌现出一种越来越强烈的愿望——和波利那和解，回到公公那里去。

"现在我们母子三人就这样穷困潦倒，不久就要有四个人了，到那时我该怎么办呢？"

她现在不再把安特克考虑在内了，而只能顾及自己和孩子们，为了大家她必须做出决定，她该站在哪一边？谁帮助自己呢？除了上帝，那就是波利那了！

她现在就在设想，一旦回到波利那家，重新夺回主妇的位置，重新站稳了脚跟，她就要认真彻底地担负起全部责任来，把所有的权力牢牢抓在自己的手中。她心里萌发的这种希望越来越强烈，越发增强了她的信心、力量和勇气，使她全身发热，眼睛发光，甚至她现在就觉得，她已回到波利那家里，成了家里的主妇，掌控着那里的一切。

她这样翻来覆去想了很久，一直想到了半夜，同时她决定，明天一早便带着两个孩子去见老波利那。哪怕安特克知道了不让她去，甚至会殴打她，她也还是要去，她绝不会放过这次绝好的机会……她感到全身充满一种不可战胜的力量，敢于和整个世界去较量，现在她谁也不畏惧了！

她再次来到窗前朝外望了望，见风已完全停止，在漆黑的深夜中，积雪呈暗灰色，大块的云团在空中飘动，像是翻滚的波涛。而从远处森林里无法分辨的黑暗中，传来阵阵沉闷的簌簌声。

她把灯灭了，做过祷告后，便脱衣睡觉了。

突然，在四周的万籁俱寂中，传来一种遥远而又沉闷的嘈杂声，这声音颤动着,由弱到强,越来越响。随之而来的,是一道血红的火光,照射在窗玻璃上。

她惊慌地跑到了门外。

在村中心的某个地方,发生了大火,火柱伴随着滚滚浓烟和四溅的火星,直冲云霄。

警钟慌乱地响了起来,叫喊声也越来越大。

"着火啦,快起来!着火啦!"她朝住在隔壁的斯达赫大声喊叫后,赶紧穿上衣服,朝大路冲了过去,正好碰见从村里跑出来的安特克。

"哪儿着火啦?"

"不知道。进屋去!"

"好像是老爹的家,看上去,是在村中央。"她非常惊恐地说道。

"回去,臭婆娘!"他吼叫道,用力把她推进了屋里。

他满身是血,光着脑袋,羊皮袄也被撕破了。他的脸色阴沉,凶相毕露,眼睛里发出疯狂而野蛮的凶光。

第十章

就在同一天的黑夜降临时分,当祈祷仪式完毕之后,大家纷纷来到克温布家,参加一次盛大的纺织晚会。

克温布的老婆主要招待那些年长的主妇,她们大多是她的亲戚或好友。她们都很准时地到来,尽量不迟到,以免辜负主人的盛情邀请。况且她们都很乐意走亲访友,以便相互交谈,探听各种消息。

按照往常的习惯,第一个到来的客人总是瓦赫尼科娃,她手抱一包羊毛,腋下还夹着几个纺锤。接着来的是戈温布,她是马特乌什的母亲,总是拉着一副苦脸,什么都看不顺眼,老是抱怨一切。在她之后到来的,是那个喋喋不休的爱生气的长舌妇瓦伦托娃。接着到来的是希科齐娜,她瘦得像根竹竿,是个可怕的长舌妇,对邻居们的争吵打斗特别感兴趣。随后而来的是普沃什科娃,她胖得像个木桶,爱打扮,涂着红唇,气焰很足而又自视甚高,能说会道的才干无人可及,因此很不招人喜欢。接着是巴尔切科娃,她静悄悄地进来了,像只猫那样。她瘦削、干瘪、憔悴,脾气极坏,爱打官司,和半个村子里的人都有过纠纷,每月都少不了要到法院去出庭。在她们后面的是科布索娃,她是伏伊特克的老婆,她并没有受到主人的邀请,是自己闯进来的,这是个令人讨厌的长舌妇,又是个嫉妒成性的泼辣女人,人们唯恐避之不及,都不愿和她来往。来的还有格热拉的歪嘴老婆,她是个女酒鬼、骗子,爱嘲讽别人,特别喜欢和邻居们开玩笑。老索霍娃也来了,她是克温布的丈母娘,一个很文静又虔诚的老太婆,常常和多米尼科娃在教堂里一起待很长时间。还来了许多别的女人,很难对她们一一描述,因为她们彼此很相似,就像鹅群里的鹅一样,很难区分,只有服饰不同。今天来的女人们,个个手上都拿着东西,有的是要纺的羊毛,有的是亚麻,有的是要缝的衣服,有的是要做成被褥的羽毛,她们之所以带东西来,是不想给人造成一种纯粹来聊天的印象。

她们都坐在房间的中央,那盏吊在天花板上的油灯下面,围坐成一个大圆圈。她们看上去仿佛是座灌木林,生长很好,但却受到晚秋的摧残,因为她们大多年事已高,几乎是同年所生。

克温布的妻子非常高兴地欢迎大家的到来,但在同一个个的人打招呼时声音却很小,因为她肺部有病,呼吸急促。克温布则是个通情达理的聪明人,喜欢和大家保持愉快友好的关系,跟每个人都说上几句亲切的话语,还亲自给大家摆桌子搬凳子。

雅格娜和尤什卡、纳斯特卡到得稍微晚了一点,和她们一起来的还有两三个姑娘,随后又零零散散地来了几个小伙子。

因为冬天夜晚很长,又无事可做,所以来的人很多。严冬酷寒,白天难熬,深感无聊,晚上又不愿像鸟禽归巢那样,早早地躺在床上,睡早了,到天亮要睡很长的时间,睡觉过头了,也会腰酸背痛的。

大家都坐下来了,有的坐在凳子上,有的坐在柜子上,克温布的儿子们又从院子里搬来几个大树墩子,给孩子们坐。房间很宽敞,容得下很多人。这房子虽然盖得低矮,但很大,是按古老式样建成的,大概是克温布的曾祖父建造的,算起来也有一百五十多年了。房子由于年代久远,已经深陷地下,歪歪倒倒的,就像个年岁很高的老人,它的屋檐几乎碰着了篱笆墙,不得不用木桩把它撑住,以免倒塌下来。

嘈杂声渐渐高涨起来,大家现在还在小声地交谈着,纺车开始呜呜响了起来,纺锤也在地板上呼呼地转动着——她们还不习惯采用现代的器具,情愿用旧的纺车来纺织。

克温布的四个儿子,都已长成身材高挑的小伙子,嘴上刚长出胡须来。他们都坐在门边搓着草绳,其他的小伙子则坐在角落里抽烟,露牙微笑着,和姑娘们打趣逗乐,引得她们咯咯直笑,整个房间一片喧哗。年长女人们的添油加醋使笑声更响亮、欢乐更多了。

最后,她们盼望已久的罗赫进来了,还有马特乌什。

"风还在刮吗?"有人问道。

"完全停了,天气要变了。"

"我们听见森林在哭呢,肯定快要解冻了。"克温布插嘴道。

如今罗赫在教克温布家的孩子们,因此吃住都在他家里。他来到旁边的一张桌子前坐下来吃晚饭。马特乌什和大家打着招呼,却看都不看雅格娜一眼,尽管她就坐在中央,第一眼就能看见。雅格娜只是淡淡一笑,眼睛注视着大门口。

"今天刮了一天的大风,愿天主保佑我们!有几个女人好不容易从森林里回来了,都累得半死不活的,到现在汉卡和她父亲贝利查都还没有回来。"索霍娃大声说道。

"可不是吗?穷人无论走到哪里,风总是朝他们的背上刮!"科布索娃嘟哝道。

"咳,汉卡真是穷困潦倒了……"普沃什科娃正要说下去,一见雅格娜脸色通红,便立即打住了,把话题转到了别的地方。

"雅古斯丁卡没有来?"罗赫问道。

"我们不欢迎她,她只会造谣生事和挑拨离间!"

"她是个令人讨厌的母夜叉,今天就在希梅克家挑拨得乡长老婆和村长老婆大吵起来,若不是大家劝阻,她们肯定就会动手打起来的。"

"那是怪你们任凭她胡说八道。"

"若是有个正直的人对付她就好了。"

"谁也不敢去招惹她,你招惹她了,就得听她不停的咒骂和诽谤。"

"大家都知道她是什么样的人,谁还会相信她的胡说八道呢?"

"是啊,谁也无法知道她什么时候在撒谎,什么时候在说真话。"

"大家放任她,是因为大家都喜欢听她说别人的坏话。"普沃什科娃说道。

"那就让她来说说我的坏话,看她有没有好果子吃!"特蕾莎军嫂大声说道。

"嘿嘿,难道你没有听到她整天在村子里说你的坏话吗?"巴尔切科娃不无讥讽地说道。

"你把听到的都说出来呀!"她满脸羞红地嚷道。大家都知道她和马特乌什的暧昧关系。

"等你丈夫退伍回来,我会直接当着你的面,把一切都说出来。"

"你竟敢在这里唠唠叨叨,别怪我对你不客气!"

"你用不着发火,没有人对你说什么!"普沃什科娃高声劝说道。特蕾莎久久不能平静下来,嘟嘟哝哝了好一会儿。

为了转变话题,罗赫问道:

"他们带'熊'过来了吗?"

"刚刚看到了,他们现在在风琴师家里。"

"是谁在耍的?"

"当然是古尔巴什和费利普克的儿子们,这些该上绞刑架的家伙!"

"他们来啦!来啦!"姑娘们开始大叫。这时,房屋外面响起了一声长长的吼叫,接着是各种动物的叫声,有鸡叫、羊咩、马嘶,还有笛子的伴奏声。大门终于打开了,一个小伙子走了进来,他反穿着一件羊皮袄,头戴一顶高帽子,嘴唇涂得黑黑的,看起来像个茨冈人,用一根绳子牵着一头所谓的大熊,熊的全身都披上了蓬松的豌豆藤条,只有脑袋是皮毛做的,用纸做成的耳朵,能动来动去,红色的舌头足有一尺多长,双手各绑着一根木棍,棍上缠着豌豆藤,看上去好像是四脚在行走似的。熊后面是一个耍熊的人,他一手挥动着一根用麦草编成的草鞭,另一只手拿着一根钉有尖钉的木棍,钉子上挂着一小块熏肉、面包和一个吊着的口袋。跟在他们后面的是风琴师家的米哈乌,他吹着笛子走了进来,后面还跟有几个手拿木棍的小伙子,他们一面敲打着地板,一面拼命吆喝着。

耍熊的人赞美上帝之后,便发出咯咯的鸡叫声、咩咩的羊叫声和公马的嘶鸣声。然后便提高嗓门儿道:

"我们这些耍熊人,来自遥远的国家,来自海洋和森林的彼岸,那里的人是两脚朝天颠倒走路的,他们用香肠做栅栏,用火来清凉身体,把锅放在太阳下面煮东西,母猪会在水里游泳,那里下的不是雨水而是烧酒。我们牵着这只熊在周游世界!有人对我们说,这个村子里有很富裕的农户,有很好客的主妇,有很漂亮的姑娘,于是我们便从远方来到了这里,让你们观看我们,得到你们的殷勤款待和有礼的赏赐,以补偿我们的长途跋涉。阿门!"

"那你们就表演吧,看看你们有什么绝活儿?说不定储藏室还有什么好吃的东西给你们。"克温布说道。

"好了,我们马上表演!嘿!吹起来!跳起来,大熊,跳起来!"

耍熊的人边喊边用棍子敲打着熊,于是笛子吹起了美妙的乐曲,小伙子也大声应和着,还用棍子用力敲打着地板。耍熊的人还模仿各种声音,大熊也四脚蹦跳起来,还晃动着耳朵,伸出了舌头,撒着腿去追逐姑娘们,耍熊的人假装要把它拉住,一边用鞭子朝四周的姑娘扫去,一边喊叫道:

"嘿，姑娘，你没有找到丈夫，该尝我一鞭子！"

房间里顿时乱成一片，尖叫声、嬉笑声、追逐声、奔跑声越来越响，大家都朝墙边躲去。大熊也开始狂舞起来，不停地在地上打滚，做出各种姿态，还大叫大跳着，用木棍前脚去抓姑娘们，搂着她们，伴随着笛声跳了起来。这时候，两个耍熊的人，还有那些一起来的小伙子们也兴高采烈地叫喊着、蹦跳着、大笑着，巨大的喧闹声都快要把房子震塌了。

克温布的妻子给了许多东西后，他们便高高兴兴地离开了，大路上还久久地传来他们的喧嚣声和狗吠声。

"是谁扮演狗熊的？"等大家都平静下来后索霍娃问道。

"是那个颠三倒四的雅舍克呀，你没有看出来？"

"他头上蒙着毛皮，我怎么能认得出来。"

"啊，他玩起来还真行，这个怪物！"科布索娃说道。

"雅舍克并不像他看起来那么傻！"纳斯特卡替他辩护道。马特乌什也来帮助她，给大家讲了一个关于雅舍克的故事，证明他只是胆子小，不是傻。对此大家都不表示反对，只不过他们的脸上露出一种神秘而意味深长的微笑。

大家又坐回到原来的位置上，高兴地说笑着。以最大胆的尤什卡为首的那些小姑娘们，都朝坐在火炉边的罗赫围拢过来，说尽好话，恳求他讲故事，就像秋天在波利那家那样讲故事。

"尤什卡，你还记得我当时讲的是什么故事吗？"

"当然记得，就是天主耶稣和他的狗布雷克的故事。"

"你们要是想听，我今晚就给你们讲讲我们古代国王的故事，你们一定会感兴趣的！"

她们把一张小桌子移到了灯下，大家都挪后了一点，让罗赫坐在中间，他就像开垦地上的一棵老橡树，四周围坐着一丛丛茂密的向前倾斜的灌木林。于是他就从容不迫地讲了起来,语气也十分平静。

房内一片寂静,只有纺锤的呜呜声和炉子里木柴发出的啪啪声,以及人的喘息声。罗赫给大家讲了许多神奇的故事,还讲了有关国王和残酷战争的故事,说有一队中了魔法的军队宿营在大山里,等到魔法解除后,他们便惊醒过来,朝敌人冲杀过去,将魔鬼扫除干净。他又讲了在一座巨大城堡的金宫里,有位身穿白衣裙的中了魔法的公主,在一个有着皎洁月色的夜里不停地悲哭着,渴望有人去解救她。而在那些空房间里,夜夜音乐不断,群魔狂欢乱舞,人们都离开了,但只要公鸡一打鸣,魔鬼们便立刻消失了,回到他们的坟墓里。他还讲到有的地方人们长得像树木一样高大强壮,有的地方大量的财宝是由一条巨龙看守着,他还讲了一些稀奇古怪的故事,叫人都不敢相信,以至于她们听得纺锤掉到了地上,心都沉醉在这些虚幻神奇的世界里,眼睛闪闪发亮。有些人喜极而泣,她们的那颗充满憧憬和渴望的心,几乎要从胸膛里跳了出来。

最后,罗赫又给大家讲了沃凯特克国王的故事。臣民们给国王取了个绰号——"农民国王"。这位国王为人公正,富于人道精神,很为老百姓的利益着想。他还讲到了这个国王所进行的残酷的战争,讲到了他打扮成农民在全国流浪,到各地乡村去私访,和农民生活在一起,视他们为兄弟。这样一来他便了解到了民间的疾苦,并为他们申冤雪耻。这位国王为了能和农民们打成一片,还娶了一位住在克拉科夫近郊的农民的女儿为妻子,名叫索菲亚。他和她生儿育女,并和她一起住进了克拉科夫城堡。国王执政了很长时间,成了全国人民的慈父,国家最好的主人。

他们听得都很认真,个个屏气凝神,连一句话也不放过,生怕会打断这神奇的故事。雅格娜更是无法纺线了,她的双手垂了下来,低垂着头,半边脸支撑在纺线杆上,一双微蓝色眼睛紧盯住罗赫的脸。

在她看来，他俨然就是个从画框中走出来的圣人，一头银发，胡子又长又白，苍白的眼睛像是在注视着远方的某种东西。雅格娜全神贯注地听着，用她那多愁善感的心灵去听着，把他所讲的一切都听进了自己的心里，以至于激动得连呼吸都很急促。他讲的这一切是如此的活灵活现，她的灵魂便随着他的讲述而转动，他讲到哪里，她的灵魂也跟到哪里，最使她感动的是国王与农家女的结合故事，啊，我的天主，这个故事是多么动听！

"国王就这样和农民生活在一起了吗？"沉默了良久之后，克温布问道。

"是的，真是这样！"

"啊，我的上帝！要是国王真的和我说话，那我非吓死不可！"纳斯特卡轻声说道。

"国王要是能和我说一句话，哪怕就是一句，我也会跟着他走遍全世界，走到天涯海角！"雅格娜激动得大声道——她完全被这故事迷住了，如果国王能在此时此地出现，只要对她说一个字，她就会毫不迟疑地在这个严寒的夜晚，跟他走遍全世界！

大家纷纷向罗赫提出问题：那个城堡在什么地方？那些宝藏，那些军队怎么样了？那么大的权力，那么美好的东西，那么可爱的国王，如今都还在吗？

罗赫一一答复，并用略显忧伤和充满智慧的语言，对他们说出了许多深刻的道理和精彩的格言，令大家唏嘘不已，都思考起上帝对这个世界的安排来。

"今天是我们的，明天全听上帝的意旨！"克温布说道。

现在罗赫说他累了，需要休息一会儿。但是大家都还沉醉在这些神奇的故事中，于是，开始是轻声细语，后来是声音越来越大，大家都争先恐后地讲起自己所知道的故事来。

头一个讲完了，第二个接着来，第三个又讲起了饶有兴味的故事。这些故事就像纺车上的线一样连绵不断，悦耳动听，有如照在森林里面阴暗水面上的月光，映现出各种迷人的色彩。有的讲起了溺死的母亲夜里前来给嗷嗷待哺的婴儿喂奶，有的说吸血鬼必须在棺材里用一根白杨木条刺穿自己的心脏才不会出来吸人血，还有的说鬼怪白天躲在田间小路上，专门扼死小孩子。有的讲树木会唱歌，讲午夜可怕的妖魔鬼怪，还有什么吊死鬼、女巫，来到人世间忏悔却得不到超生的亡灵，还讲了许许多多令人毛骨悚然、胆战心惊的可怕故事，令大家不寒而栗。于是大家都静了下来，惊恐地坐在那里，你望着我，我看着你，倾听着，似乎天花板上有什么怪声，窗外有什么东西在走动，好像有双眼睛透过玻璃在窥视他们。他们还觉得角落那边躲藏着一个模糊不清的鬼影……不止一个人在画着十字，牙齿咯咯响地背诵着祈祷文，但是这种恐惧的心理很快就过去了，就像阴影，就像乌云，太阳一出就散了，他们又重新讲了起来，继续做着他们尚未做完的事情。
　　罗赫很注意听他们的谈论，后来又给大家讲了一个关于马的新故事：

　　　　一个只有五垧地的穷农民养了一匹马，这匹马又懒又刁。农民精心喂养它，带它去放牧，都毫无作用，它根本不愿干活，把挽具搞坏，还常常尥蹶子，让人无法接近。有一次，农民特别生气，看到好心得不到好结果，便给它套上了耕犁，硬让它去犁一块从未开垦过的生荒地，想让它累倒，叫它乖乖听话。但马不肯拉犁，主人狠狠抽了它一顿鞭子，打得它不得不干起了活儿。从此，它怀恨在心，认为自己受到了虐待，等待着报复的时机。有一天，主人正弯着腰给它卸挽具，它认为时机到了，便使尽全力朝农民一踢，当场就把主人给踢死了，它趁机逃离了农民家，到全世界去追求自由了。

夏天它还过得不错，可以躺在阴凉地乘凉，偷吃陌生人家地里的庄稼。等到了冬天，下了雪，结了冰，可吃的东西没有了，又寒冷刺骨，为了寻找食物，它日夜奔波。可是冬日很长，冰雪不断，它还受到了狼的袭击——狼群紧紧地跟着它，把它咬得遍体鳞伤。

它跑呀跑，一直跑过了冬天。它跑到了一个草场上，那里气候温暖，野草长得齐膝高，溪水潺潺，在太阳照射下闪闪发亮。这时它饥肠辘辘，赶忙跑过去吃那里的青草，它的牙齿刚咬住青草，青草便没有了，咬到的是一口尖锐的石子。它到溪边去喝水，清水没有了，只有一河的臭泥浆。它想躺在阴凉下面，可是阴凉飘走了，它受到炎热太阳的炙烤。它就这样忙了一整天，全都枉费心机！它想回到森林中去，可是森林也消失得无影无踪了。这匹可怜的马发出了痛苦的哀鸣，远处传来其他马的应和声，它循声前去，穿过草场，看见了一座农家院。这座农家院看起来银光闪闪，玻璃上仿佛嵌有许多宝石似的，屋顶上也像是点缀着天上的星星，有几个人在走来走去，它慢慢朝农家院走去——现在它宁愿去干重活也不想活活地饿死。可是，它在太阳底下待了一整天，也没有人来给它套缰绳。直到傍晚，才有一个人朝它走近，好像是这里的主人。他就是耶稣，是最神圣的主人，他就是天主！他对马说道："你这个无赖、杀人犯，我这里没有你的工作！要等到那些咒骂你的人为你请求祝福，我才会让你进到我的马厩里。"

"他打我，我这是自卫！"

"他打你，我已责怪了他，我手上握有公正之权。"

"我饿极了、渴极了，我痛得难受！"马呻吟道。

"我说过了，你快滚开！否则，我就让狼来咬你，把你赶跑。"

又到了冬天，马儿又饿又渴又害怕，因为狼（它就是耶稣养的狗）一直跟着它，不断用嚎叫来吓唬它。直至一个春天的夜里，它来到原先主人的家门口，嘶叫了几声，希望他们能再次收留自己！但是，寡妇和她的孩子们一听到声音都冲出屋外，一看是它，便各自捞起家伙朝它打去，同时咒骂它，骂它踢死了主人，害得他们落到了穷困潦倒的悲惨地步。

这匹马无处可去，只好又回到森林中去了。这时狼群又来攻击它，但它却不做任何的反抗了，因为它现在认为活着不如死了好。这些狼摸了摸它的肚子，头狼便对它说道：

"我们不想吃你了，你瘦得皮包骨，反而有损我们的牙齿。我们现在可怜你，想帮帮你……"

它们把它带走了，第二天早上又把它带到原主人家的地里，替它套上一直搁在地里的耕具，并对它说道：

"他们会和你一起耕地，把你养得肥肥的，等到了秋天，我们再来给你卸下耕具。"

大白天的时候，寡妇来到了地里，她看见马被套上了耕犁站在地里时便惊讶得大叫起来，一想起它以前干的坏事，便不禁又骂又打，之后也少不了对它的打骂。但马也认为自己是罪有应得，因此整个夏天，都在勤勤恳恳地干着繁重的工作。直到几年之后，寡妇找到了新的男人，还向邻居买了好几垧地，这才缓和了对它的态度，她对马说道："你过去曾伤害过我们，但天主耶稣通过你赐给我们大丰收，也让我找到了一个好男人，还买了一些田地，我现在完全原谅你了。"

就在这一天的晚上，正当他们忙于为新生婴儿举行受洗礼时，天主的使者——狼群，便把马拉出了马厩，把它领到了天国的乐园中。

这个故事令大家惊讶不已,而且也引起了人们的深思,他们都认为,天主赏罚分明,惩恶扬善,明察秋毫,监管天下。这个马的故事就是最好的例证。罗赫又补充说道:

"就连藏在墙壁缝里的蛀虫,也逃不出天主的眼睛!

"就连最隐秘的思想、最卑劣的欲望也隐瞒不了天主!"

雅格娜听了这话浑身哆嗦了一下,正好此时安特克也悄悄地进来了,虽然当时很安静,但注意到他的人很少。瓦伦托娃这时正在讲一个中了魔法的公主的神话故事,大家都听得入迷了,个个都屏住了呼吸,垂下了双手,纺锤也停止了转动。

大家都在全神贯注地听着,度过二月的寒冷之夜。他们内心激动,情绪像松脂松柴那样在熊熊燃烧,越发高涨。一阵阵的轻声低语、叹息,以及各种幻想、渴望,充满着整个厅房,仿佛花朵似的蝴蝶在飞舞。

他们都为自己编织起了一张神奇的网,生动、闪亮、五彩缤纷。短时间内,这张网能把他们灰暗贫穷而又悲惨的世界完全掩盖起来。

他们漫游在幻影闪耀的黑暗田野上,那里有鬼火在照亮;他们停留在银色的小溪旁,那里响着怪异的歌声和神秘的呼叫;他们徘徊于中了邪魔的森林中,那里有骑士、巨人、城堡、可怕的鬼魂、喷火的巨龙;他们恐怖地站在十字路上,那里有孤魂野鬼在嘻嘻大笑,吊死鬼在悲哭号叫,带有蝙蝠翅膀的吸血鬼在飞来飞去,正在赎罪的自杀者在坟墓中间游荡,从残垣断壁的城堡和教堂内传来奇怪的声音。他们看见可怕的幻影排成长长的行列,他们参与了残暴的战争,他们望着河水的下面,那里有沉睡在花丛中的燕子,等到每年的春天来临,圣母便会把它们叫醒,让它们重新在世界上飞翔。

他们穿越了天堂和地狱,穿过了上帝愤怒的阴影,也穿过了上帝神圣慈爱的光辉。他们还穿越了许多难以描述的、神奇迷人而又令人惊讶和赞赏的地方，也越过了人的灵魂如同因雷电而迷途的鸟儿那样飞翔的国度，来到了只有在奇迹发生的时候或者在梦中才能看见的世界。他们茫然地望着，对这一切，感到无比惊讶，仿佛着了魔、中了邪似的，连自己是身在活人世界还是另一世界都不知晓。

嘿，如同大海掀起的一座无法逾越的、充满神奇魄力的巨浪，就在人们的眼前，把整个大地、房间、二月之夜都完全淹没了，与之相应的，这个充满苦难、贫穷、不幸、邪恶、眼泪、悲痛和期待的世界也随之消失了。当他们睁开眼睛一看，便看到了一个不同的、新的世界，一个美妙得无法形容的世界。

一个童话般的世界，过着彩虹般的童话生活。梦想竟成了现实，他们狂喜得死去活来，但又从这种狂喜中找到了另一种新的生活——一种伟大而又丰富多彩的神圣生活。浸润在神奇美妙的境界中，所有的谷物都丰收，每一棵树都会说话，每一条溪河都会唱歌，每一只鸟都像着了魔似的，每一块石头都有灵魂，每一座森林都充满神秘，就连每一小块泥土都具有不可知的力量。在这种境界中，伟大超人的隐秘的一切都过着神圣而又美好的生活。

他们怀着巨大的激情和狂热的渴望，期望着这种幻想生活的来临，他们要用牢不可断的链子把这一切——幻想和生活、奇迹和愿望——连接成一长列令人着迷的神奇生活。而这种生活是他们在悲惨的人世间，他们劳累而又被摧残的灵魂所梦寐以求的。

然而，他们现实中过的这种沉闷又贫穷的生活，他们所过的那种日常生活是什么呢？就像一个病人的痛苦被悲伤掩盖了似的，就像这黑暗、这悲哀的深沉夜晚，除了这临死的时刻，肉眼是无法看到这些奇迹的。

实际上，人活着，就像那头套上挽具在耕地的牲口一样，总是劳累不堪，只想着怎样度过今天这个日子，却不去看看周围的事物，也不去想想来自祭坛的线香的芬芳，那些隐藏在各处的奇迹！

人啊，你就像深水里的那块石头一样活着……

人啊，你是在黑暗中耕耘生命的田地，你播种的是眼泪、苦难和伤痛。

人啊，你把你那星光灿烂的灵魂淹没在了沼泽之中。

他们还在交谈着，罗赫也很乐意地参加进去。在他们的讲述中充满了惊异、叹息和流泪，同时也把那些听的人都带得伤心地哭了。

谈话有时会出现长久的停顿，这时候寂静得几乎能听到心跳的声音，能看到潮湿的眼睛在发光，泪水像露珠一样晶亮。人们发出了惊讶和渴望的叹息声。他们把灵魂奉献在天主的脚前，而在其殿堂中唱起了伟大的感恩颂歌。所有的心都在歌唱，都因装满了神圣的想象而颤动着，就像大地在春天阳光的照耀下颤动那样，就像这水在寂静无风的黄昏所发出的涟漪。就像五月初的夜晚，这些幼嫩的麦苗，以轻柔的摇曳，不断发出喃喃声，仿佛在做感恩的祷告。

雅格娜好像进了天堂似的，她对所讲的这些神奇事物都感受很深，而且是那样真真切切，好像它们都鲜活地站在她面前，她能毫不费劲地用纸剪出它们的形象来。他们给了她几张孩子们写过字的纸。雅格娜一边听大家讲故事，一边便立即剪出了鬼怪、国王、幽灵、巨龙，以及其他稀奇古怪的东西，而且剪得那么惟妙惟肖，叫人一看便能清楚地辨认出来。

她剪了很多，可以把一根横梁都贴满，还用安特克递过来的粉笔给它们涂上了红色和绿色，由于过于聚精会神地听故事和剪纸，她把整个世界都忘记了，也没有看到安特克不耐烦地站在那儿，还暗中对她做出种种手势。其他的人也听得入迷了，对于安特克所做的手势，没有一个人注意到。

门外的狗突然狂叫起来，还朝篱笆那边追去。克温布的一个儿子也立即蹿出门去，回来后他说，他看见有个男人从窗边逃走了。

这件事没有引起大家的注意，后来狗叫声也停了，可是谁也没有注意到，有一张脸突然在窗玻璃上一闪而过，只有一个姑娘看到了，她惊叫起来，吓得直揉眼睛。

"有人从窗外跑过去了！"她叫喊道。

"我也听到了踩雪的嘎吱声！"

"还有逃走时碰着墙壁的声音！"

大家一听，都慌张起来了。她们都坐在那里，吓得一动也不敢动。

"真是怕什么就来什么！"有人胆战心惊地嘟哝道。

"我们正在谈论鬼怪，也许就把它招来了，它是来探探路的，看看抓哪个人好。"

"耶稣马利亚！"

"小伙子们，你们出去看一看，那边没有人呀。一定是那些狗在雪地里追逐戏闹吧。"

"嘿，我看得很清楚，他在窗外，头大得像个木桶，眼睛是红的！"

"你是凭感觉的吧！"罗赫大声说道，他见没有人出去，便自己走到了屋外，为了让大家安心，回来后对大家说道：

"我来给你们讲个圣母的故事，你们听了心情就会平定下来。"他在原先的位置上坐了下来，大家稍微平静了一些，但还是有个别人老是把眼睛转向窗外，心里总是有些恐惧。

这是发生在古老时代的故事，比有史以来还要古老，只有在很古老的古书里才能看到……在克拉科夫附近的一个村子里住着一个农民，名叫卡其密什，绰号叫"老鹰"，他家世世代代都住在那里。他是个富翁，拥有全村的土地、整座的森林，他的农舍像座贵族的庄院，他在河边还有座磨坊。天主赐福于他，他便事事顺利，五谷满仓，金钱满柜，儿女健康，妻子贤惠。他本人也聪明能干，善良谦虚，公平正直。

他像慈父一样领导着全村人民，照顾穷人，维护正义，不以赋税欺压他们。他做事力求公正，常常第一个出来帮助和救济乡民。

他就像个家中有天主永驻的人那样，生活得平静、安宁而幸福。

终于有一天，国王发出号令，号召人民参加反对异教徒的战争。"老鹰"心中十分犹豫，他不愿离开家去参加残酷的战争。但是，这时候，国王派来的特使来到他家里，催促他出征沙场。

这是一场伟大的战争。当时，土耳其人已经攻入波兰，他们烧毁村庄、掠夺教堂、杀害神父，屠杀或是用绳子绑住人们，把他们押到土耳其那个异教徒国家。

他必须立即准备好去保家卫国！

一个人为了自己的家国和神圣的信仰，甘愿抛头颅洒热血，就能得到永恒的救赎。

于是"老鹰"召开了村委会，挑选了最强悍的男人、马匹、大车，等到第二天早上做完弥撒后便一起出发了。

全村的人都出来送行，有的大声哭泣，有的依依不舍，一直送到竖有琴斯托霍瓦圣母像的十字路口。

他打了一年的仗、两年的仗，到最后，便音讯全无了。

其他同去打仗的人都已归来，只有"老鹰"没有回来。于是大家都认为，他不是战死沙场，就是被土耳其人俘去当苦役了，甚至有些乞丐和流浪汉也在散布这样的消息。

直到第三年初春的一天，他自个儿回来了，没有坐车，也没有骑马，而是走回来的。他十分穷困潦倒，没有仆人，像乞丐一样拄着一根拐杖。

他跪倒在圣母像前祈祷,感谢上帝让他回到了故土,随后便急忙朝村里走去……

但是却没有人出来欢迎他,谁也不认识他了,就连狗也追着他叫,他不得不用拐杖把它们赶开。

他来到自己的房子前面,擦了擦眼睛,画了个十字,竟认不出他自己的房子来……

我的老天爷!烤面包房没有了,谷仓没有了,果园没有了,甚至连篱笆墙也没有了,家里的牲畜,也见不到任何踪迹了,房子仅剩下烧焦了的残垣断壁……孩子也不见了,一切都毁灭殆尽了,只留下凄凉和荒芜。妻子见他回来了,便从卧病的草席上爬了起来和他相见,痛苦的泪水汩汩而下。

他仿佛被雷击了似的,呆呆地站在那里。

事情是这样的:当他去打仗,去消灭天主的敌人的时候,瘟疫却来到了他的家,夺走了他全部的孩子,雷电烧毁了他的房屋,野狼吃掉了他的牲畜,坏人抢劫了他家的财产,邻居拿走了他的土地,干旱又让他家颗粒无收,其他作物又遭到雹灾的袭击,除了这天和这地,他就什么也没有了。

他坐在门槛上,像死人一样苍白。黄昏来临了,晚祷的钟声已敲响,他突然站了起来,用可怕的语调咒骂起神明来,并发誓要报仇雪恨。

他的妻子怎么劝阻也没有用,她再三哀求,跪在他面前来求他,也毫无作用。他继续用难听的语言咒骂上帝。他说:"我为了上帝的信仰,为了保护我们的教堂而流血斗争,结果却落得这样的下场。我受过伤、挨过饿,但结果却成了这样。我曾经是个正人君子,是个虔诚教徒,但上帝还是把我抛弃了,让我失去了一切。"

他以最恶毒的语言咒骂上帝,并大声呼喊,要把自己整个儿都交给魔鬼,只有撒旦才不会抛弃求助的可怜虫。

一听到这样的呼叫,魔鬼就来到了他的面前。

这时的"老鹰"已不再顾及后果了,便对魔鬼喊叫道:

"魔鬼啊,你若能帮我,就帮我一把吧!因为我受到了最悲惨的屈辱!"他真傻,他不知道这是天主耶稣在对他进行考验和试探。

"我可以帮你,你愿把灵魂交给我吗?"魔鬼对他喊道。

"我愿意,马上就给!"

于是他们签订了一张字据,"老鹰"用无名指的血画了押。

从这一天起,一切都进行得很顺利,他什么也不用做,只需监管和下命令。魔鬼自称米哈韦克,由它来替他安排一切,其他的魔鬼便成了德国佬或其他什么人来帮它干活。过不了多久,"老鹰"的家园便建好了,而且比原先的更美,更大、更豪华。

只是他们夫妻不能有孩子了,因为不能得到上帝的祝福,怎么可以有孩子呢?

"老鹰"为此而伤心不已,每到夜晚,他就会思来想去的,要怎样才能熬过这地狱的永恒之火呢,财富也没有让他高兴起来……米哈韦克不得不现身在他的面前,对他说:"无论是什么富翁、官员、国王、学者,甚至连最大的主教,都把灵魂卖给了魔鬼,可是他们从来都不会去考虑死后的情况,他们只想生活得愉快,享尽荣华富贵就好!"

于是"老鹰"便安心下来了,对上帝的咒骂也更加难听了,他把森林边上的十字架砍断,把家里的圣像扔出门外,还想把琴斯托霍瓦的圣母像移走,说是妨碍了他的耕种、多亏他老婆苦苦哀求，不断哭泣和祈祷，才把他劝住没有把圣母像移走。

岁月像急流一样逝去，他的财富迅速增长，他的威望越来越高、权力越来越大，甚至国王都来拜访，邀请他进宫，为他加官晋爵。

这个"老鹰"从此便目空一切，刚愎自用，凌驾于一切人之上，把正直的品德抛到九霄云外了。他欺压穷人，也不再关心世界上的任何人、任何事了。

这个傻瓜不知道，终有一天他是要付出代价的……

最后算账的时刻终于到来了，天主对于这个无可救药的罪人已经失去了耐心和仁慈心了。

审判和惩处的日子到了！

首先，他得了重病，被折磨得苦不堪言。

继之，瘟疫夺去了他的全部牲畜。

接着，雷电烧毁了他的所有建筑物。

随后，冰雹摧毁了他的庄稼。

再后来，所有的仆役都跑掉了。

随后，又出现了巨大的干旱，一切都烧成了灰烬。树木干死了，河水也干涸了，土地裂开了大缝。

后来，他众叛亲离，所有的人都不理睬他了，贫穷却来到了他的家门口。

他的病更加重了，身上的肉都一块块地掉了下来，只剩下一副皮包骨，骨头也开始腐朽了。

他去找米哈韦克和他的小鬼们求救，但毫无作用。因为这是愤怒的上帝在亲手惩罚他，魔鬼也束手无策。

魔鬼们觉得他现在没用了，巴不得他早点死去，他们不仅不救他，反而鼓捣起他的伤口来，让伤口痛得更厉害了。

唯有上帝的慈悲,才能使他得救。

在一个深秋的晚上,狂风掀掉了他家的屋顶,卷走了他家的所有门窗。一群魔鬼拥了进来,手持草耙狂呼乱跳,朝房间中央奄奄一息的"老鹰"拥了过去。

他的老婆尽力保护他,把圣像盖在他身上,用粉笔在门窗上画上十字,这才把魔鬼们赶了出去。她最感痛苦的是,怕她丈夫还没有和上帝和解,还没有领到圣餐就死了。尽管她丈夫依然顽固不化,禁止她出门,但她还是瞄准一个机会溜了出去找神父。

可是这时候,神父正要乘车出门,而且他也不愿去见这个可恶的罪人。

"天主已经把他抛弃了,他应归魔鬼们管了,我什么也做不了了!"神父说完就到地主家打牌去了。

她伤心地大哭起来,跪在琴斯托霍瓦圣母像前,一边哭泣,一边声泪俱下地哀求上帝大发慈悲。

圣母对她起了怜悯之心,便对她说道:"别哭了,妇人!你的请求已被听取。"

圣母从圣坛上走了下来,现出了本相,她头戴金冠,身披缀满星星的蓝色斗篷,腰带上挂着一串念珠……浑身闪耀着慈祥的光辉,有如早上的启明星……妇人葡匐在她面前。

圣母把她拉了起来,给她擦干了眼泪,将她拥在胸前,动情地说道:"忠诚的女信徒,把我领到你家里去,也许我能想想办法。"

圣母望着这个垂死的病人,心里产生了恻隐之心。

"没有神父是不行的,我只是个女人,我没有这种权力,神父才有天主授予的权力。这个神父是个坏人,不关心人民,他是个坏牧人,要受到严厉的惩罚。不过,赦罪的事,只有他才有权力。

我现在就去地主家把这个赌棍找来。你拿好这串念珠，它可以保护这个罪人，等着我回来。"

可是，圣母怎么能去呢？夜晚漆黑，又是风雨交加，道路泥泞不堪，而且路程很远，路上还有魔鬼设障阻拦。

但是圣母毫不畏惧，只用一条粗毛毯来裹住身体，随即便走入了黑暗中。

精疲力竭的圣母来到了地主家，她全身都湿透了，敲打地主家的门，谦和地请求神父立即去看一个病重的人，神父看到她，以为是普通的乡下老婆子，而且天气这样恶劣，便派人出去传话说，他明天早晨去，现在没有时间。神父继续和这些地主们打牌、喝酒，寻欢享乐。

圣母为他的卑劣行径深深叹息，她一招手，便变出了一辆镀金的马车，还有马匹和仆人，她也改头换面，俨然成了一个县长夫人，这才走进屋里。

用不着多说，神父便急匆匆地跟着她走了。

他们到得正是时候，死神已等在门口，魔鬼们也想趁神父在做临终赎罪之前冲进去，把这个还活着的病人带到地狱里去。但他妻子用念珠和圣像，用虔诚的祈祷把它们挡在了门外。

"老鹰"向神父做了忏悔，对自己的罪恶深感悔恨，恳求上帝的宽恕，在他得到赎罪的同时，便立即咽气了。圣母替他闭上了眼睛，还为这寡妇祝福，便对神父说道："你跟我来！"

神父不明就里，但还是跟她去了，走到屋外一看，金车没了，仆人也不见了，只有风和雨，泥泞和黑暗，以及紧紧跟着的死神。他惊恐万分，跟着圣母来到了教堂。

神父看到她身披斗篷，头戴金冠，重新回到了祭坛原位，环绕在四周的天使们都唱起了圣歌。

这时候，神父才知道她是天上的圣母，他害怕了，立即跪了下来，大声哭叫着，伸出双手，恳求圣母的慈悲宽恕。

圣母非常生气地看着他，对他说："你要在这里跪上好几百年，哭泣好几百年，直到赎清你的罪恶为止。"

于是神父便立即变成了石头，一直屹立在那里，他天天跪着，夜夜哭泣，伸出双手恳请圣母宽恕，已经这样跪了好几百年了。

"阿门！

"直到今天，还可以在普热德博什城的东布罗夫看到那个神父的石像，石像就立在教堂外，作为永远的纪念，也是在警告天下的罪人：任何罪人都难逃惩处。"

故事讲完了，出现了长久而深沉的沉默，大家都听得入迷了，都被这故事慑服了，谁也说不出话来，个个心里都充满了惊奇和敬畏之情。

的确，在这样的氛围中大家还能说什么呢？他们的心灵，就像在炉膛里烧得红红的铁块，爆发出情感和光辉，只要一锤打它，就会星雨四溅，变幻成一道悬挂在天地之间的亮丽彩虹。

大家继续沉默着，直到他们心中的激情之火渐渐熄灭为止。

马特乌什拿出了笛子，开始摆弄起来，轻轻吹响了一首优美而动听的歌曲，仿佛是撒在蜘蛛网上的露珠。索霍娃唱起了《在你的保护下》，大家都低声合唱起来。

后来，大家又像往常那样谈论起各种各样的事情来。

接着，年轻人便开始说笑，军嫂特蕾莎让那些小伙子们来猜有趣的谜语。这时有人进来说波利那已从法院回来了，正和同伴们在酒馆里喝酒。雅格娜听了这话，便轻悄悄地挪动着朝外溜去，也没有叫尤什卡。安特克也偷偷地跟着溜了出来，在大门口的过道上追上了她，他紧紧抓住她的手,从另一扇门出到院里,然后穿过果园走到谷仓后面去了。

没有人注意到他们溜走,因为特蕾莎在大声说话:

"经过躯体,经过灵魂,在烧烤中移动?"

"面包,面包!大家都知道。"许多人朝她围了过去。

"还有:客人们在菩提木桥上追来追去?"

"筛子和豌豆!"

"这种谜语孩子们都知道!"

"出难一点的谜语好不好?"

"穿着衬衣来到世上,赤身裸体在世上行走?"

大家很久都猜不出来,后来被马特乌什猜到是奶酪,他也出了个谜语:

"菩提树高兴地唱歌,马用尾巴去赶羊?"

大家猜了很久才猜出是小提琴。

特蕾莎又出了一个较难的谜语:

"没有脚,没有手,也没有脑袋和肚子,但只要一出来,便到处乱窜乱逃!"

大家猜出了是风。接着他们又是闹来又是笑的,还出了许多难猜的谜语,整个房间都充满了笑声欢语。

大家高高兴兴地在一起,一直玩到了深夜。

第十一章

安特克和雅格娜进入了果园,低着头从被积雪压弯了的树枝下面穿了过去,迅速而又胆怯地向前奔去,就像受到惊吓的小鹿那样。他们跑过谷仓,消失在茫茫的积雪中,在没有星星的黑夜里,在冰封田野的深沉寂静中。

他们投入到黑夜中,乡村消失了,人们的喧哗声也突然停息了,甚至连最微弱的生活回声都听不清了。他们也立即忘记了世上的一切,相互搂着对方的腰,搂得紧紧的,低着头,脸紧贴着脸,既兴奋又惶恐不安,他们都不说话,心中却充满欢歌。他们竭尽全力朝外面的世界跑去。

"雅格娜!"

"什么?"

"真的是你吗?"

"你不相信!"

他们不再说话了,有时候,他们停下来喘口气。

他们的心跳动得如此厉害,竟连话也说不出来了,还不得不抑制住兴奋,否则就会大声叫喊出来。他们时时都在你望着我、我望着你,从眼里射出来的是热情似火的闪电之光。他们的嘴唇因强烈的饥渴和欲望,像遭到雷击似的,迅速地紧贴在一起。他们兴奋得喘不过气来,感到心花怒放,头晕目眩,似乎脚下的地在移动,他们正掉到那熊熊烈火的深渊里,眼睛也被这耀眼的光芒映得模糊不清了。他们又向前奔去,至于要跑到哪里去,他们也说不出来,只想跑得越远越好,哪怕是沉没在这茫茫的黑夜中,在那最最阴沉的幽暗之中。

他们穿过了一片田野,又穿过一片田野,一直往深处奔去……直跑得一切都看不见了,直跑得把整个世界都忘记了,甚至忘记了自身的存在,有如进入了仙乡乐土。置身在奇妙的梦境中,就像刚刚在克温布家所经历过那种奇妙的幻境一样,听到的那些稀奇古怪的故事,依旧在他们心中留下了难以磨灭的印象,他们应和着这些奇迹和神话的节拍,产生了强烈的共鸣。那些古里古怪的神话传说,让他们的灵魂撒满了迷人的神奇之花,充满了迷惑、狂喜、惊异和无比的幸福,以及难以抑制的欲望。

他们依旧被包裹在奇迹和幻象的迷人彩虹中,行进在刚才所见的这些奇迹的行列中,穿过这些神奇的国度,进到这些超人的场面,最深沉的神奇和迷人的境界。他们看到幻影在黑暗中摇曳,在天空中徘徊,不断地膨胀扩展,并以巨大的神力撞击他们的心灵,压得他们喘不过气来,吓得他们紧贴在一起。他们都哑口无言,惶恐不安,双双凝视着那深不见底的梦幻深渊。此时,他们的心灵中便绽放出幻想的花朵——信仰和祈祷的神圣花朵,他们又回落到奇异和忘我的底层!

随后他们便清醒过来了,以迷惘的眼睛久久地搜索着这黑夜。他们不知道自己现在是置身于哪一个世界:是在活人中间,还是处在奇迹之中,抑或是在梦幻之中。

"雅格娜,你怕吗?"

"不怕!我愿和你一起走遍整个世界,我愿和你同生共死!"她紧紧地搂住他，坚定有力地低声说道。

"雅格娜，你有没有盼着我来?"过了一会儿，安特克问道。

"有呀！只要有人一进门，我就会立即站起来……我今天到克温布家来，就是为了见到你，我还真怕你不来呢。"

"可是我进去之后，你却装作没有看见我。"

"你真笨。这么多人在那里，我怎么看你呀！我真的非常想你，我自己都觉得奇怪，居然没有从凳子上掉下来。我只好用喝水来保持清醒。"

"我最最亲爱的。"

"你坐在我后面，我知道。我不敢回头看你，不敢和你说话，但我的心一直在扑通扑通地乱跳，跳得那么响，旁边的人一定听见了。啊，我的上帝！我高兴得差点都要叫起来！"

"我想你一定会去克温布家！我们两个就能一起出来。"

"我本想立即回家的，可是你硬把我拉走了。"

"难道你不想吗？雅格娜！是不是？"

"不，不是……我不止一次地想过，这样的事一定会发生。"

"你真这样想过，这样想过吗?"安特克冲动地低声说道。

"是的！安特克，常常在那边……在篱笆那边很危险。"

"是的！这里没有人来打搅，就我们俩……"

"就我们自己……在这样漆黑的夜里……"她喃喃说道。随即搂住他的脖子，用她爱情的疯狂力量紧紧抱住了他。

现在田野上的风停息了，只有微风不时地轻轻吹拂和抚摸他们发烫的脸孔，送给他们一丝清凉。天上既没有闪闪发亮的星星，也看不见月亮。天空阴沉沉的，云雾低垂，仿佛被铺上了一层破旧脏乱的羊毛，有如一群公牛在光秃秃的田野里。而远方的景物朦朦胧胧地浮现在灰暗的飘散的烟雾里,整个世界像是一块由云雾织成的纱巾,一片到处波动的黑暗和起伏不定的夜浪。

空气中有一种声音,一种深沉而又令人不安,几乎是难以觉察的颤动之声,似乎是从森林那边传过来的,而后又消失在黑夜中,或者是从荒野的裂缝中不时喷出的白雾里,老鹰追逐小鸟所发出的响声。

夜晚漆黑而又令人恐惧,寂静而又骚动不安,充满不祥和不可捉摸,令人毛骨悚然。他们觉察到了可怕的喃喃声,窥视的怪影和突然出现的无法解释的事物。有时候,从茫茫的黑暗中会突然出现雪白的奇异亮光和一道道冰冷、潮湿、黏性的寒光,像蛇一样盘旋、屈伸,在阴影中蜿蜒穿行。接着,黑夜又闭上了眼睛,密不透风的乌沉沉的黑暗倾泻而下,整个世界都消失了。眼睛看不见任何景物,只能无力地观看这可怕的深渊,坟墓般的寂静使心灵麻痹窒息。有时这黑幕会被强大的风暴撕裂,而从可怕的乌云裂缝中,能看到辽阔的微蓝田野的上空,繁星闪耀的平静的天空。

如今无论是从田野还是从农舍,是从天上,还是昏暗的远方,都无法确定它从何而来,但它确实又来了——不停地颤动,窃窃私语,匍匐前行,像声音,像闪光,像正在消失的回声。那是什么呢?是早已消亡的声音和事物的幽灵,如今又重现在人世间,排成可怕的行列走来走去,随后,无影无踪地消失在远方,就像星星的光亮泯灭在深沉的黑暗中一样。

可是他们对这一切都视而不见,听而不闻,此时此刻,风暴在他们的心里激荡,而且每时每刻都在高涨。燃烧的热流,难以表述的炽热的情欲,如同闪电般的眼神,揪人心肺的痛苦,突然而生的不安,炽热的亲吻,如同响雷般的不连贯的絮絮情话,死一般的沉默,沉醉于其中的激情,如同狂风暴雨般地从这颗心传到另一颗心。他们的紧密拥抱,让对方都透不过气来,互相感到了紧抱的痛苦,他们想要掏出胸中的一切，在痛苦的欢乐中畅游，他们的眼睛好像蒙上了一层翳似的，什么都看不见了，甚至连他们自己也都视而不见了。

他们被爱情的风暴席卷，对周围的一切都看不清楚了，处于癫狂的状态中，忘记了一切，有如两团燃烧的烈火。他们被带到了茫茫的黑夜中，带到荒野和沉静的孤寂中，彼此都准备毫无保留地委身给对方一直到死，内心里都有一种情欲尚未满足的饥渴感。

他们已无法再说话了，只能从心底里发出一种无意识的呼喊，一种上气不接下气的细声悄语，有如从火缝中喷发出来的那种细声悄语，那是一些散乱的、梦呓般的和如痴如狂的话语。他们的眼神饱含着饥渴、迷蒙而又像暴风那样激荡的神色，狂热中夹带着恐惧不安，充分显露出他们那种强烈的欲望。一种难于压抑的欲望使他们痉挛，让他们失去了理智，最后他们发出了一声粗野的叫喊，便倒在了地上……

整个世界都在天旋地转，和他们一起堕落到火热的深渊中……

"啊，我疯了！"

"别叫！安静，雅格娜！"

"不行，我不叫，我就会发疯！"

"很奇怪，我的心都快要裂开了！"

"我全身发热……我的老天爷……放开我……让我喘口气……"

"啊，耶稣！我要死了！啊，耶稣！"

"在这个世界上，你是我的唯一！"

"安特克！我的安特克！"

如同蕴藏在地底下的生命液汁，每到春天来临就会觉醒，迸发出永久不衰的渴望，到天涯海角去追寻，从地球的这一端到另一端，在天空中回旋，直到他们相见、相合，在人们的眼前，出现了春天和鲜花，婴儿和翠绿树木的沙沙声。

他们两个的情况也是如此，经过了长久相思和痛苦的日子，经过了多少个灰暗而又空虚的日子,现在终于相见了。他们相互聚合在一起,止不住大喊一声,便奋力地投入到对方的怀中,紧紧拥抱在一起,就像两棵被狂风连根拔起的松树,先是被抛到了空中,随即相互朝对方倒去,绝望地拥抱在一起,用尽全力挣扎着,相互纠缠着、转动着、摇晃着,最终同归于尽地倒在了地上。

黑夜把他们两个包裹了起来,让应该发生的事情能够发生……

在这黑夜的某个地方,响起了鹧鸪的叫声,声音很近,好像有一群鹧鸪在走动,它们发出扑棱扑棱的响声,那是鹧鸪在雪地上扑动着翅膀,要振翼高飞了,还有一些其他的声音,划破了这里的寂静。而从不远的村子里,传来了响亮的,又像是被压制住了似的鸡鸣声。

"已经很晚了……"雅格娜惶恐不安地低声道。

"离午夜还很远,鸡叫也许是要变天了。"

"雪要融化了。"

"是啊!现在的积雪变软了。"

他们这时正坐在一块大岩石下,岩石的远处,有几只兔子在尖叫,相互追逐嬉戏。立刻就有一队野兔从身边窜过,把他们吓得抱成了一团。

"现在正是兔子的交配期,它们成双成对地跑得多欢呀,连人都不怕——春天快到了。"

"我觉得好像是什么野兽朝这边跑来了……"

"别作声,快蹲下!"他惊慌不安地低声道。

他们一声不响地向岩石挪近。从积雪的反光中,在夜色没有那么黑的幽暗中,映现出了几条长长的黑影,正在悄无声息地追踪着兔子,它们时而慢步爬行,时而消失在黑暗中,仿佛被大地吞没了,眼睛却发出绿光,像密林中不停闪亮的萤火虫。这些野兽离他们不到五十米,随后完全消失在黑暗中。突然听见一声短促而悲惨的尖叫声,然后是野兔垂死的挣扎声，野兽的脚步声、咆哮声、撕裂声和啃咬骨头的咔咔声，在一声吓人的嚎叫之后，四周又归于一片深沉而可怕的寂静之中。

"野狼在撕碎兔子！"

"野狼一定会闻到我们的气味！"

"我们是在逆风的地方，闻不到！"

"我怕……我们走吧……我浑身发冷……"她哆嗦了一下说道。

他把她搂抱在怀里，并且用狂热的吻来使她暖和，这时候，他们又把整个世界忘得一干二净了。随后他们又相互搂着腰肢，摇摇晃晃地走在一条小路上，脚下都感觉不到深浅，就像一棵大树被过多的花朵压得弯来弯去，并轻轻地发出蜜蜂的嗡嗡声那样。

他们又不说话了，唯有接吻、叹息和激情的呼叫，以及他们兴奋满足的低语声和狂喜的心跳，在头上和周围激荡，有如和煦的春风在田野上空吹拂荡漾一样。此刻他们就像身处百花盛开的大平原，沉浸在欢乐的光辉里。他们的眼睛也如同鲜花在绽放，灵魂也同样显现出阳光下草原的芳香，青草生长的颤动，呼应着溪水流动的光辉和小鸟微弱的啾啾声。他们的心与这神圣的大地合而为一，视线落在苹果树的花被上。他们的话语很轻，听不太清楚，但具有重要意义，因为是从灵魂深处涌现出来的，就像五月清晨的嫩芽从树干上萌生出来的一样。他们的呼吸有如吹拂幼嫩麦子的春风，心灵有如这春天的白昼，阳光灿烂，麦苗欣欣向荣，云雀在啾啾欢唱，充满了亮光、响声、炫目的翠绿和不可抗拒的生命的欢乐。

他们又沉默不语了，陷入了某种引起不安的黑暗中，有如乌云遮没了太阳，世界突然变得死寂、凄凉、昏沉，由于惶恐不安而陷入恐惧之中。

然而他们很快就摆脱了这种心情，欢乐重新在他们胸中燃起熊熊烈火，喜悦的心情再次拨动他们的心弦。现在他们宛如长上了幸福的翅膀，就要腾空飞翔，于是他们情不自禁地唱起了热情而狂放的歌曲。

他们也随着歌声而摇晃起来，而歌声凭借一双彩虹般的羽翅，带着这声音的星星般的穿透力，在这死寂而荒凉的夜晚里震响。

现在他们忘记了一切，相互依偎着奋力前行，在盲目的驱使下，沉醉在相互的热恋中。他们受到一种超越人世间的情感魔力的驱使，登上了情感的顶峰。他们的情感便通过这种粗犷的几乎是无词的歌声倾吐出来。

这是一种粗犷的奔放的歌声，从他们汹涌澎湃的心里像洪流一样喷涌而出，以其征服一切的爱的震撼声，倾泻到人世间来。

这歌声又像是在混沌的黑暗中、在深夜的荒野中，由木柴燃起的熊熊大火。又像是流水挣脱冰冻的束缚，发出沉重的撕裂般的轰鸣声。

这时候，歌声微弱得刚刚能够听见，变成了甜美的窃窃私语，就像阳光下摇曳不停的麦浪。

歌声有如负重的金链条断裂了，被风吹散开来，沉重地落在了那些耕地里，成了黑夜的叫喊声、无力的呜咽声、孤独的呼唤声、毁灭和恐惧的喃喃声……

随后便消失在死一般的寂静中……

可是，过了一会儿，歌声又像受惊的鸟儿，突然展开飞翔的翅膀，疯狂地朝太阳飞去，他们的胸襟具有如此强大的力量，终于爆发出了激情的颂歌——歌唱整个大地的赞歌和生存不朽的歌曲。

"雅格娜！"安特克惊讶地低声道，仿佛他才看到她在身边似的。

"我就在这儿！"她带有一种哽咽的声音回答道。

他们现在来到了谷仓后面的一条环村路上，正好是通向波利那家的那个方向。

雅格娜突然哭了起来。

"你怎么了?"

"我也不知道……突然心里难受,眼泪就自个儿流出来了。"

安特克的心里也很难过,把她带到一个谷仓的横梁下面,和她并肩坐下。他把她紧紧搂住,像逗小孩子似的把她抱在胸前摇晃着。她低垂眼睛,眼里噙满了泪水,就像花朵里面的露水。他用手掌、用袖子想替她擦掉,但泪水还是汩汩地流了下来。

"你害怕吗?"

"我有什么可怕的!就是我的心越来越冷静,就像死神站在我的身边似的。可是又有一种力量把我拉了起来,把我举得高高的,仿佛要抛到空中去,和云彩一起飘浮。"

他没有回答,两个人又默不作声了。他们的心情又突然暗淡了下来,好像心上出现了一道阴影,扰乱了平静,同时也使他们萌生出一股奇怪的柔情,让他们抱得更紧,也使他们相互寻求更好的支持,以获得一个渴望的美好世界……

风又刮起来了,树木可怕地摇动着,把潮湿的雪块撒到他们的身上,成团的阴云突然沉降了下来,又迅速地飘走了,与此同时,雪地上发出了一种低沉的令人胆寒的呻吟声。

"我们该回家了,现在很晚了。"雅格娜抬了抬身子说道。

"别担心,大家都还没有睡觉呢,我听到路上有人走动的声音,一定是刚从克温布家出来的。"

"我把草料桶落在牛棚里了,会让牛折坏腿的。"

他们静了下来,因为附近有人说话,随后又走远了。但是,就在他们的另一边,也就是在同一条小路上,传来脚踩积雪的清脆响声,有一个高大的身影出现在幽暗中,显得很是清晰,他们两人立即站了起来。

"那边有人,在篱笆下面鬼鬼祟祟地躲着。"

"兴许是你看错了……夜里的云彩常常会投下这样的阴影。"

他们朝黑暗那边观察了很久,倾听了很久。

"我们到草堆去,那里很安静!"他急忙悄声道。

他们时时都在胆战心惊地观察,屏住呼吸地倾听,但周围却是一片寂静,万籁无声。他们低着头弯着腰,小心翼翼地来到草堆跟前,一起蹲到了那个设在地面上的黑沉沉的洞穴里面。

现在又是漆黑漆黑的了,乌云重新聚在一起,形成了一堆堆无法穿透的云团,苍白的星光熄灭了,黑夜像是闭上了眼睛,进入了深沉的梦乡。风也消失得无影无踪了,寂静越发深沉而可怕,只能听到雪压树枝的飒飒摇曳之声,以及从很远地方传来的磨坊水轮的哗哗声。过了好长一段时间,又传来了路上行人脚踩积雪的吱嘎声,但声音轻得像狼的脚步声一样。一个人影紧贴墙壁移过来,他低着头,在雪地上移动着,越来越近……越来越大……每走一步他便停了下来,随即又走动起来,转到草堆面向耕地的那一边,他几乎是爬到了洞口边上,静听了很久。

后来他又离开了洞口,消失在了树丛中了。

不一会儿,黑影又回来了,手里拿着一捆麦秸,停下听了一会儿,便立即向草堆猛扑过去,把麦秸塞进了洞口。他划了火柴,火立即着了起来,并吐出了许多火舌,转瞬之间,便化成了一片血红的火海,把这一边的草堆都熊熊燃烧了起来。

波利那弯着腰,可怕得像具尸体,手上拿着一把木杈守护在那里。

安特克顿时觉察到了他们的处境:一股鲜红的火光照亮了他们躺卧的洞穴,到处充满了刺鼻的浓烟,他们一声呼叫,立即跳将起来左扑右推,却找不到出口。他们惊慌得几乎要疯了,差点要透不过气来,这时候,安特克碰巧摸到了那块为防雨而遮着的雨布,用尽全力一拉,便把它扯下来了,然后便连人和油布一起滚到了外面的地上,他刚要站起来，老波利那便用木杈刺过去，想把安特克刺牢在地上，但没有刺中。安特克立即跳将起来，趁老头子立脚未稳，当胸给了一拳，把他打倒在地，一溜烟地跑掉了。

波利那站起来后，又朝草堆的洞口冲了过去，但雅格娜已趁乱逃走了，消失在茫茫黑夜中。波利那气得像发疯了似的喊叫起来："着火了！着火了！"他拿着木杈围着草堆转来转去，在血红火光的映照下，看起来像个恶鬼。这时的大火已蔓延到整个草堆，发出噼里啪啦的响声，火柱和烟柱直冲云霄。

人们急急忙忙地赶来了，"着火啦"的叫喊声此起彼伏，响彻整个村庄。有人还敲响了警钟，大家都吓得心跳不安，但火势却越来越猛，像火红的大袍一样在翻滚摇动，朝各个方向卷了过去，殷红的火星也像阵雨似的洒落在建筑物上，笼罩全村。

第十二章

那个难忘之夜后的利普查村又发生了什么事呢？即使最聪明的人也难以记住并描述出来，因为整个村子都是乱纷纷的，就像有人用棍子捅了蚂蚁窝那样。

天刚蒙蒙亮，人们才擦了擦眼睛醒过来，利普查村的人便匆匆忙忙地赶往火灾现场。有的人一边走还一边做着祷告，大家就像赶集似的，都在加快脚步。

白天到了，却被满天云雾所覆盖，灰蒙蒙的。本该是非常明亮的时刻，却依然像黎明时一样阴暗，因为雪花大片大片地落了下来，给地上的一切罩上了一块潮湿的破布，给世界披上了破烂的、像玻璃一样的软外衣。不过，没有人在乎这种天气，他们从四面八方赶来围住了火灾场，站在那里好几个小时，轻声议论着昨晚的这场大火，同时也竖起了耳朵，去听听别人提供的消息。

喧闹声越来越大，前来的人也越来越多，有一堆人站在篱笆旁边，院子里也站满了人，草堆四周已经围得水泄不通，积雪映现出妇女们的红色衣裙。

草堆全都烧成了灰烬，只剩下原先那两根支撑草堆的木柱，而这两根木柱也被烧成乌黑乌黑的了，猪圈和棚屋上的屋顶也都被掀翻掉了，只剩下一副空架子。小路上和四周的田野里，大约有半亩地的面积，尽是麦秸的灰烬和烧焦的麦秸，大大小小的木板和烧焦的碎木片。

雪依然下个不停，渐渐把地上的一切都盖上了一层明亮的白布，有些地方则被火烧的余烬烤化了。从草堆上扒下来的一束束干草，有的冒着缕缕的黑烟，有的甚至还在毕毕剥剥地响着，燃起苍白的火苗，围观的人们赶紧用长柄镰刀把它挑开，用木底鞋把火踩灭，也有用木棍抽打、用雪盖的。

正当大家忙于扑灭一大堆还在冒烟的干草时，有个小伙子，好像是克温布家的小儿子，用长柄镰刀从冒烟的草堆里找出了一块烧焦的布片，把它高高举起。

"这是雅格娜的围裙！"科兹沃娃冷笑道。因为大家都已知道昨天夜里发生的事情的真相了。

"小伙子们，再去找找，也许还能找到一条小裤衩哩！"

"嘿，那是找不到的，肯定是带走了……除非掉在了路上。"

"姑娘们早就找过了，也许有人捷足先登，早就拿走了。"

"那就给汉卡送去好了！"她们边说边大笑起来。

"闭嘴，你们这些饶舌妇！你们拿别人的不幸来取乐，到这里来寻开心！"村长怒喝道，"娘儿们，回家去！站在这里干什么！尽在这里嚼舌头！滚！免得把你们赶走！"

"我们用不着你管！你还是干好你自己的工作去吧，那才是你该管的事情！"科兹沃娃大声回敬他道。村长看了看她，吐了口唾沫，便朝院子里走去。谁也没有移动一步，妇女们都用木屐去踩那块烧焦的围裙，愤愤不平地低声议论起来。

"对于这样的女人，就应该像过去对待巫婆那样，用烧火棍把她驱逐出村去。"科布索娃大声道。

"你说得对！这一切都是她闹出来的，都是她害的！"希科热娜说道。

"多亏上帝保佑，整个村子才没有被烧掉！"索霍娃轻声说道。

"的确，这是个奇迹，真正的奇迹！"

"是啊，多亏没有风，警钟也敲得及时。"

"幸好有人敲响了警钟，那个时候我们刚刚睡着。"

"耍熊的那伙人正好从酒馆出来，是他们最先发现的！"

"啊，不是这么回事的。是波利那在草堆里抓到他们的，把他们拆散了，于是火就立即起来了。昨夜我在克温布家看到他们两个一起出去时，我就在想，一定会出什么事的。"

"老头子早就在监视他们了！"

"不错！我儿子说，老头子在克温布家前面的路上走来走去，就等着他们出来。"科布索娃用鼻音说道。

"显而易见，是安特克恨极了才放火的！"

"他不是说过要放火的吗？"

"这是全村的人都知道的！"

"必然会有这样结果的，这是必然的结果！"科兹沃娃插话道。

这时，另外一伙年纪较大的主妇们也在叽叽喳喳地议论，不过她们的声音很小，所谈论的事情也更重要。

"老头子把雅格娜痛打了一顿，现在正躺在娘家养伤，你们知道这事吗？"

"不错！据说今天一早老头子就把她赶走了，还把她的箱子和其他衣物都扔出去了。"一直沉默不语的巴尔切科娃这时也开口说道。

"你可别乱说，我刚去过波利那家，看见箱子还在原来的地方。"普沃什科娃反驳道。

"我在婚礼的时候就曾说过，会有这种结果的。"她又大声地补充了一句。

"啊,我的老天爷!多么可怕,多么可怕呀!"索霍娃双手捂着头,叹息道。

"那有什么,把安特克抓去坐牢,这事就了结了!"

"应该把他法办,否则全村都会遭殃!"

"当时我已经睡着了,耍熊的乌卡跑到我家的窗前,敲着窗子大叫:'着火啦!'耶稣马利亚!窗上一片通红,像是有人把玻璃漆红了。我害怕得全身都虚脱了……这时,钟声敲得当当直响,人们在高声喊叫……"普沃什科娃说道。

"我听到有人说,波利那家失火了,我马上就想到,这是安特克干的!"有人插嘴道。

"别乱说!好像你看见了似的。"

"不管看见没看见,大家都是这么说的。"

"还是在斋戒节前,雅古斯丁卡就这样嘀嘀咕咕了。"

"不管怎么样,他们都会把他抓起来关进牢里去的。"

"可是,大家又能拿他怎么办?有谁看见是他放火了?谁是证人?"以懂得法律和诉讼程序而自豪的巴尔切科娃说道。

"不是老头子当场逮着他的吗?"

"逮住不逮住,这是另一回事,即使他看见安特克放火了,他也不能当证人,因为他是父亲,而且他们父子不和。"

"这是法院的事情,我们管不了。不过,在上帝和众人面前,罪孽最深重的,不就是那条母狗雅格娜吗?"巴尔切科娃大声而严厉地说道。

"你说得对!她真是个害人精,是个堕落的人!"大家都赞成这种看法。她们说话的声音不大却相互越靠越近,一个接一个地数落起雅格娜的罪孽来。她们说话的声音越来越高,态度越来越严厉,纷纷指

233

责雅格娜，凡是有关她的种种行为，无论是听到的，还是她们所看到的，无论是旧恨还是新账都一一被列举了出来，于是种种指责、警告、辱骂，甚至仇恨，全都无情地抛到雅格娜的身上。如果雅格娜此时出现在她们面前，她们定会拳脚相加，把她打得死去活来。

男人们组成了另一团伙，议论的矛头则是安特克，但他们的言论要平和一些。不过，大家的心里也渐渐充满了愤怒和仇恨，他们个个义愤填膺，眼里喷射出雷电般的凶光，很多人在挥舞着拳头，不少人在辱骂，其言辞犹如岩石般尖锐。就连一开始站在安特克一边、为他说好话的马特乌什，最后也说了这样的话："如果一个人能做出这种事来，那他一定是疯了，完全失去了理智！"

一听到这话，铁匠也跳了起来，向那些农民大声说道，安特克早就放出过狠话，要把他父亲的房屋烧个精光，老头子也早就有了戒备，每天晚上都要出来巡视。

"这肯定是他干的，我敢发誓，况且还有人可以做证。这样的人必须受到惩处，这是一定的！他还煽动男人们去反对尊长，怂恿他们为非作歹。哼，我知道得一清二楚，我认识他们中的不少人。我知道，我甚至看见了他们，他们也正在听我说话，还敢站出来，为这样一个混蛋说话。"他用威胁的口气大声说，"这个混蛋会使全村的名誉扫地，必须关进牢里去，把他流放到西伯利亚去，这样一条疯狗，太不像话了，竟敢和自己的继母鬼混，这还不够伤天害理的吗！加上这场纵火罪，难道这些罪行还不严重吗？整个村庄都活了下来，还真是个奇迹！"他这样声嘶力竭地大喊大叫，人们都能猜到他是另有打算的。

罗赫原是和克温布站在一旁的，看到这种情况，便对铁匠说道："你今天这样强烈反对他，昨天可还和他一起在酒馆喝酒哩！"

"谁给全村带来祸害，谁就是我的敌人。"

"难道地主就不是你的敌人？"克温布严厉地问道。

铁匠在人群中不停地走来走去，煽动他们，和另一些人一起大声疾呼，要他们起来报仇。他把一些闻所未闻的罪过都安在安特克的头上，大家的情绪本来就很激昂，经他这样的火上浇油，愤怒便达到了顶峰。有的人情绪激动，大叫大喊，要立即把纵火犯抓捕起来，戴上手铐脚镣，送到警察局去。还有些脾气暴躁的人，特别是那些被安特克打断过肋骨的人，都在寻找棍棒，想把他从家里揪出来，狠狠地痛打一顿，叫他终生也忘记不了。

骚动在增长，叫喊、诅咒、恫吓，混合成了一片喧闹的混乱场面。人们不停地转动着、摇晃着，像被大风吹动的丛林。他们在篱笆院子里挤来挤去，想要挤出大门，冲到大路上去。无论村长怎么劝说也无济于事，就连乡长和村中长辈们的劝导和解释也没有人肯听。人人都在大叫大喊，都在朝前猛冲，被仇恨的风暴席卷着，像是着了魔似的。

这时候，科兹沃娃挤开人群，走到前面大声叫道：

"罪人有两个，应把他们拖到这火场上来进行审判！"

妇女们，特别是那些女佣和穷女人，应和着她的喊叫声，也都发出可怕的尖叫声，张开双臂，如痴如狂地站在了她的身边，形成了一股愤怒的洪流，向前涌去。由于路旁有篱笆阻拦，道路狭窄，他们不得不慢了下来。他们拥挤着，尖叫着，不停地挥动着拳头，用力推挤着，眼里露出凶光。他们发出的粗野的喧嚣声有如暴涨的洪水所发出的响声，这是一种普遍的愤怒的呼声，发自于人人的心中。他们越聚越多越走越快，走在前头的人突然大叫起来：

"神父拿着耶稣像来了！神父来了！"

大家听到这话，就像被一条链子拉住了似的停止了脚步，犹豫不决，散布在大路上，刹那间变得鸦雀无声。他们静静地跪在地上，低垂着脑袋。

神父是带着天主耶稣像从教堂出来的，雅姆布罗兹一手提着圣灯，一手摇着铃,走在前面。神父很快就走过去了,当他消失在那浓密的雪雾之中,在那结满冰霜的玻璃上映出一小黑点时,大家才开始站起来。

"是到费利普卡家去的。昨天她到森林中去砍柴冻坏了,打从今天清早起,就喘不过气来,人们就说她活不到今天晚上了。"

"神父还被给锯木场干活的巴尔特克家请去呢。"

"他也病倒了?"

"你还不知道呀?他是被一棵树压坏的,看来是好不了啦!"他们低声说道,眼睛依然望向神父那边。有好几个主妇跟着他走了,要去给神父当帮手。一伙男人也穿过池塘朝磨坊那边奔过去了,其余的人站在那里踟蹰不前,就像一群突然失去牧羊犬的羊儿一样。他们的愤怒也消散得不见了,喧嚣声也停息了,你看着我我看着你,像是刚睡醒起来似的。他们跺着脚,摇摇脑袋,相互交谈几句,有几个人觉得很羞愧,朝地上吐了口痰,戴上帽子,便不打招呼地溜走了。其他的人就像流水一样从路上流走了,流进了篱笆和房屋的里面,只有科兹沃娃一人还在不顾一切地大声咒骂着雅格娜和安特克。等看到大家都不理睬,她便和罗赫争论了几句——罗赫还把一些事实真相告诉她——也回家去了。最后剩下的只有几个人,他们要彻夜守护着火场,以免死灰复燃。

铁匠站在院子里,对这件事的结果十分恼火,但他一言不发,不安地转来转去,朝各个角落看了一遍,还不停地把瓦帕赶走——这条狗一直在追着他吠叫。

这段时间里,连波利那的影子都见不着,据说他整天躺在羽绒被里蒙头大睡。只有尤什卡哭得两眼红肿,不时地朝门外张望一下,又赶紧缩了回去。雅古斯丁卡一个人干着家务,但她今天更像一只爱叮人的黄蜂,尖酸刻薄,无人敢接近。大家都不敢去问她,怕得到的回答好像是欠了她八辈子债似的。

正午时分,一位法院的书记和几位乡警来到了利普查村,他们作了笔录,考察了起火的原因,这使得在场的那些人都赶紧想法子溜走了——他们害怕被传去当证人。

大路上一下子空无一人,当然,这也要归于雪的缘故,雪下个不停,还没有落地便开始融化了,比过去更潮湿,给全村覆盖了一层泥泞似的雪浆。待在农舍里的农民,如同蜂巢中的蜜蜂一样热闹非凡,这一天的天气给利普查村带来了意外的休息,就像节日一样,不用工作,有几家的母牛,对着空空的食槽发出哞哞的呼叫,家家户户都在谈论着昨晚的火灾,也常常看到有人在串门儿,特别是那些老太婆,总是爱到各处去飞短流长,搬弄是非,于是各种消息就像乌鸦一样从这家飞到了另一家。在窗前,在门外,在篱笆旁,都可以看到许多好奇的脸孔,正等着看警察把安特克带走。

他们的好奇心和耐心时时刻刻都在增长,但都没有确切的消息,不时有人跑了过来,气喘吁吁地说,警察已经去了安特克家。有人又跑来赌咒发誓说,安特克把警察打倒了,挣脱了枷锁,已经远走高飞了。其他的人也带来了一些消息,但都不一定可靠。

但有一件事却是真实可信的,那就是维特克到酒馆去买酒了,而且波利那家的烟囱正冒出很大的炊烟,所有这一切都说明,波利那正在设宴招待警察们。

傍晚时分,文书和警察们乘坐乡长的马车走了,但没有把安特克带走。

全村的人都深感惊异,也十分失望。大家都深信,安特克一定会被铐上镣铐带走的。大家绞尽脑汁,也无法猜想出老头儿提供了什么样的证词,只有乡长和村长知道,但他们守口如瓶,什么也不说。全村的人都好奇得要命,纷纷做出各种各样的猜测,有的猜想简直到了难以置信的地步。

夜渐渐地变黑了,相当安静,雪已停止不下了,好像会有轻微霜冻的迹象。天空中虽然布满了灰云,但在有些地方却能看见闪亮的星星。一阵冷风又把地上的一层软雪吹硬了,脚踩上去会发出咔嚓咔嚓的响声。家家户户都亮起了灯光,人们在狭小的房间里,围坐在火炉前,以便让一整天的激动心情平静下来,但也没有停止各种猜想和推测。

提供猜想的材料并不少,比如,既然安特克没有被抓走,那就说明放火的人不是他,那么会是谁呢?当然不会是雅格娜,大家都不相信会是她。也不会是老头子,大家连想都没有想过会是他。

于是大家就在这种黑暗中苦思冥想,但怎么也找不出这个折磨人的谜题答案,每家每户都在争论这个问题,但没有一户人家知道真相。这些争论和猜测的唯一结果是大家不再痛恨安特克了,就连他的仇敌也都沉默不语了,而他的那些朋友,比如马特乌什,又重新提高了为他辩护的嗓门儿,但却增加了对雅格娜的痛恨。指责她犯下了可怕的致命的罪孽。女人们更是对她大嚼舌根,真想要把她拉到布满荆棘的荒野上去折磨一番,让她变得体无完肤!多米尼科娃也受到了不少的责骂,人们怪她没有透露出雅格娜的丝毫消息,多米尼科娃还把那些好事之徒统统赶走,就像赶走一群狂吠乱叫的狗一样,这更增加了她们对她的不满。

但是有一点却是大家共同感受到的,那就是对汉卡的深切同情,他们真诚地为她难过,由衷地替她痛心。那天晚上,克温布的老婆和希科罗娃就来到了汉卡家,劝慰她,还带去了礼物。

值得长久铭记的一天就这样过去了。第二天一切又恢复了正常,好奇心减弱了,愤怒之情冷下来了,激愤的举动也平静下去了,人人又回到了各自的生活中,低下头忍受着生活的重压,忍受着天主给他们安排的无怨无悔的命运。

　　的确，人们有时候也会议论起这件事来，但次数却是越来越少了，兴趣越来越淡了。大家首先关心的是他们自个儿家里的事情，和操心每天的日常。

　　三月到来了，天气变得实在令人无法忍受。白天阴沉、气闷、潮湿、雨雪交加，泥泞不堪，人们都只好待在家里。太阳似乎沉没在低垂的云层里，整天连一丝亮光都看不见。积雪在慢慢融化，也可以说是在变软了，呈现出暗绿色，好像发霉的墙壁。沟渠里都积满了雪水，水还淹没了洼地和低田。到了晚上，大小路上还会结上一层薄冰，使路面变得滑滑的，让人难于行走。

　　经过这一段恶劣的天气，人们很快就淡忘了这场火灾，加之波利那也好，安特克也好，雅格娜也好，都久久不出来和大家照面，人们就不再去想它了，就像把一块石头丢进水池里，水面会激起漩涡，漩涡会变成涟漪，涟漪会慢慢散开，越散越开，越散越弱……最后水面又恢复了平静。

　　这样又过了好些日子，一直到三月最后一个星期二的谢肉节。

　　这是个带有半个节日的日子，因此从清早起，家家户户都在忙个不停，几乎每户人家都有人进城去采购各种东西，主要是去买肉、香肠或者咸肉。而那些最穷的人家，只能从犹太人那里赊来一条青鱼，再配上盐煮土豆，也就心满意足了。

　　富裕家庭的主妇们打从中午起就炸起了油糕，烤肉的香味、油炸小吃和其他令人垂涎的食物的香味，便飘散到了整个利普查村。

　　耍熊的人又重新出现了，从这一家到另一家去表演他们的拿手好戏，跟在他们后面的小伙子们也在大呼小叫的，热闹异常。

　　晚饭过后，酒馆里的乐队便开始演奏起来了，只要是活着的、能迈动腿脚的人都急忙朝酒馆走去，也不顾傍晚时才开始下的雨和雪。

239

他们个个都在尽情欢乐,因为这是斋戒节前的最后一次舞会。马特乌什拉着小提琴,伴奏的有吹笛子的彼得——他是波利那家的长工,和颠三倒四的鼓手雅舍克。

他们玩得特别开心,一直玩到教堂的钟声敲响了,表示午夜已经来临,谢肉节已经结束。乐队立即停止了演奏,跳舞也结束了,人们赶紧喝完杯中的烧酒,便平静地散去了,只有雅姆布罗兹一个人还站在酒馆门外,他已喝得酩酊大醉,并按照他的老习惯,在那里大声唱歌哩!

只有多米尼科娃家的灯光熄得最晚,据说,乡长和村长在她那里一直待到鸡叫第二遍,他们是在做雅格娜和波利那的和好工作。

全村早就睡了,大地一片寂静。半夜雨停了,但他们依然在劝说。

可是,安特克家里既无平静也无安宁,更没有欢乐的气氛。

自从那个着火的夜里,汉卡在屋外遇到安特克并被他推进屋里去以来,这漫长的几天几夜里,她心里到底经受过什么样的折磨和痛苦,绝非人间的言辞所能描述,只有天主才能知道。

因为在当天晚上,微朗卡就把一切都告诉她了。

痛苦让汉卡的心都死了,她就像一具尸体那样躺在那里,显得阴森可怕。头两天她一动不动地坐在纺车旁,根本就没有纺什么线,而是无意识地用手去转动车轮,就像一个睡着了的人那样,用痛苦的眼神审视着自己的内心,审视着其悲惨的泪水,审视着她所遭受的种种虐待和侮辱,她所受到的不公正对待。这段时间以来,她不吃不睡,对周围的一切不闻不问,就连孩子的大哭大闹,她也毫不理睬。微朗卡同情她,便前来照顾她的孩子和她们的老父亲。真是祸不单行,老父亲自从森林中拾柴回来之后,便一病不起,一直躺在火炉旁,低声呻吟着。

安特克呢,可以说家里就没有他这个人,他天一亮就走了,直到深夜才回来，看都不看她和孩子们一眼。汉卡对他也是无话可说，不再和他商量什么事了，她的心已被痛苦烤硬了，变得像石头一样。

直到第三天，她才清醒过来，仿佛是从噩梦中惊醒过来似的，但却发生了很大的变化，好像完全换了个人似的，脸色灰暗憔悴，而且布满皱纹，一下老了好多岁。她呆板僵硬，就像是木雕的一样，只有眼睛还闪闪发亮，但透着严厉和冷酷。她嘴唇紧闭，而且消瘦极了，衣服穿在她身上，就像挂在钉子上似的。

她又重新复活了，但内心却起了很大的变化，她过去的那颗灵魂已经在烈火中化为灰烬，现在她感觉到心里有一种奇异的、过去从未有过的力量——一种反抗生活的强大力量，一种最后能战胜一切苦难的坚定信心。

她立即跑到正在哭叫的孩子们的身边，将他们紧紧搂在怀里，吻得他们几乎透不过气来。她和他们一起哭了很长的时间，流下了甜蜜的泪水，这使她轻松了许多，得到了很大的慰藉，又恢复了记忆。

她迅速把房间收拾得整整齐齐，随后去到姐姐那边，感谢她的好心相助，并为过去的错误向她道歉，她们姐妹很快就和好了。但令微朗卡奇怪的是，汉卡一句也没有提到安特克，也没有向姐姐诉说她的苦难命运，仿佛一切都过去了，都淡忘了。

最后，汉卡坚定地说道：

"我现在觉得我就是个寡妇，就是一个人，所以我必须要照顾好孩子们，为所有的事情操心。"

随后，就在当天晚上，她就去了克温布家，还去了其他的熟人家里，向他们打听波利那的情况，波利那那天相遇时对她说过的话，她记得很清楚。

但她没有立即去见他，而是又等了两天，她不愿意在发生这些事之后就急着去见他。

一直到了第二个星期的星期三,也就是圣灰节那天,她换上漂亮的衣服,把孩子托给姐姐照看,自己连早饭都没做,便准备出门了。

"这么早你要去哪儿?"安特克问道。

"去教堂。今天是圣灰节!"她吞吞吐吐地答道。

"你不做早饭了?"

"你就去酒馆好了,犹太佬会给你赊账的!"她不情不愿地回答了一句。

他立即跳将起来,好像被人打了一棍似的,但是她依然我行我素地走了。现在她再也不怕他的叫喊、怒气了,而是把他看成是个外人,和自己相距很远。这点连她自己都很吃惊,虽然有时在她的心灵里,还会闪现出昔日相爱的最后火花,但是,一想起她过去所受到的无法弥补的种种委屈,火花便立即熄灭了。

当她踏上白杨大道时,村民们也正好朝教堂走去。

这一天,天气特别明媚、晴朗,太阳刚刚从东方冉冉升起,晚上形成的那一层薄冰还没有融化,屋檐上还挂有一串串的冰条,像一串串念珠在闪闪发亮,路上和沟里的积水所结成的薄冰有如镜子在闪光,而挂满霜珠的树木也在太阳的照射下熠熠生辉。蔚蓝的天空上飘浮着朵朵白云,就像在鲜花盛开的田野中奔走的羊群一样。空气清新、寒冷,而又舒适,令人呼吸之后精神爽快。整个世界都是一派欢乐的景象,池塘上闪闪发亮、积成薄冰的积雪映照出金色的光辉。孩子们在道路上溜冰玩耍,欢快地大叫大嚷。到处都有在墙下晒太阳的老人,狗群也高兴得吠叫不停,追赶着那些正在寻找食物的乌鸦。整个大地呈现出阳光明媚、气象更新的奇妙景象,几乎具有春天的暖意了。

汉卡一走进教堂,便被那里的冷峻、深沉、严肃祈祷的气氛所包围。大祭坛上正在进行弥撒,教徒们都在专心致志地祈祷着,教堂中心区都密密麻麻地挤满了人,光线从上面一道道地照了下来。

汉卡并不想挤到人群中去,而是独自来到旁边一个无人的长廊里,那里一片漆黑,只是有的地方透射进来几道寒光。她想独自一人向上帝敞开自己的心扉,于是在一个供奉圣母升天像的边坛前跪了下来,亲吻了一下大地,张开着双手,凝视着圣母的慈祥脸孔,虔诚地做起了祈祷。

直到此时,在圣母的脚下,汉卡才怀着对圣母的最深沉的谦恭之情和无比的信任,把自己所受的种种屈辱倾吐了出来,并做了诚心实意的忏悔。在全体人民的圣母和天主面前,她虔诚地忏悔了自己的所有罪孽,的确,她是个有罪的人,所以天主才对她进行了这样的惩罚。是的,她对别人不太友善,而且还瞧不起他们,爱和别人争吵,她好吃懒做,常常偷懒不好好工作,也不好好祈祷,这都是她犯的罪过!这是她那颗悔恨得流血的心灵所发出的热情的呼号,她对这颗心没有被痛苦撕成碎片而感到惊异,她也恳求上帝赦免安特克所犯下的不可饶恕的罪过。她的祈求多么诚挚,正如一只将死的飞鸟,疯狂地飞向窗口,用翅膀冲撞着玻璃,并发出凄厉的悲鸣,为保全它的生命而苦苦哀求。

她哭得全身颤抖,因热烈的请求和恳求而激动,就像是从流血的伤口喷发出来的血水一样,她的祷告从灵魂深处不断涌现出来,泪水像沾上血迹的珍珠那样掉落在冰冷的地板上。

弥撒结束了,所有教徒潜心悔悟,他们哭泣着,纷纷拥到祭台,低着头去接受圣灰,神父高声诵念着赎罪的祈祷文,向跪拜的教众撒上圣灰。

汉卡没有等仪式结束,便走出了教堂,她感到浑身充满了力量,坚信一定能得到上帝的保佑。

她昂着头,向那些给她打招呼的人互致问候,对于别人的好奇的目光她也再不畏怯了。但当她走到波利那家的篱笆墙时,心里还是有些颤抖。

我的上帝！我有多少日子没来过这里了。她曾经像这条狗似的远远地围着这里转来转去，今天她可要用亲切的眼神好好看看这些房子和建筑物，看看围墙和挂满雪霜的每一棵树。这些她都记得很清楚，就像是从她心上用血浇灌而成长起来的一样，她高兴得大笑起来，止不住想亲吻这神圣的土地。她刚一走进院里，瓦帕就冲了过来，扑到她的身上，高兴得狂吠乱叫起来。尤什卡站在前厅里呆呆地望着她，不敢相信自己的眼睛。

"是汉卡！我的老天爷，是汉卡！"

"是我！是我！你不认识我了？父亲在家吗？"

"爸爸在家，在家……你终于来了，汉卡！"这小姑娘喜极而泣，吻着她的手，就像在吻亲生母亲那样。

波利那一听到声音便亲自出来欢迎她，把她带进屋里，她立即跪在他面前，让自己能更近地看到他。她想起这个亲切房间里的一切，激动得抽泣起来。他问起孩子们的情况，还对她的遭遇、她的消瘦深表同情。她也毫无隐瞒地把一切都告诉了公公。老人的变化令她吃惊不小，看上去他老了许多，而且也瘦了不少，还有些驼背。但他脸上的神情却和过去一样，甚至更加坚决、冷酷和执拗了。

他们谈了很长时间，却一句也没有提到安特克和雅格娜，俩人都不愿触动这个伤口。大概过了一个小时，汉卡准备回去了，老人吩咐尤什卡装满一大口袋东西送给她，还让维特克用小雪橇送去，因为东西太重了，汉卡拿不动。他还给了汉卡几个兹罗提，供她买油盐用，临走时，他还对她说道：

"常常来，哪怕每天来都行，今后我会怎么样都不好说，希望你来照看这个家，尤什卡是不会讨厌你的。"

一路上汉卡边走边想公公对她说的那些话，以至于维特克对她低声说话都没有留意,维特克说,乡长和村长都来劝老人同雅格娜和好,甚至主人和多米尼科娃一起去了教堂见了神父,他们一直商谈到深夜。维特克还把一些汉卡感兴趣的消息全都告诉了她。

安特克还待在家里,正在窗下补他的靴子,他连看都没有看她一眼,直到看见维特克和大包,才怒气冲冲地吼道:

"我看你这是去要饭了!"

"我是去当乞丐了,我不得不靠别人的怜悯来生活。"

等维特克离开后,他便咆哮道:

"他妈的,我不是禁止你去见老头儿吗!"

"他叫我去,我就去了,他给东西,我就要了,我不想饿死,也不让孩子们饿死,你关心过我们的死活吗?"

"把它拿回去!我绝不会要他的任何东西!"他大声嚷道。

"你不需要,但我和孩子需要。"

"我叫你拿走!不然,我就自己动手……我要把这些东西塞进他的喉咙里,把他闷死!你听见没有?你不拿走,我就把这些东西全都扔到门外去。"

"你试试看!只要你敢碰一下,就等着瞧……"她也大声回应道,顺手拿起一块搓衣板,准备誓死保护公公送来的这些东西,满脸怒气,一副凶相。安特克看到她这种出乎意料的反抗,也疑惑不解地向后退去。

"他这么便宜就收买了你,就像扔给狗一块面包那样。"他大声责骂道。

"你不仅出卖了我们,还出卖了你自己,而且价钱更低廉,只换到了雅格娜的一条衬裙!"汉卡脱口而出,大声回敬道。安特克像被刀刺中了痛处,不禁跳将起来。汉卡也毫不示弱,发了疯似的,责骂起安特克来。她把过去所受的种种屈辱都倾吐了出来,再也不想隐瞒了,再也不给他留情面了，连过去从来都没有提到的往事，她也一桩桩一件件地细数了出来。这些过失和暴行，就像连枷那样击打着安特克，如果能办得到的话，她真想此时此刻就把他打死！

面对疯狂、愤怒的汉卡，安特克不知所措地站在那里，觉得有什么东西在撕扯他的心。他耷拉着脑袋，不知说什么好，怒气消了一些，但一种辛酸又苦涩的羞愧之情袭上心头，使他拿起帽子逃出了家门。

汉卡怎么会发生这样大的变化，他一直想不通。他现在就像一条丧家犬那样不知道要去哪儿，只好东游西荡地到处乱走，实际上，这种东游西荡早已成了他的日常习惯。

自从发生火灾的那个可怕的时刻起，安特克的内心也发生了某种可憎的变化。他变得非常神经质，不再去上工了，尽管磨坊主多次派人来请，他也不理。他整天不是什么都不干，到处乱转，就是坐在酒馆里滥饮，脑子想的尽是血腥复仇的念头——除了复仇，他什么也不想了，甚至对于有辱名声的纵火嫌疑，他也觉得无所谓。

"谁若是敢当面对我说出这种话来……看看他敢不敢！"他在酒馆里对马特乌什说道，声音很大，就是要让那些在酒馆里的人都能听到。

他把家里仅有的一头小母牛都卖给犹太人了，同他的那些狐朋狗友很快把卖牛钱喝光了，村里的那些人渣都成了他的朋友——这些人不是打架斗殴，就是偷鸡摸狗，可他根本不在乎他们的人品德行。这样的朋友有：巴尔特克·科肖尔，池塘对面的菲利普，磨坊雇工弗兰克，以及那些最卑鄙无耻之徒，像古尔巴什的儿子们，他们都该上绞刑架的。这些家伙时时刻刻都准备去犯淫乱罪，像野狼那样在村子里转悠，看有什么东西可捞的，以便拿去给犹太人换酒喝。只要这些人想跟安特克结交，他照收不误，而他们呢，也乐于讨好他，像小狗奉承主人那样奉承他，有时他会揍这个打那个的，但也会慷慨大方地请他们喝酒，保护他们，使他们不受别人欺侮。

这些家伙不久就在村子里干下了许多坏勾当，犯下了不少破坏治安的罪行，天天都有人向乡长告状，甚至告到了神父那里。

马特乌什向他提出了忠告，但无济于事，克温布也是出于好心，劝他悬崖勒马，不要毁掉自己的一生，但也是枉费口舌。安特克谁的话也听不进去，依旧在干他的种种坏事，而且胆子越来越大，酒越喝越凶，已经成了威胁全村安全的恐怖人物。

他已经是在破罐子破摔了，从巅峰跌落到了自我毁灭的深渊。全村的人都以警惕的眼睛注视着他，大家对于他放火一事虽然意见不一，但对他现在犯下的种种恶行，却十分厌恶和憎恨。再加上铁匠的煽风点火，到后来，就连过去的好友也渐渐疏远了他，对他唯恐避之不及。但他一心都扑在复仇上，对此毫不在乎。

此外，他还故意激怒大家，依然在追求雅格娜，到底是什么还在吸引着他呢，是爱情，还是别的什么，只有上帝知道。他们避开她的母亲多米尼科娃，经常在她家的谷仓幽会，西蒙心甘情愿地帮助他们，因为他希望安特克能促成他和纳斯特卡的婚事。

雅格娜对于这种幽会，并不是很乐意，因为丈夫的鞭打伤痛，还留在她的身上，她还无心谈情说爱。但安特克曾托人传话给她，如果她不赴约，他就会直接到她家里，在白天、当着大家的面，将她痛打一顿，打得比波利那还要狠。

正如俗话所说：一个自甘堕落的人，是无爱情可言的。但迫于他的威胁，她也只好勉强去赴约了。

就是这种状况也没有维持很久，就在圣灰节后的星期四，西蒙急忙来到酒馆，把安特克拉到一个角落里，告诉他雅格娜和老头子重新和好了，现在她已回到丈夫那里去了。

一棍子打破他的脑袋，也不及这个消息给他的打击那么痛。昨天傍晚他还和她在一起，可是她竟连一个字也没有提起。

"她竟对我隐瞒!"他想道,心里就像有人点了一把火似的,等不到天黑,便跑出了酒馆。

他久久地徘徊在父亲的房屋周围来寻找她,又在篱笆后面等她,但她就是不来。他心中怒火顿起,拔起一根木桩,便窜进了院里,想不顾一切地采取行动,甚至要进到屋里去。事实上他已经到了台阶上,正要伸手去抓门把手时,一种他自己也闹不清楚的恐惧感袭上心头,使他又把手缩了回来,急忙后退。他觉得,波利那的那张脸就出现在他面前,凶相毕露,吓得他无力反抗,只好胆战心惊地悄悄溜走了。

他始终都弄不明白,究竟是什么让他害怕了,就和那夜在池塘边发生的一模一样。

接下来的好几天,尽管他夜夜守候在篱笆边,像野狼一样潜伏着,但都没有见到雅格娜。甚至在星期天,安特克久久守候在教堂前面,也没有见着。

他突然想到,雅格娜有可能会去做晚祷,他就一定能见到她,找机会和她说话。

他晚到了一会儿,晚祷已经开始了。教堂里面挤满了教众,黑乎乎的,白日的余晖只能把最高的拱顶照得灰白灰白的。这里和那里,点起了一些供读经用的蜡烛,密密麻麻的人们像河水一样拥到灯火辉煌的大祭台前面。安特克排开众人挤到了栏杆前面,朝周围环视了一番,也没有见到雅格娜的踪影,就连父亲家里的其他人,也一个都没看见,但是却遇到许多惊奇的目光。但是他又看到,他们都在转过头去,有的人还暗暗指着他,悄悄和旁边的人说着什么话。

人们正在唱《苦哀歌》,因为这是四旬斋的头一个星期天,神父都穿起了法衣,坐在祭坛旁边,手拿着《圣经》,不止一次地向安特克投去严厉的目光。

管风琴奏出了激动人心的音乐,所有的人都敞开嗓门儿齐声唱了起来。合唱和管风琴都停下来时,便能听到管风琴师从管风琴台上用他那嘶哑的嗓子朗读天主受难启示录的声音。

但是安特克什么也没有听到,他甚至忘记了自己身在何处,为什么会来到这里。圣歌深入他的灵魂,使他消除了紧张感,但又陷入了一种昏昏欲睡的深沉的平静状态中。他像是飞到了一处非常明亮的地方,清醒了过来,睁开了眼睛,却遇上了神父一直盯着他的目光,咄咄逼人,把他刺得很痛。于是他掉转那颗昏昏欲睡的沉重的脑袋,重又陷入了忘记一切的恍惚迷离的状态中。突然,他被大家齐声高唱的一首颂歌惊醒了:

天主挂在十字上,他是天国的创立者
为你们犯下的罪孽而哭泣,而赎罪牺牲。

教堂响声震天,仿佛是从一个巨大的喉咙里迸发出来似的,混合着强大的悲痛和呜咽的呻吟声,形成了一股巨大的声波,使墙壁也为之震动。信徒们从跪拜中站立起来,齐声唱起了圣歌,他们是在用整个灵魂歌唱,是融合了忏悔的泪水在歌唱。

他们歌唱着,歌声所产生的悲伤和叹息的回音久久不息,其中还混有哭泣和虔诚祈祷的声音。

弥撒拖得很长,安特克完全清醒了,却有一种沉重的、不可抗拒的忧伤袭上心头,让他心痛不已,但他忍住不让泪水夺眶而出,并非因为感到羞耻。他本想不等弥撒结束便离开教堂,可这时,管风琴声停了下来,神父站在祭坛前,开始发表训诫了。

人们开始朝前拥去,要想出去根本不可能了,安特克又被挤到了栏杆跟前。整个教堂一片寂静,神父说的每一句话,大家都听得清清楚楚。他先讲了耶稣的受苦受难,然后转为痛斥各种罪孽,他还威胁性地挥动着手臂,时不时地朝安特克望上一眼。安特克正好站在神父的对面,只是位置稍低一些,他简直无法避开神父那锐利的眼睛,仿佛是被他镇住了似的。

这密集而又倾心听讲的人群中传来了哭泣声,到处都能听到人们的悲叹声、耶稣的呼叫声,不少人声泪俱下。神父的演讲更加有力、更具威严性,而他的形象,在大众眼里越来越高大,他的眼睛像闪电一样。他高举着双手,说的话就像扔到人们头上的石块,又像是烧红的烙铁烧烤着人们的心。神父讲起了他们的过错和种种罪孽,讲起了屡教不改的罪人,讲到了他们把十诫丢在了脑后,讲起了他们的争吵、打架、酗酒。神父那充满激情的话语震撼着大家的心灵,使他们意识到自己的罪行,忏悔自己的罪孽,大家都深为感动,泪水像雨粒一样落下,悔罪的叹息声响彻各个角落。神父突然俯身向着安特克,大声斥责那些纵火烧毁父亲房屋的不肖子孙,斥责那些勾引妇女的好色之徒和其他不法的罪人,他大声宣称,这些罪人是无法逃脱地狱的永恒之火的,也逃脱不掉正义的审判和惩处。

全村教民惊恐不安,都屏住呼吸,所有的眼睛就像火镖一样落在了安特克的身上,因为他们都明白神父说的是谁。安特克僵硬地站在那里,面如白纸,几乎透不过气来。神父的话给予他的打击,犹如教堂崩塌下来压在他的身上,他的眼睛恐怯地东张西望,像是在求援似的。但是他周围却露出了一圈空档,他看到周围的人,都在恐惧而又凶狠地望着他,他们都在躲避他,就像是在躲避染上瘟疫的人那样。神父现在放开嗓门儿大声呼喊,规劝他去忏悔,随后,他又转向全体教众,伸出双手,向他们呼吁,要警惕这样一个盗贼,绝不要给他水、火和食物,甚至不许他进门,要把这样一个罪大恶极的人赶走,因为他会玷污大家,败坏大家的名声。如果他不改邪归正,不纠正错误,不忏悔罪行,你们就要像拔荨麻那样把他拔掉,再不顾一切地把他扔掉!

安特克立即转身朝外走去,人们闪开两旁,给他让出了一条路,他就从这条静止的小道上穿过去。神父指责的话语仍在追逐着他,每句话都像会打出血来的鞭笞。

这时候,教堂里响起了一声失望的喊叫声,但他没有听见,却急匆匆地快步朝教堂外奔去,生怕自己会因悲痛倒地而死。他怕那些憎恨他的眼睛,也怕听到那些可怕的声音。

他走上了大路,却不知身在何处,随后又走上了通往森林的白杨大道。他常常胆战心惊地停下来,好像依然在听神父的声音,仿佛是丧钟在他耳边敲响,而且敲得那么响,他的脑袋差点就要崩裂开来。

夜黑风大,白杨树摇晃着,发出沙沙的声响,不时有树枝扫到他的脸上,风息之后又下起了三月的寒冷的淅沥细雨。雨滴打在他的脸上,但他毫不在意,像个精神病人似的朝前走去。他困惑,他惊讶,被一种无法诉说的恐惧感充满了整个身心。

"现在真是糟透了!"他终于站住了,自言自语道。

"他说得对,完全正确!我的耶稣,耶稣!"他双手抓住脑袋大声叫道。就在这一瞬间他才看清,同时也明白了他的罪孽有多么重。

他在一棵大树下坐了很久,望着这漆黑的夜色,倾听着树木摇曳时所发出的低沉、可怕而又凄惨的声音。

"这一切都是他造成的,都是因为他!"他大喊道。他又被一种愤怒和仇恨的情绪控制着,以往的痛苦和所有报复的野蛮手段又袭上他的心头,过去的愤怒又席卷而来,就像这天空中翻腾飞舞的乌云。

"我绝不会饶他,绝不!"他吼叫道,过去的那种鲁莽劲头又出现了,他立即站了起来,向村子里跑去。

教堂已经关门了,但农民家里还亮着灯光。一路上他看到有的地方还站着三三两两的一堆堆人,他们不顾下雨和寒冷,好像在商量什么事情似的。

他朝酒馆走去,透过窗子看到里面的客人不少。他毫不迟疑地快步走了进去,好像过去什么事也没有发生似的。他朝人数最多的那一堆人走去,想和那些熟人打招呼,但只有个别人和他握了手,其他的人则纷纷后退,赶紧离开了酒馆。

他一看,酒馆里只剩下他一个客人,还有一个乞丐蹲在火炉旁,酒馆老板站在柜台里面。

他心里明白,是自己把大家吓跑了。他也顾不得这许多了,便要了一杯伏特加,但一口也没有喝,便把酒杯放下,又匆匆跑出了门。

他围绕着池塘转来转去,仔细地望着从窗户射出来的一束束光带,这些光带穿过潮湿的积雪,把池塘的冰面照得亮晶晶的。

现在,他身上的愤怒减弱了一些,但心里却有一种难以诉说的沉重感,他感到孤独、寂寞和不幸,迫切想和别人说话,想和人们交往,想坐在温暖的火炉旁,于是就直接走进了离他最近的普沃什卡家。

那里有很多人,但当他一踏进大门,大家都吓得拔腿就跑,就连斯达赫也不知道该和他说些什么。

"你们这样瞪着眼睛看我,好像我杀了人似的。"他低声说道,又来到隔壁的巴尔切莱克家。这家人对他也很冷淡,对于他的问候,也只是含糊地回应了几句,连坐也没有请他坐一下。

他又到别的地方去拜访好几家人,但到处都是一样。

于是他做着最后一次试验,以考验自己受到的痛苦和屈辱——他去了马特乌什家。马特乌什不在家,他妈妈站在门口对安特克大骂了一顿,把他像条狗似的赶跑了。

安特克既没答话也没有生气,因为他有些麻木了。他踽踽在黑夜里,离开了池塘,到处走走停停,望着这沉浸在黑暗中的村子——只有灯光才显示出它的存在。他惊奇地看着那些坐落在道路两旁的低矮的房子，仿佛是第一次看到似的。那些篱笆，那些果园，那些灯光仿佛有一种魔力，把他拴在那里。他无法想象，但却感到有一种不可抗拒的力量把他抓住，把他束缚在地上，使他引颈受戮，使他心里充满无法言说的恐惧。

他非常恐怯地望着那些灯光闪耀的窗户，觉得大家都在看着他、监视他，要用长条的锁链锁住他、束缚他，使他既不能行动，也无法逃走，就连喊叫也不行。他靠在大树下，心中感到痛苦至极。他倾听着，听到了从所有的暗影中、从田野里、从天空中所传来的对他的严厉谴责，利普查村全体村民对他的一致谴责。

"太公正了！太公正了！"他极其信服地喃喃说道，他是从心灵深处怀着对万能元神的敬畏之情来接收这番话的。

村里的灯光接二连三地熄灭了，村庄沉入了睡乡，只有小雨还在绵绵不断地下着，把树枝压得弯弯的。大地笼罩在寂静之中，不时能听到狗吠声。安特克完全清醒过来了，便站了起来。

"不错，神父说得很公正……他说得很对！但是我绝不会放过那个人……即使我倒霉了，也不会放过他，狗东西！"

他像疯子一样大喊大叫，还向利普查村，向整个世界挥动着他的拳头！

他戴上帽子，又朝酒馆跑去。

第十三章

春天临近，三月最令人讨厌，这时天气恶劣、寒冷、多雾，天天下着雨夹雪，每天都有浓重而昏暗的雾霭，天地一片阴沉，难见天光。浓密模糊的幽暗掩盖着大地，把所有的光线都遮住了。从黎明到天黑，阴郁深重的昏暗悬挂在大地之上。即使有时候，从那阴暗的深渊中露出了阳光，那也是非常短促的，只够念一遍"祝健康"的祈祷文。人们的灵魂还没有来得及感受到阳光的喜悦，人们的身体还没有来得及享受阳光的温暖，阴暗又重新笼罩了世界，风又刮了起来，雨雪交加，泥泞不堪，恶劣的天气连日不断。

人们都十分苦恼，在这度日如年的时候，他们期望着再坚持一个星期，或者至多两个星期，真正的春天就会到来。那么，他们吃过的那些苦头都会得到补偿。然而这时候却又连日雨雪不断，房顶漏雨，墙壁和窗户都会渗进水来。雨水几乎是无孔不入，人们都无法应付这些水了，耕地积水，沟渠里的水快要溢出，道路成了水流湍急的河道，洪水漫到了篱笆，在院子里形成了一个个水洼。积雪同时在融化，大地迅速转暖，冰雪不断消融，许多地方一过中午便变得泥泞不堪，人们出门前不得不在房前铺上木板或垫上干草。

晚上也一样令人难受。雷声轰鸣，大雨倾盆，天地漆黑得让人感到光亮不复存在了。到了晚上，几乎家家都不生火点灯，天一黑就上床睡觉了，大家都非常厌烦。只有聚集着纺织妇女的少数人家那里，才有灯光，人们边纺线边低声唱着《苦哀歌》和其他有关耶稣受苦受难的圣歌。给她们伴奏的，是风雨和篱笆内被风吹得摇摆不止的树木的响声。

如今利普查村沉浸在这解冻的"洪水"中，也毫不奇怪。因为房子低矮，所处地方又高不出耕地多少，所以显得十分潮湿、杂乱又丑陋，很难在这雾霭朦胧的幽暗中分辨出来。至于那里的田地、果园、道路和天空，看起来已是一片汪洋，分不出哪里是头，哪里是尾。

而且，春寒料峭，寒风刺骨，很少看到路上的行人。雨在不停地下着，大风继续在怒吼，树木在剧烈摇摆，整个世界都是一片阴沉之气。周围空空荡荡，全村寂静无声，死气沉沉。偶尔能听到人声，还有牲口在空槽中发出的低声悲鸣，公鸡不时地高声啼叫，公鹅因母鹅孵蛋而无法在一起，在院子里发出愤怒的叫声。

白天越来越长，让人觉得日子更加难熬。除了少数几个在锯木场工作的人，和给磨坊主从森林中搬运树木的工人外，其余的人都无事可做，有的人在房前屋后转悠，有的人在邻居家中闲聊以度过整个白天。而那些年纪较大的人，则在家里开始收拾起犁耙和其他农具，为春耕做着准备，可是进展不顺，打不起精神来。大家都为这恶劣天气而心神不快，满腹怨恨，他们看到低洼地里的秋种庄稼不是被冻死就是被水淹坏，更是感到担忧。还有些人家的饲料已经快没了，牲畜面临饥饿的威胁，有些人家里窖藏的土豆也被冻坏了，还有的甚至全家都生病了，村里的许多人家都青黄不接、忍饥挨饿。

现在，每天只吃一顿热饭，只有一种放盐的菜，这样的人家已经不止一家了。很多人都到磨坊主那里去借面粉，希望以后用做工来偿还,而磨坊主则是个敲诈穷人骨髓的剥削者,利息很高。但是握有现金的人实在少之又少,也没有什么可以拿到小镇上去变卖的东西。有的人还跑到酒馆里去见犹太人,苦苦哀求他施舍给他们一点盐、一袋燕麦、一个小面包,正如俗话所说:衬衫可不穿,果腹更重要。

生活困难的人太多,因为没有工作可做,就连那些富裕的农民也无事可做。大地主又决定,绝不让利普查人从他的森林里挣到一分钱。尽管有一队一队的人去向他求情,但他依然不为所动。那些雇农和贫农更是穷困潦倒,如果家里还有土豆加盐可吃,即使吞下时掺和着苦涩的泪水,那也要对上帝感激不尽了。

由于这些原因,村里可谓是怨声载道,争吵和打架的事常有发生。人们忧心忡忡,对明天失去信心,都在绞尽脑汁想方设法来满足口腹之欲,甚至任意跑到别人的篱笆内,拿走东西。

更加令人害怕的是,各种疾病又在村里流行起来——这是春天到来之前常有的现象,因为积雪融化时会从地里带起一股毒气。这是个滋生疾病的时期,开始是天花,就像老鹰抓小鸡似的,夺走了许多婴儿的生命,就连年纪稍大一些的,如乡长的两个孩子,虽经医生救治,但还是被送去了墓地。后来,疟疾和其他热病相继向青壮年袭来,每两户人家就有一人躺在床上呻吟,眼看着就要进坟墓了,只求上帝大发慈悲。多米尼科娃要照顾的病人增多了,常常顾不过来。而且这个时候,正是母牛分娩、女人生产的季节,这样一来村子里的混乱就更大了,苦恼也随之增加。

即使没有这些事情,人们的心里也焦躁不安,他们都在盼望春天的早点到来。积雪融化后,土地才能干燥起来,太阳升起,气候温暖了,大家就可以开犁耕地了,种种困难和不幸也会随之消失。

但是大家都注意到,今年春天来得要比往年缓慢,雨下个不停,土地解冻得很慢,水也流得很缓慢。更糟糕的是,母牛没有开始脱毛,而且毛发还很牢,这表明,冬天还要延长。

因此,不管白天的任何时候,只要有这么一个小时的天干地燥,太阳露脸,大家就会立即走出屋外,脱下帽子抬头望着天空,看看这种天气变化能持续多久。老人们会在墙边晒晒他们的那副老骨头,孩子们也会在大路上高兴得大呼小叫地跑来跑去,就像春天第一次把小马驹放牧在绿草地上那样欢腾跳跃起来。

这样的时刻,他们是何等开心、愉快啊,纷纷开怀大笑。

整个世界都处在阳光普照之下,所有的水面都波光粼粼,所有的沟渠也都洒满了阳光,所有的道路被阳光照得金光灿灿。池塘的冰面受到雨水的冲洗过后,看起来就像一个巨大的黑色洋铁大盘,树干上还没有消失的水珠晶光闪耀,田野一块块向前延伸开来,恬静沉寂,仿佛已吸收了阳光的温度,泛现出暖暖的春意,到处都有潺潺的流水在闪光。有些地方的积雪尚未融化,就像块白布覆盖在地面上。天空变蓝了,过去一直笼罩在雾霭里,现在仿佛从蛛网中挣脱了出来。放眼望去,可以望到最远的地方,望到村庄的全貌,直到森林的深处。

整个世界都呈现出一片喜气洋洋的景象,空气中富于新春的气息,人们的心中发出愉快幸福的呼号。人们的灵魂腾空而起,迎着太阳,像鸟儿一样在纯净明亮的天空中展翅向东方飞翔。人人都爱走出家门,乐于和别人交谈,即使对方是从前的仇人。

在这样的时刻,一切纷争都消失了,所有的吵骂都停息了。人们友好相待,亲切和睦,整个村庄其乐融融,充满欢声笑语,家家户户都传出幸福美好的声音,回荡在温暖的空气里。

现在,大家都把房门和窗户打开了,以便空气流进屋内。妇女们把纺车搬到了屋外,就连很小的婴儿,也连同摇篮一起搬到了屋外来晒太阳。牛棚里,母牛一再发出想要出来的哞叫声,马也嘶鸣着,想要到外面去驰骋一番。母鹅也不愿孵蛋了,要和公鹅一起在果园里奔走呼叫，公鸡站在篱笆上放声高唱。

那些狗也在狂吠乱叫，在大道上追逐孩子，在泥泞地里和孩子们一起嬉戏玩耍。

男人们都站在篱笆内，在强烈的阳光下眯起了眼睛，无比欣喜地望着阳光照射下冰雪消融的村子，望着玻璃闪耀般的奇妙景象。妇女们在果园里进行友好的谈话，说话声音之大，全村都能听见。她们在说，有人听到了云雀在叫，有人看见大路上有只鹧鸪在走动，有人还发现高空的白云下面飞着一长串大雁，引得半个村子的人都跑到大路上去观看，还有人说，鹳鸟已经栖息在磨坊旁边的水潭里。对这些，大家都不相信，因为三月才过去一半。这时候，克温布家的一个孩子采到了第一支鲜花，便拿着它跑到各家各户去，让大家看看，人们很喜欢这种白花，都把它看作最纯洁的圣物。

这种温暖的气候给人造成一种假象，似乎春天已经来临，人们很快就要去耕种田地了。可是突然之间，人们惊恐地看到，天空阴云密布，太阳消失不见，天地一片阴暗，大风重又刮起。细雨绵绵不断地落下，顿时让大家感到无比沮丧和恐惧。到了晚上，大雪又紧随着雨水下了起来，不到两个小时，全村和田野，都变成白皑皑的一片了。

一切又都恢复到老样子了，接下来的那些日子，雨水又下个不停，天气潮湿阴暗，道路泥泞不堪，以至于他们都觉得，前几天的阳光灿烂不过是他们的一场春梦而已。

人们就是在这些事情当中，就是在乐与悲、思念与盼望之中度过时光的。这毫不奇怪，大家对于安特克的问题，对于波利那的家庭纠纷和村子里的其他事件都不再感兴趣，都忘到脑后去了，因为大家都有自己的烦恼，都在考虑以后的日子怎么度过。

但是日子还是在一天天地逝去，既不紧急，也不缓慢，就像大海的波浪一样，既无起点，也无终点。人们睁开眼睛，刚看了看周围，刚想明白一些事情，黄昏就来了，接着就是黑夜，然后就是新的黎明的一天，并带来新的苦恼新的忧虑。一切都是这样循环往复，以实现上帝在人世间的意志。

四旬节大约过了一半，有一天的天气比以往的任何一天都要恶劣。那一天虽然只是下着小雨，但是大家却如此惶恐不安，就像着了魔似的到处走来走去，绝望地望着被乌云覆盖的世界。乌云疾驰而过的时候，其肚子完全能擦到森林的树梢。天地间的一切都显得如此凄凉、潮湿、寒冷，又是如此幽暗，人们连哭的精力都没有了。这一天无人争吵，无人斗殴，一切都无所谓了。人人只想待在一个安静的角落里，什么也不去想，什么也不去关注，只是好好地睡上一觉。

这一天，整天都是阴沉沉的，就和病人的眼睛所看到的一样，到处都是模糊不清、似识不识的东西，然后又落入昏睡的黑暗中去了。中午的祈祷钟声刚一响过，天地突然变得更加黑暗，一场伴有暴雨的大风刮了过来，冲击着那些灰暗的农舍。

大路上荒凉寂静，空无一人，狂风夹着雨水，呼啸着扫过地面，把泥水卷了起来，直向着摇晃的树木和斑驳的墙壁冲过去，像把麦子一把把地猛扔过去一样。而池塘又在和碎裂的冰块搏斗，冰块一次次地撞击着池岸，发出低沉的哗哗啦啦的响声，池塘里的水也带着轰隆隆的吼声冲出了堤岸。

就在这天傍晚，有一个消息震动了整个利普查村：地主在砍伐属于利普查村村民的那片森林了。

一开始，大家都不相信，过去这么久都没有动手砍伐，现在都到了三月中旬了，地面泥泞不堪，树木又吸饱了雨水，怎么会在这时候砍伐呢？

森林里的确有一项工作在进行，不过大家都知道，那是在对木头进行加工。

虽然大家给这个地主起了很多外号，但从来没有人叫他笨蛋。可是这个笨蛋竟要在三月里运送木材。

大家都不知道是谁散布的这个消息，可消息却在村民中引起了普遍的不安，从而使开关门声不断响起，木屐在泥泞地里行走。消息被传送到家家户户，人们在路上议论，在酒馆里商量，还向犹太人询问，可是他却狡黠地不作正面回答，甚至发誓说自己什么也不知道。村民们都在大叫大嚷，发出恶毒的责骂，处处都能听到妇女们的哭叫声，愤怒的情绪在迅速增长，惶恐不安、气愤咒骂和担心害怕笼罩着全村。

最后，老克温布决定去探查这个消息是否确实，便不顾雨雪交加，派出他的两个儿子骑马到森林里去查探一番。

但是很久都不见他们回来，几乎每户都有人跑了出来，翘首望着他们离去的那条通向森林的小路，可等到天黑都不见他们回来。整个村子一片寂静，而这种寂静却蕴含着一种不祥的被压制住的愤恨，具有很大的威胁性。人人心中的怒火之所以尚未爆发，是因为他们还不能确信这个消息是真的，但又有些猜想。于是大家都心神不定，咒骂声和关门开门的响声不断，人们纷纷来到大路上，看看这两个年轻人有没有回来。

科兹沃娃不停地来到人们中间，谁愿意听她说话，她就会向一切神灵发誓，证明这个消息是确切无疑的，她看到差不多有半平方公里森林被砍伐掉了。她还拿雅古斯丁卡来做证，因为最近这段时间她们的关系很好，雅古斯丁卡对她说的话表示肯定。这个老太婆总是对一切抱幸灾乐祸的态度，又从各家各户中探听到许多流言蜚语，于是她又带着这些东西往波利那家去了。

正好房间里刚刚点上了灯，尤什卡和维特克正在那里削土豆，雅格娜也在忙着晚祷的工作，波利那来得稍晚一会儿，雅古斯丁卡便把她所打听到的消息都告诉了波利那，当然也少不了她的添油加醋。

波利那什么也没有说，只是对雅格娜说道：

"你拿把铁锨去帮一下彼得，要把果园的积水挖开放掉，否则就要流进地窖里去了，我说，你赶紧去！"他大声道。

雅格娜想赖着不去，被波利那狠狠地瞪了一眼，不得不跑出去了。波利那自己也跑到院子里，东张张西望望，不久就从牛棚、马厩和土豆窖那边传来他严厉的责怪声。

"老头子总是这样爱发脾气吗？"雅古斯丁卡一边拨弄着炉火一边问道。

"是的！"尤什卡一边听一边回答。

波利那很快就把妻子接回家，令大家对他们的迅速和解深感意外，但他也变得让人认不出来了。他一贯严厉，从不讲情面，是个顽固不化的人，如今却变得像块顽石。是的，他把雅格娜接回家来了，也从未训斥过她，但他现在把她看成个仆人。她试着用她的柔情蜜意来博得他的欢心，用美貌来获取他的回心转意，但都毫无作用。她用女人怄气、撒气那一套制服男人的手段不起作用，改用女人的那套爱撒娇的方法也不奏效。他对这一切都毫不在意，他把她当成别的女人来对待，而不是看成自己的老婆，她在做什么他也不过问，他完全知道她现在依旧在和安特克约会，但也不再为此烦恼了。他也不再监视她了，对她完全不闻不问。和解之后没几天，波利那便驾车去了一趟城里，第二天才回来，村民们便纷纷猜测，他是到公证人那里去续签另一份文件，有的人还悄悄说，波利那已把赠送给雅格娜的土地收回来了。真相如何，除了汉卡之外谁也不清楚，不过她的嘴很紧，一个字也未透露。现在汉卡得到了公公的充分信任，他有什么事情只会告诉她，只和她商量。汉卡天天都会来到公公家，孩子们也几乎住在了爷爷家里，经常和爷爷睡在一起，爷爷也很喜欢他们。

也许是这些变化的结果，波利那的身体也有所好转，已能像过去那样，昂首挺胸地走来走去，目光炯炯地观察着世界。不过他的脾气变了，常常不分青红皂白就骂人，甚至动手打人，而且打得很重，打得人难以忍受，只好屈服顺从，否则就滚蛋。

如今他既不欺压别人，但也不是很通人情，不能和邻居相处和睦。他把一切权力都握在自己的手里，一刻也不松开，紧守着自己的粮仓和钱袋，任何事情他都亲自掌管，绝不浪费一钱一物，严防坐吃山空。他对待家里的人都很严厉，特别是对雅格娜，从来都不说句亲切的话，却老是催着她去干活，就像对待一匹很懒的马儿一样，绝无一丝的姑息。他们每天都少不了吵架，他还常常挥舞起皮带或其他硬东西，把她乱打一顿。雅格娜也不含糊，像是有魔鬼附身那样常常反抗他，招惹他生气。

但是，服从不服从，还得受制于他，她又有什么办法呢，"吃丈夫面包，听丈夫的话"。不过他骂她一句，她就回敬十句。他们这个家简直成了地狱，而且他们两个人都很乐意把这个家变成地狱，闹得全村都知道。他们双方拼尽全力要压倒对方，而且同样顽强，同样不肯屈服。

多米尼科娃采取各种办法，想使他们两人达成真正的和解，但毫无成效。他们两个都认为自己所受屈辱太深，痛苦太多，因而仇恨之情不断增长，根本无法达成和解。波利那的爱情蜜意早已像明日黄花那样消失得无影无踪了，他能记住的是她对他的背叛和流血般的耻辱，以及难于言状的痛苦。而雅格娜呢，她的心情也起了极大的变化，她觉得受到了欺压，生活很苦很不自在，但她不承认自己有什么罪过，而她所受到的惩罚，要比其他同类人的更难忍受。她自认为是个感情丰富的人，再加上从小娇生惯养，自然要比别人更柔弱些，更经不起打击。

雅格娜真是痛苦呀！我的耶稣，她在受苦受难啊！

的确，她是在故意惹丈夫生气，不到最后，绝不屈服顺从，她在千方百计地保护自己，但是加在她身上的羁绊却越来越重，压得她的肩背越来越痛，令她痛不欲生，但又无法逃避。她多次想要回娘家去，却遭到母亲的竭力反对——母亲声称，如果回来，就会把她捆起来，押回到她丈夫家去……那她有什么办法呢？她又不能和别的同类女人那样，既保持和情人的纵欢作乐，又能忍受丈夫的一切折磨，白天吵吵打打，晚上同床和好。雅格娜是不会这样做的，因为太恶心了。她现在的生活越来越痛苦，她心里产生了对某种新状态的无法言说的渴望，越来越强烈，但究竟渴望什么，她自己也不清楚。

她以牙还牙，以毒攻毒，但时常会有一种恐惧感，她也常常感到十分委屈和无比痛苦，以致夜夜哭泣不止，泪水都浸湿了枕头。白天的吵骂让她十分难受，她真想逃到很远很远的地方去。

但是，她又能到哪里去呢？

的确，世界如此辽阔宽广，大门向她敞开着……但是又如此可怕，如此令人看不透，如此陌生，如此阴沉恐怖，她一想到这个世界，就好像自己是只小鸟，被小伙子抓住放进了小锅里那样惊恐万状。

正是由于这个缘故，她如今还保持着同安特克的约会，不过在这些约会中，恐惧和失望胜过她对他的恋情了。自从那个可怕的夜里，她逃到母亲的家里以后，她就觉得身上有什么东西被烧毁崩裂了，她也不再像以前那样一听召唤，便会满怀激情、兴奋异常地奔赴他的身边。现在她去幽会，只是出于必要，出于一种解脱，那就是对家庭的沉闷无聊，对丈夫的憎恨加以报复。另外，她还抱有幻想，希望从前的那种伟大的炽热的爱情能回到他们中间来。然而，在她的心底却深藏着对安特克的厌恨，她现在所遭受到的一切：悲哀、痛苦、辛酸的生活、被毁的名誉，全都是安特克造成的。还有一种令她难以启齿的痛苦——安特克并不是她所挚爱的那种人，他粗野、暴烈，使她大失所望。以前，在她看来，安特克完全是另一类人，他的爱让她感到如在天堂一样，他的温情使她如沐春风一般舒爽，她觉得他是这个世界上最可爱的人，他在各个方面都与众不同，都超越于众人之上，无人能与之相比。可是现在，在她看来，安特克完全和其他农民一样，甚至比别人更差，如今她怕安特克胜过怕她的丈夫，他阴冷、怨气、暴怒，让她更胆战心惊。她害怕他，也因为他粗野凶狠，像绿林盗匪一样。神父在教堂谴责他，全村村民都躲避他，人们都在背后指指点点，把他看作是全村最坏的坏人，他身上也散发出致命的罪孽的气息。现在她一听到他的声音就像要昏倒似的，似乎撒旦已经附在了他的身上，他的周围也是群魔乱舞。现在她对他的印象，完全和神父在布道时说起的、永堕地狱的灵魂所受到的折磨一样令人毛骨悚然。但是，她从来都没有想过，在他所犯的罪孽中也有她的一份。她有时想起他的时候，也只是怪他的变化太大了，但随着这种抱怨的情绪越来越强烈，她对他的爱也就渐渐地淡化了。有时候，当他紧紧拥抱她时，她的身体会突然变得僵硬起来，好像遭到了雷击。她任凭他为所欲为，她这个弱女子怎么能抵抗这个恶魔的侵袭？况且她还觉得自己很年轻，血气方刚，身强力壮……他的吻又是那么激烈，差点让她喘不过气来，于是她也不再多想了，依然把她的爱情献给安特克，就像这土地永远渴望着温暖的雨水和太阳一样。不过，她现在已不再被过去那种莫名的冲动所控制，她的内心不再有那种对他五体投地的想法了，她不再沉浸在过去的那种欲仙欲死般的狂欢中，也不再有那种朝思暮想的相思病了。每次幽会时，她不是沉醉于相拥的喜悦中，而是想起她的家、她的工作，想到如何让她丈夫更生气的新法子，有时候，她甚至在想，怎样能让安特克尽快离开，不再缠着她。

雅格娜在从地窖里往外淘水的时候，心里想的尽是这些事情。她干这活是不情不愿的，纯粹是在做做样子。她很注意地望着老头儿说话的那边，看看他站在院子里的什么地方。彼得干得很起劲，把硬土弄平整，把湿的泥土扔了出去。而她干活只是做给老头子看的，老头子一走，她就拿起围巾裹在头上，小心翼翼地走到篱笆外面，来到普沃什卡家的谷仓旁。

安特克已站在那里了。

"我已经等你一个小时了！"他生气地低声说道。

"你不用等我，你完全可以去你要去的地方！"她也不满意地嘟哝道。她环视了一下周围，夜色明朗，雨已停止，寒风从森林那边吹了过来，吹得果园沙沙作响。

他一下把她抱住，使劲儿吻起她的脸来。

"你酒气熏人，像一桶伏特加那样。"她厌恶地转过头去，低声道。

"我喝酒了，我嘴里是有酒味！"

"我说的是伏特加酒味。"她的口气柔和了一些。

"我昨天也在这里等你，你怎么没来？"

"天气这么冷，我还要干不少活。"

"啊，对了，你还要讨老头子的欢心，给他暖被子。"他气鼓鼓地说道。

"那当然，因为他是我男人！"她生硬地答道。

"雅格娜，你可不要激怒我！"

"既然不喜欢，那你为什么还要来？我不会再为你哭泣了。"

"这么说来，你讨厌我们的约会了。"

"我当然讨厌了，你老是不停地骂我说我，把我当成狗了。"

"雅格娜，我有太多的苦恼，你不要奇怪，我有时会不自觉地冒出一两句粗暴的话来，但我绝不是要责怪你，绝不是的……"他温和地说道，紧紧把她抱在胸前，但她却是冷冰冰的，面无表情地同他接吻，像是被迫似的，偶尔说一句两句话，也是为了让他多说话。她频繁朝四周张望，似乎想回家了。

他很快就觉察出来了,顿时心痛,连荨麻刺进胸中也比不上这种痛,他带点责备的口气对雅格娜说道:

"你以前可不是这样急着走的……"

"我害怕。大家都在家里,他们会出来找我的。"

"可是,过去你整夜待在外面都不怕,现在你完全变了。"

"你胡说,我哪儿变了?"

他们紧紧相拥在一起,都不说话了,有时一想起过去的事就激情高涨,情欲大增,急不可耐地找对方的嘴唇,但这只是一时爆发的激情所致,很快就消失了。他们的心灵相距越来越远,都充满了怨恨、痛苦,同情心和深切的渴望都消失不见了,很难找到甜蜜亲切的话语,受到的创伤又是如此地显而易见,于是他们紧抱在一起的双手便不由自主地垂了下来。他们的关系冷淡了,站在一起的两人,恰似两根互相依靠的冰棍。甜言蜜语都到了嘴边,就是说不出来,心里的痛苦却无法抑制。

"雅格娜,你还爱我吗?"他轻声问道。

"噢,我不止一次对你说,我不是你一叫就能出来的。"她闪烁其词地答道,却把臀部贴了过去,因为她心里感到痛苦,眼里充满了泪水。她想在他面前大哭一场,以求他的宽恕,宽恕她不能进一步爱他了。他也明白了她的心意,可是她的话就像在他的心上放上了冰块,叫他彻底寒心,也使他感到痛彻骨髓,全身发抖,随之而来的是愤怒,愤怒中带着严厉的责备和咒骂,无法抑制的痛苦充满他的心中。

"你就像条狗那样在对我说谎,大家都躲着我,你也和他们一样。你爱我,但就像这条恶狗那样,露出牙咬我,在后面追着我,赶都赶不走。现在,我心里很明白,我看清楚了,如果他们要绞死我,你就是第一个拿来绳子的人,如果别人想用石头打死我,你就会是第一个朝我扔石头的人!"他急促地说道。

"安特克!"她无比惊讶地喊叫道。

他挥动着拳头,大声喝道:"你闭嘴!等我把话说完。我说的都是实话,既然已经到了这种地步,那我也就不再顾及世界上的任何事情了!"

"我得赶紧走了,他们在叫我。"她喃喃说道。她很害怕,急于逃走。安特克一把抓住她的手,让她动弹不了,他用嘶哑粗暴的、充满仇恨的语气说道:

"我还要告诉你的是你那笨脑袋瓜子是不会想到的,我之所以落到现在这种悲惨地步,完全是因为你!是因为我爱你,你明白吗?是因为你!因为你,神父才指责我,才把我像强盗那样赶出教堂,这都是因为你呀!因为你,全村的人才像躲避瘟疫那样躲开我。我一个人承受着这一切……这一切……老头儿把本属于亲生儿女的土地赠送给你,我都没有报复你……现在……你却讨厌起我来。你现在像泥鳅那样想溜走,你还撒谎,还想逃走,你还怕我!你和全村人一样,把我看成杀人犯,看成最坏的罪人。你现在想去找别的男人,想让那些男人追着你跑,像春天发情的狗那样!你……"他愤愤不平地大声嚷道,把近日来所经受的种种痛苦和怨恨,一股脑儿地都发泄了出来,把所有的责任都扔到她的身上,责备她带来了种种痛苦。到最后,他气得连一句话也都说不出来了,愤激之下,想挥起拳头朝她打去,幸好及时止住了,他把她往墙上一推,便急忙离开了。

"我的天啊,安特克!"雅格娜大声呼叫,立即明白了他话里的意思,她绝望地追了过去,但他并没有回头。她立即追到路上,抱住了他的脖子,但他就像人们抖掉蚂蟥那样把她摔到了地上,一句话也没说就跑掉了。她倒在地上大哭了起来,仿佛整个世界都压在了她的身上。

大概过了念诵两遍经文的时间,她才清醒了一些。虽然她还不清楚这一切到底是什么意思,但却感受到了莫大的冤屈,她觉得这很不公平,令她痛苦得肝肠寸断,几乎要了她的命,她要向全世界大声疾呼:我是无辜的!我是无辜的!

她跟在他后面大声呼叫,尽管他的脚步声已经听不见了,但她依然在声嘶力竭地高声喊叫,不过也是枉然。

她那深切的悲哀,她那撕心裂肺的痛苦,她那意识到从此会失去他的那种忧虑、伤心和惋惜,以及旧情复发的爱情,都一起涌上她的心头,心泣血一般,她大声哭叫起来,一步步走回家去,什么也不顾了。

在台阶上她碰见了小克温布,他把头伸进房内,大声说道:"地主正在砍伐我们的森林啦!"说完便跑向另一家。

霎时间,消息便像野火传遍了全村,把大家的心都揪住了,人人都异常愤怒,家家户户都响起了开门的声音,纷纷出来探听消息。

的确,这是有关村民生死的大事,而且他们处境危险,像遭到了雷击那样。利普查村的村民们一时都惊呆了,大家惶恐不安,走路踮着脚,说话压低声音,他们相互望着,仔细地听着,没有人敢大声喊叫,也没有人在哭泣或者抱怨咒骂。因为在这一瞬间,大家都明白,情势非常严峻,妇女们的唠叨和哭泣都不能解决问题,现在所需要的是聪明的决策和共同的行动。

夜已深,大家都无意睡觉,有些人连晚饭也没有吃,家务都没有做,就来到了大路上,或来到篱笆旁。有的站在池塘边,低声交谈着,在黑暗中只能听见嗡嗡声,如同愤怒的蜜蜂所发出的响声一样。

现在这里更寂静了。雨停了,天空明朗了一些,天上飘动着一团团云彩,地面上刮着一阵阵寒风,让地面又结起冰霜来,原本黑魆魆的树木被严霜染成了白色。人们说话的声音虽被压低了,但仍旧听得很清楚。

消息很快就传遍了全村，那些有田有地的农民们便聚集在一起，一同去见乡长。在这些人当中，有文齐奥列克和瘸子格热拉，有米哈乌·查班和弗兰克·贝利查，他是汉卡的亲叔叔，有索哈和歪嘴的瓦伦提，有约瑟夫·瓦赫尼克、希科拉·卡其密什，甚至还有年老的普沃什卡。但没有看见波利那，不过有人说他也来了。

乡长不在家，中午刚过他就去办事处了，于是大家就一起来到克温布家——他们后面还跟着一大堆人，主要是妇女和儿童。不过他们把门关上了，再不让任何人进来，克温布的儿子伏伊特克奉命守在大路和酒馆那边，以防警察来到村里。

房子前面，篱笆旁边，甚至大路上都挤满了人，而且越聚越多，人人都很好奇，想知道他们的老一辈会做出什么样的决策。他们商讨了很久，可是都不见有人出来对大家说一说。人们透过窗户，看到一伙白发苍苍的老人，正在炉边围坐成半月形，炉火熊熊，克温布低着头在说话，同时用拳头敲打着桌子。

在等待的这些人中，焦急情绪在与秒俱增。到后来，科布斯、科兹沃夫和几个雇农开始嘀咕起来，有的还大声指出，这些议事的人不会做出有利于全民的事来，因为他们只关心自己的利益，准备和地主和解，而不顾大家的死活。

科布斯、雇农们，以及那些较穷的农民们，都公开指出那些商量者的不可信，趁权利还没有被出卖，他们应该好好考虑，商量出一个好办法来。

这时候，马特乌什来了，他要大家都到酒馆去，好自由自在地商量事情，免得大家像一群小狗似的在别人房前吠叫。

他的提议正好说到了他们的心坎上，于是大伙儿都拥向了酒馆。

犹太人早已熄灯打烊，但是大家还是催着他开门了。犹太人胆怯地望着这伙人拥了进来，他们进来时都没有大声喧哗，一下子就占满了店里的所有椅子、桌子和每个角落。他们都没有要酒,而是三三两两地低声议论,都在等到第一个首先讲话的人。

许多人都想先发言,但又畏畏缩缩地不敢大胆站出来,都在你看着我、我看着你地观望着。这时候,安特克突地站起,跳到了房间中央,开始怒骂起大地主来。

虽然他的话入木三分,击中要害,但无人响应,大家都在斜眼望着他,用不信任的白眼对着他,有的人甚至背着脸不看他。神父对他的斥责,他的那些胡作非为,都在他们的心中留下了难忘的印记。但他不管这些,依然怀着一种渴望战斗的精神,向大家高声疾呼:

"乡亲们!不要放弃,不要退让!绝不能再受欺压!今天他们要夺走你们的森林,如果你们不进行抵抗,明天他们就一定会把利牙伸向你们的土地、房屋和财产!谁能阻止他们,谁能反对他们?"

安特克的话打动了大家,房间内立即响起了一阵低沉的吼声,人群剧烈地骚动起来,眼里冒出愤怒的火光,上百个拳头同时高举过头顶,上百个胸腔中发出了雷鸣般的怒吼。

"我们不给!我们不给!"巨大的吼声连酒馆墙壁都给震动了。

头领们所要的就是这种效果,马特乌什、科布斯、科兹沃夫,还有其他人都相继来到房间中央,叫喊着、咒骂着、煽动着,用脚蹬地,用拳头猛击桌子,愤怒的群众发出了震耳欲聋的呐喊声。

每个人都喊出了自己的意见,每个人都怒气冲天,似乎非要别人按照自己的计划行事不可。他们挤在一起,怒不可遏,像一群被关在过道中的狗那样,准备一放出去就扑向敌人……喧嚣、骚动、喊叫、反对……甚至变得好斗了,因为过去所受的屈辱太多,有人把怨气都发泄到自己人身上了。由于缺少一个威信高的首领人物,大家的意见无法统一,也不能团结一致去报仇。

他们开始分成了三五一组的人群,每群人中那个说话声音最高的人便成了他们的代言人,他大声咒骂着鼓动着,以至于房间内的喧闹声不断高涨,使得大家都不再听别人的说话了。

"他们把半个森林都砍掉了,甚至把那些五个人都抱不住的大树砍了!"

"小克温布亲眼看到的,他亲眼看到的!"

"他们会把我们的森林都砍掉,根本不经过我们的允许!"科兹沃夫挤向柜台大声叫道。

"绝不允许,绝不允许!我们大家一起去,把他们赶走,把树木拉回来!"

"真该把压迫者杀死!"

"杀死他们,杀死他们!"大家齐声呐喊,重又高举起拳头,大喊大叫,充满了仇恨、愤怒。等大家都稍微安静了些的时候,马特乌什便站在柜台前对他那伙人说:"我们大家就像生活在一张网里,地主用一张张大网罩住了村庄,压得我们透不过气来,让我们没法生活下去。四周都是地主的田产,你要到村外去放牛,地主不准许,你想要放马,地主不让越界,就连扔块石头也会落到地主的地里,因为村外全都是地主的地……你要是越界了,就会立即被抓住,被告上法院,去坐牢。"

"说得对,说得对!哪里有好草场,哪里就归地主所有。最好的地是地主的,最好的森林也是地主的,所有的一切都被地主占有!"大家附和道。

"我们这些老百姓,种的是贫瘠的沙地,烧的是牲畜的粪便来取暖,只有靠天主的慈悲活着。"

"夺回森林,夺回土地,凡是我们所有的,绝不放弃!"

他们就这样喧嚷了很久,如同波浪那样一阵高过一阵。咒骂、威吓、大声提出建议,没过多久,就被累得口干舌燥,有的人想喝烧酒以打起精神,有的人用啤酒来让自己凉爽一些,还有的人连晚饭都没有吃便跑来了,现在饥肠辘辘,便向犹太人要了面包和青鱼。

等他们吃喝过后,心里也不那样愤慨和激动了,于是回家了,任何具体的决定都没有做出。

马特乌什、科布斯,还有安特克——他一直站在旁边沉浸在自己的复仇计划中——三个人一起来到克温布家里,他们商量好明天的行动方案后,也平静地各自回家了。

夜深人静,农户家的灯光都熄灭了,整个村子静悄悄的,除了风吹树木所发出的响声之外,偶尔有一两声狗吠声。霜冻的小树在黑暗中像敌人似的互相殴打起来,随后又长久地发出喘息声。黑暗笼罩大地,篱笆被霜冻成了白色。午夜过后,星光被遮住了,天地更加漆黑,呈现出一种忧郁而可怕的景象。

全村的人都进入了梦乡,但都睡得很不安稳,时时有婴儿的哭叫声。有的人全身冒虚汗,有的人被奇怪的噩梦吓得胆战心惊,有的人被奇怪的响声惊醒,爬起床来查看家里是否进了盗贼,还有人在睡梦中大声叫喊,后来说是魔鬼在扼住他的脖子。有些地方的狗叫得非常凄惨,让人听了都惶恐不安,心惊肉跳。

这是个漫长而深沉的黑夜,让人的心里充满恐惧和不安、噩梦和梦魇,以及狂热的幻象。

当晨曦初露,天刚蒙蒙亮的时候,人们睡意惺忪的眼睛刚刚睁开,被噩梦压得沉重低垂的脑袋刚刚抬起,安特克便跑上了钟楼,敲响了紧急的钟声。

雅姆布罗兹和风琴师原本要拦住他的,但没有成功。安特克大骂,甚至还想打他们,后来便为所欲为地敲个不停。

钟声缓慢而不停地敲响,悲怆而凄厉,村民们都惊恐不安,衣服还没有穿好便跑出了家门,向人打听发生了什么事情。他们呆呆地待在家门前，倾听着不断敲响的钟声。钟声庄重而响亮，响彻在曙光初照的光辉中，以至于大地都受到震动，受惊的鸟群纷纷飞向森林。人们怀着恐慌的心情，在胸前画着十字，紧绷着脸。这时候，马特乌什、科布斯和其他一些人，在村子里跑来跑去，用棍子敲打着篱笆围墙，大声喊叫道：

"到森林去！到森林去！大家快出来，到酒馆门前集合，到森林去！"

有些人刚把衣服套在头上和脖子上便跑了出来，在路上边走边扣扣子，还做晨祷。大家急急忙忙地赶到酒馆前面时，克温布和几个农民已经站在那儿了。

大路上，篱笆旁，岔道口，以及附近的农舍前面，都挤满了人。孩子们大声喧闹，妇女们在果园里喊叫，人声鼎沸，人群骚动，其混乱程度和村里发生火灾时的情况差不多。

"到森林去！人人都要带上武器，有什么就拿什么，镰刀、连枷、大刀、斧头都可以！"

呐喊声直冲云霄，声震全村。

这时候，天已经很亮了，天空宁静、晴朗，但雾气尚未全消，寒气依然逼人，树木挂满薄霜，路上结冰的水洼，脚一踩上去便裂了开来，发出玻璃似的吱吱嘎嘎的响声。冷凛清新的空气刺激着人们的鼻腔，同时又把喧嚣声和喊叫声传向四面八方。

不过，这种喧嚣声渐渐地静息了，因为人们心里都充满了愤怒。一种冷酷的意志、顽强的力量和坚定的自信，使他们斗志昂扬，也使他们变得更加严肃、沉默寡言。

人群在不断地壮大，酒馆前面的广场和大路之间的各处空地上现在都挤得满满的，人们肩挨肩地站在那里，还有迟到的人在陆陆续续地赶来。

大家都默默地跟熟人打着招呼，找好了地方就站住不动，细心地朝四面观望，或者耐心地等待着波利那和老人们的到来。

波利那是村里首屈一指的人物，村民们都服从他的领导，少了他，任何一个农民都不会擅自行动的。

他们耐心地站在那儿，像是一座茂密的树林，静悄悄的，倾听着从树林深处发出的涛声。不时有人说出一两句话，或者伸出一个拳头，人们眼里闪耀出坚定的目光，羊皮袄在不停地晃动，有的人脸红得很厉害。随后他们又一动不动地站在那里，看起来就像是一堆摆放得很稠密的草束。

铁匠跑过来了，挤进人群中，想劝说大家放弃原先的想法。他吓唬大家说，你们这样做，全村的人都会带上枷锁，倾家荡产。磨坊主也说了同样的话，但是谁也不理他们，更没有人听从他们的劝说。大家都知道，他们两个都是替地主做事的，出来阻止是因为与他们的利益攸关。

罗赫也来了，声泪俱下地劝阻大家，也无济于事。

最后，神父匆匆赶来了，对大家进行了一番劝说，但无人听他的，大家一动不动地站在那里，没有人向他脱帽致敬，更没有人上前去吻他的手，甚至还有人大声说道："他们给了他钱，他才这样说！"

"一场布道不够抵消大家所受到的欺压！"又有人冷笑着加了一句。

大家满脸怒气，一副不顾一切的神情，神父望着大家，声泪俱下地用最神圣的事物来劝说，要他们赶快回家，还没有说完，波利那正好到了，于是大家都掉过头去望着他。

马捷伊·波利那脸色苍白，如同白墙一样，神情严肃冷峻，一双眼睛却像野狼的一样闪闪发光。他挺着腰杆走了过来，外表阴沉而自信，边走边向熟人们点头问候，眼睛却朝周围的村民望去。在他们让出一条通道后，他便登上了酒馆前的一只大酒桶，他还没有开口讲话，人群中就有人高喊：

"带领我们前进！马捷伊！领着我们干吧！"

"到森林去！到森林去！"

等到大家安静下来，波利那便向大家鞠了一躬，伸出双手，大声说道：

"基督教徒们，热爱正义的波兰人，农户主们和雇农们，我们大家都受够了欺压，而且被欺压到这种程度，我们既无法忍受，也不能姑息了。地主正在砍伐我们的森林，不给我们任何工作的机会，还时时刻刻、千方百计来掠夺，置我们于死地！我们村民们所受到的种种伤害、痛苦、欺压，真是太多了，连记都记不清楚！我们依法行事，谁会理我们？我们提出控告，也是徒劳。现在到了紧急关头，他们正在砍伐我们的森林，我们能答应吗，乡亲们！"

"不能，不能！绝不能答应！我们要把他们赶走，要结果他们的性命！我们绝不允许！"大家齐声喊道。村民们都铁青着脸，阴沉沉地现出雷电似的光辉，百双拳头在空中挥舞，百副喉咙在发出怒吼，个个的心里都充满了强烈的愤怒。

波利那继续说道：

"我们有我们的权利，可是他们不尊重。森林是我们的，却遭到他们的砍伐！我们像没人管的孤儿那样，谁也不站出来为我们撑腰，我们失去了一切，我们要起来保护我们自己！我们要抱成一团到森林去阻止他们砍伐我们的森林。我们一起去，凡是村里活着的人，除了残疾人外，全都一起去。乡亲们，不要怕，这是我们的权利，我们的意志，我们是在维护我们的正义。法不责众，他们是无法来惩罚我们全村村民的。村民们，跟我走，大胆勇敢些，跟我到森林里去！"波利那大声吼道。

"到森林去！"大家齐声回应道。人们开始散开了，许多人跑回家去拿家伙，不久便拿着各种武器回来了。这是一段忙乱的时间，有的人来回奔跑着，有的人在换衣服，有的人在给马套马具，有的在摆弄雪橇。马在嘶鸣，孩子们在打闹，人们的咒骂声和妇女们的哭泣声响彻利普查村。过了不久，所有准备好了的人都来到白杨大道上，波利那正站在那里的雪橇旁，等候大家的到来。和他一起的还有普沃什卡、克温布和其他头面人物。

他们很快就在大路上形成了一条长长的队伍，有农民、雇农、妇女和一些大的孩子。有的乘坐雪橇，有的骑马，有的乘坐大车，但大部分人都选择了步行，他们形成了密密麻麻的一大群，熙熙攘攘的，像田里摇曳的庄稼，队伍中女人的红色衣裙特别显眼。在这伙人的头顶上，摇晃着粗木棍、生锈的铁叉，还有木枷和闪闪发亮的镰刀。这仿佛是一支去收割庄稼的队伍，却没有笑声和欢乐，人们静静地站在那里，满怀着怨气和愤怒，准备大干一场。等大家都准时到齐了，波利那便从雪橇上站了起来，用眼睛扫视了一下大家，边画十字边大声说道：

"以圣父圣子和圣灵之名！阿门！出发！"

"阿门！阿门！"村民们一再重复道。与此同时，教堂的钟声响起来了，神父开始做弥撒了。人们画着十字，脱下帽子，捶打胸前，有的人还发出虔诚的叹息。然后，几乎是全村的村民，结成紧密的队伍，向森林进发了。只有铁匠在一处篱笆旁偷偷溜出了队伍，逃回了家里。他跳上一匹马，抄小路驰向地主庄院。而安特克呢，打从父亲一出现，他就躲在酒馆里，等到队伍一出发，便向犹太人借了支火枪。他把火枪藏在羊皮袄里，穿过田野，直接朝森林赶去，看都没有看一眼利普查村的队伍。

波利那乘雪橇走在前面，其他村民紧随其后。

紧跟在波利那后面的是普沃什卡家族的人，他们平时分住在三处房屋内，以斯达赫为首。这一家人长得并不强壮，但个个都是大嗓门儿，爱闹爱笑，都很自信。

紧随其后的是由村长带领的索哈家的人。

走在第四位的是瓦赫尼克家族的人，他们长得瘦削干瘪，但像黄蜂一样凶狠。

第五位的是戈温布家族的人，由马特乌什带领。他们人数不多，但个个都身强力壮，长得像橡树一样，而且勇敢凶猛，抵得上半个村里的男人。

走在第六位的是希科拉家族的人，他们像树墩子一样结实，很刚强，但也爱发牢骚。

接着是克温布家的人，还有那些年轻力壮、身材高大的小伙子，他们喜欢打闹，由乡长的弟弟格热拉带领。

走在最后的是姓贝利查、科布斯、普雷什卡、古尔巴什、帕切斯、巴尔切莱克的人，以及其他许多说不上姓氏的人。

他们坚定有力的脚步让大地都为之颤抖。队伍勇敢地向前迈进，人人忧愤的脸色中透出不祥之兆，犹如孕育着雷电的云雨，时时在电闪雷鸣，一旦雷电击打下来，就会摧毁整个世界。

他们出发了，伴随他们的是留在村里的男女老幼的担心、叹息和不安。

大地还没有从夜晚的严寒中完全苏醒过来，它睡眼惺忪，被一层暗淡的晨雾遮掩住了。

整个森林一片寂静，布满白霜，初露的曙光把树梢染成了红色，零零散散地照射在积雪上。

从狼谷那边一次次地响起了被砍倒的树木的哗啦声，还有斧头砍树和电锯的嚓嚓声。

他们正在砍树!

晨曦初露,四十多人便开始工作了,他们像一群啄木鸟似的围攻着树木,拼命地砍伐树木。树木不断地倒下来,空地也在不断地扩大,被砍倒的巨木并排地躺在地上,越来越多。只是在有些地方,偶尔会在空隙处看到几株弱小的树木被残留了下来,它们孤零零地屹立在这荒漠的平地上,低着头,仿佛在悲悼死去的树木。还有一些未曾遭难的灌木,以及斧头不屑一顾、长得歪七扭八的丑树也在胆战心惊地为死去的树木哭泣。在那些被践踏过无数次的雪地里,躺卧着被砍倒的树木,还有一堆堆被砍下的树枝,曾经是它们身体的一部分,如今就像是被肢解了的尸体,而那些黄色的木屑,也像是被砍树木的鲜血,正渗进积雪中。

在砍伐地的四周,耸立着未遭砍伐的树木,围住了这个新开挖的"墓地"。它们层层密密,高大挺拔,就像亲戚朋友和熟人那样,环立在坟墓四周,默哀着,叹息着,以绝望的默默无言,倾听着树木倒下的轰鸣声,凝望着它们被无情肢解的惨状。

伐木者们不停地向前推进,排成一长列,一言不发地向森林深处进发,那儿大树密集,看似是一道坚不可摧的墙壁,阻碍了他们前进的道路。浓密的树木把他们吞没,树枝的阴影将他们掩盖,只见斧头在幽暗中闪闪发亮,不停地挥舞击打着,而电锯的呼啸声,一分一秒都没有停过,过不了多久,就有一棵大树摇晃倾斜。突然间,就像落入网中的鸟儿,和同伴脱离后,挣扎了一下,猛烈地抖动着树枝,发出一声垂死的呼号,便倒在了地上。——就这样,一棵、两棵……几十棵大树相继倒在了雪地上。

巨大的松树——它虽年老却绿叶常青——被砍倒了,还有冷杉,它好像外面披了一件粗糙的长袍,还有枝繁叶茂的枞树,以及老态龙钟的橡树——它上面已有干枯的灰色树枝和细长的须根。这些几百年的大树没有被雷电击垮，如今却倒在了锯斧之下。倒下的还有其他品种的树木，到底有多少种，有多少棵，那就谁也说不清了！

森林在呻吟，树木沉重地倒下，如同战场上的士兵一样，集合在一起，一个挨着一个，相互支持，勇敢坚强，最后却被一种不可抗拒的力量击垮，还来不及喊出耶稣，便一下子落入了残忍的死神手里。

整个森林都发出了呻吟声，大地也被倒下的树木震动。斧头不停地砍来砍去，锯子的吱吱声从不停息，树枝也在做垂死前的挣扎，发出凄厉的哀鸣，在空气中回荡。

伐木的工作就这样一个小时一个小时地继续着，并不断获得新的战利品。空地上躺满了被砍倒的树木，工作依然没有停止。

几只喜鹊站在被留下来的小树上喳喳叫着，时时有一群乌鸦呀呀叫着飞过这片死亡之地。偶尔有一只野兽，从密林中走了出来，停留在边缘上，用它明亮的眼睛朝空地望去，见到燃烧的烟雾，看到倒下的树木，发现有人在那里，便大叫一声逃走了。

伐木工人们不停地砍着锯着，像是把羊群逼到死角的野狼那样。那些羊吓得挤成一团，不停地哭叫着，眼睁睁地看着同伴被狼一一吃掉。

直到早餐过后，太阳冉冉升起，寒霜开始消融，几缕阳光照进林中，他们才听到远处传来的喧闹声。

"好像来了一大堆人！"有人把耳朵贴在树干上听了一会儿，说道。

过了不多久，喧闹声越来越近也越来越清晰，接着，他们便听见了呐喊声和沉重的脚步声，还来不及说完一声"圣母马利亚"，一辆雪橇便出现在通往林中的小路上，直朝空地驶了过来。雪橇上站着波利那，后面跟着一大群人，有的骑马，有的乘车，有的步行，男女老少密密麻麻的一大堆，他们大声呐喊着，直朝砍树的人飞奔而去。

波利那从雪橇上跳下来，首先冲了过去，后面的人也跟着他冲向前去，手里拿着各式各样的武器，有的挥舞着木棍，有的举着铁叉，有的端着连枷，有的拿着镰刀，有的甚至拿起了树枝。那些妇女们手中虽无武器，干脆就用她们惯用的指甲和咒骂来战斗，大家一起向那些惊恐不安的伐木者冲了过去。

"不许砍树！滚出森林去！这是我们的森林！不许你们砍！"大家一起喊叫。

伐木者搞不明白他们想要什么，直至波利那来到面前，用响彻森林的声音说道：

"你们这些莫德利查人、热普基人，还有来自其他村庄的人，你们都听好了！"

大家立即静了下来，波利那便又说了起来：

"拿好你们的东西赶快离开这儿，上帝与你们同在！你们要是不听劝说，就是要和我们全村的人作对。"

没有人表示反对，他们看到来的这些人满脸怒气，手里还拿着连枷、镰刀、铁叉等武器，是为斗争而来，心生恐惧，便相互呼应着停止了工作。他们把斧头插入腰带上，把锯子都收拾在一起，然后围坐在一起，发出气冲冲的抱怨声。特别是热普基人，他们过去曾是贵族出身，长期以来都与利普查村不和，他们骂骂咧咧的，还挥动着斧头，表示要报复。但是不管他们愿意不愿意，面对强大的力量他们不得不做出妥协。利普查村的人不停地叫喊着、威胁着，要将他们赶出森林。

有些人在空地上跑来跑去，把篝火熄灭，推倒摆放好了的木料。而以科兹沃娃为首的妇女们，看到空地边上有用木板盖成的棚屋，便赶了过去，三下五除二地把棚子拆得干干净净。

看到伐木者们退让出去后，波利那便把农民们叫到他的身边，劝说他们和他一起到地主的庄院去，向地主提出警告，在法院对农民的权利做出判决之前，绝不准许伐木。可是他们还没有商量出最好办法来，便听见了女人们的惊叫声——她们惊慌失措地跑了过来，后面有十多个骑马的人正从树林中追赶过来。

原来有人给地主报了信，他就派这些人来支援伐木者。

管家一马当先，带领着这些长工，直朝空地冲了过来，猛扑向正在拆棚子的那些妇女们，用鞭子抽打。不止一人的头上挨了鞭打。妇女们双手遮住脑袋，向波利那靠拢。管家身强体壮，如同一头野牛，他第一个朝妇女们打去，还大声咒骂道：

"你们这些强盗、土匪！用鞭子抽他们！把他们抓起来，送他们去坐牢！"

"集合，集合！快到我这边来！跟他们对抗，打！"波利那见有些人吓得想逃走，便大声喊道。村民们听到他的喝声，便都停下来了，不顾敌人的鞭子——不止一个人的头上背上都挨了打——用手遮住脑袋，纷纷朝他跑了过去。

"狗杂种！用连枷打马！"怒火中烧的波利那大声叫道，随手抄起一根棍子，首先朝这些地主狗腿子冲了过去，棍子所到之处，敌人随之倒下。在他的激励下，愤怒的村民们肩并着肩，连枷连着连枷，镰刀挨着镰刀，大声呐喊着，像狂风似的卷向敌人，把对方打得人仰马翻，连枷响声不断，就像地上的豆荚被连枷打得响声连片那样。

可怕的骚乱不断加剧，混合着咒骂声、马嘶声、伤者的呻吟声、挣扎的呼叫声和战斗的呐喊声。

地主的那些仆役们也在顽强地抵抗，其咒骂、打斗和农民们一样凶狠。大家混战在一起，到后来仆役们还是被打退了，因为马儿在连枷的击打之下，只好用后腿站立起来，嘶叫着转过头去。管家见此情景，便策马朝波利那那堆人冲去，想擒贼先擒王，但他还没有靠近波利那，便被十多把连枷和棍子围住了，几十双手把他从马上拉了下来，他像被连根拔起的灌木那样，被抛到了空中，然后重重地摔在了雪地上，昏死了过去。波利那好不容易才把他保护起来，拖到一个安全的地方放好。

接着便是一场惊心动魄的混战，就像狂风席卷大地那样，呼叫声呐喊声震耳欲聋，双方的人纠缠在一起，分不清你我。他们在雪地上翻滚扭动着，恶狠狠地举起拳头来打向对方，随即又被对方拳脚相加。偶尔有人从混战中脱身出来，疯狂地跑开几步，那也不过是为了喘口气积蓄些力量，以便重新投入战斗，没过一会儿，他便会以新的呐喊、新的疯劲来与敌人搏斗。

这时候，既有两人短兵相击的肉搏战，也有群体互斗的凶狠场面。有的人被扼住了咽喉，有的被按住了脑袋，有的被抵住了膝盖，有的像野兽般撕咬着对方的肉体。地主家的仆役们从马上跳了下来，依然没有退让，因为那些伐木者前来支援他们了，如同疯狗那样扑向利普查人。带领他们回来的是刚刚到来的护林员，他像公牛一样健壮，是远近闻名的大力士，也是个惹是生非的人，而且与利普查村有过节。他向人群堆里猛扑过去，单枪匹马挑战一大群人，用枪托打他们的头，打得他们四处逃散。护林员成了祸星，人见人怕。

斯达赫挺身而出，把他拦住了，于是利普查人纷纷逃走。护林员上前揪住斯达赫的脖子，把他像扔一束稻草那样扔了出去，摔得他不省人事。这时候，小瓦赫尼克也冲上前去，用连枷打中了护林员的肩膀，却反而被其在眉心处打了一拳，只叫了一声"我的天啊"便倒在了地上。

这时候，马特乌什再也忍不住了，蹿上前去和他对打起来。马特乌什虽然力气不小，但对付护林员，还是要相差一截，搏斗不到一分钟，他就被护林员掀翻在地，倒在雪地上不住地打滚儿。护林员便不再理他，径直朝波利那走去。他还没有到达波利那的跟前，便遭到一群利普查女人的围攻，她们歇斯底里地吼叫着拥上前去，揪住他的头发，用指甲抠他的脸，一个个地又拉又抱，把他拉倒在地，如同一群疯狗在和一只牧羊犬搏斗一样，爪子抓挠他的皮肉，令他在地上滚来滚去的。

经过这一番较量，利普查人占据了上风。双方赤手空拳肉搏在一起，如同落叶一样难分彼此，人人瞄准对手，扼住对方的脖子，相互纠缠在一起，在地上打滚儿。妇女们守在旁边展开助攻，撕扯着对方的头发。

此时此刻，战斗达到胶着状态，混乱之极，连敌我都难于分清。到最后，地主的仆役们终于被击溃了，有两个被打得血淋淋地躺倒在地，其他的人有的受伤，有的也已精疲力竭，便悄悄地从森林里逃走了。只有那些伐木者还在负隅顽抗，但有的也开始求饶了。村民们对他们的憎恨超过对地主的那些仆役，心中的愤怒有如被风吹起的火柱，没有一个人想饶恕，依然在发疯似的横扫。他们把手里的连枷、镰刀、铁叉都丢在一旁，和敌人开始了近身的肉搏，人对人、拳对拳、力对力地纠斗在一起，你扼住我脖子，我压住你肩膀，扭打在一起，倒在地上翻滚着，没有人叫喊了，只能听见低沉的呻吟声、咒骂声和喘息声。

这是恐怖的一天，也是无法描述的一天。

他们因为争斗而愤怒到了极点，几乎丧失了理智，尤其是科布斯和科兹沃夫，两个都像发疯了似的令人不敢直视。他们身上已伤痕累累，血迹斑斑，依然在和众多的敌人搏斗。

战斗还在继续，利普查人的呐喊声更加响亮，他们以一当十，开始追逐那些逃走的人。护林员终于挣脱了妇女们的围困，浑身疼痛，气愤至极，便以更凶狠的态势去对付敌人。他看见了波利那，便冲到其面前，两人都拼尽全力去抓住对方，像两头狗熊纠缠在一起，推来推去晃来晃去，一直打到了树林边上，又将对方挤到树干上撞击压紧。

就在这时候，安特克跑过来了，但来迟了，他站在林边喘了喘气，这才看见父亲的情况不妙。

他们像两只老鹰那样在拼命扭打着，谁也没有看见谁，都只顾着自己的打斗。安特克退后了两步，从树后绕过去，偷偷来到波利那近旁，站在离他父亲两步远的一棵大树后面。

护林员占据着上风，虽然他早已是精疲力竭了，但波利那也在强力抵抗。这时候，两人都倒在了地上，像两只疯狗那样纠斗在一起。不过，看起来老头子已经落下风了，他开始体衰力竭了，头上的帽子也没了，灰白的脑袋多次被撞在突起的树干上。

安特克还在观望着，从羊皮袄下面掏出了火枪，蹲下身子瞄准，还画了个十字，把枪口对准了他父亲的脑袋……然而，他还没有扣动扳机，两个搏斗的人都站起来了，安特克也跟着站了起来，将枪举到了眼边——但他并没有开枪，一种强烈的恐惧感突然袭上心头，使他呼吸急促，双手就像打摆子那样发抖，全身都颤抖不止。他眼睛发黑，脑袋发晕，自己也不清楚这到底是怎么回事，突然，他听见了短促的呼救声：

"救命！人们啊……救命！"

就在这一刹那间，护林员拿枪托猛击波利那的头部，让鲜血从他头上喷涌而出，老人大声喊叫，双手一伸便像根木头那样倒在了地上。

安特克清醒了过来，丢掉火枪，一步跳到父亲身边。波利那的喉管里咔咔地喘个不停，鲜血流满了整个脸孔，脑袋受伤很重，人虽然还活着，但眼睛像是蒙上了一层雾，双脚不停地抽搐着。

"爸爸，我的耶稣！爸爸！"他用吓人的声音大声喊叫，把父亲抱在胸前，大声喊叫道，"我的父亲，被他们打死了……我的父亲被他们打死了！"他哭喊道，就像一只小狗对着被人打死的母狗那样嚎叫着。

最近的几个人听见他的哭叫声，便跑了过来救波利那，他们让他平躺在树枝上，把雪敷在他受伤的地方以便止血，想方设法来保住他

的性命。安特克坐在地上,好像疯了似的,用力扯着自己的头发,不停地大声喊道:

"他们杀了他!他们杀了他!"

人们认为他突然精神失常了。

他突然住口静了下来,想起了所发生的一切,便朝护林员冲了过去,嘴里发出一声怒吼,眼里冒出凶光。护林员急忙想逃走,不成功,便举起枪朝安特克开了一枪,子弹从他脸旁飞了过去,把他的脸擦黑了半边。说时迟那时快,安特克一个箭步,扑到了他的身上。

护林员想反抗也反抗不了,想逃也逃不掉,心里充满绝望和恐惧,想求饶也是白费口舌。安特克一把抓住他,像头野狼那样,掐住了他的脖子,掐得咔咔响。随即,他又把他举得高高的,在大树上撞来撞去,直到他气绝身亡,方才罢休。

接下来,他的怒气未消,又凶狠地杀向敌人,所到之处,敌人都闻风丧胆地逃走了。他的形象十分可怖,浑身上下满是他的和他父亲的血,他光着脑袋,头发蓬乱,脸色发青,像具尸体,他又力大无穷,凶神恶煞。他单打独斗,把那些还在抵抗的人打得落花流水,以至于大家不得不劝他安静下来,以免赶尽杀绝。

战斗结束了,虽然有许多利普查人挨了打、受了伤、流了血,但大家还是兴高采烈,胜利的欢呼声响彻整个森林。

妇女们照顾着那些重伤的人们,将他们放在雪橇上——重伤的人还不少:克温布家的一个儿子断了一只手;安德烈·帕切斯坏了一条腿,不能走路,别人背着他,他还在不停地喊痛;科布斯也被打得动弹不了;马特乌什被打得吐血,腰痛难受;其他的人也有相似的伤,几乎没有一个人是完好无损的。不过,他们还是占到了优势,他们并不在意自己所受的伤,依然在尽情地欢呼,满怀喜悦地走回家去。

他们把波利那安放在雪橇上,小心翼翼地缓慢前行,怕他受到颠簸而在中途殒命。他还是昏迷不醒,绷带里时时有鲜血渗出来,他的眼里和脸上都满是鲜血,脸色苍白,看起来像已经死了。

安特克走在雪橇旁边,用惊恐不安的眼神望着父亲,路面坑洼不平时他便托着父亲的头。他常常悲伤地喃喃道:

"爸爸!啊!我的上帝,爸爸!"

由于道路的中间都让给了运送伤员的雪橇,村民们便三五成群地穿过林地,怎么方便怎么走。人群中有时会发出一两声呻吟,但大部分却是高兴的喊叫、放声的歌唱,一片欢歌笑语。他们互相谈论着这次战斗中的各种有趣故事,为这场胜利而欢呼,同时也嘲笑了那些失败者的丑态。间或有人在放声歌唱,在欢呼喊叫,歌声和欢呼声响彻整个森林。大家都陶醉在胜利的喜悦中,于是走路跟跟跄跄的,被树根绊倒的,撞在树干上的,不止一人。

人人都把挨打和劳累丢在了脑后,心中充满了胜利的喜悦。大家也都抱有一种信念,就是即使全世界都来反对他们,他们也毫无畏怯,定能把敌人打得落花流水。

他们一路行来都是欢歌笑语,精力充沛,吵吵嚷嚷的,偶尔也对森林望上一眼,因为这是他们夺回来的森林,是他们的胜利果实。森林就在他们头上摇动,发出沙沙响声,把已经融化了的浓霜露水洒落在他们身上,仿佛是在向他们流下了感激的泪水。

波利那突然睁开了眼睛,久久地望着安特克,好像不敢相信似的。他的脸上终于露出了深沉而又平静的欣喜之色,嘴唇嚅动了两次,最后费了最大的努力才轻声说道:

"是你吗?……儿子……是你吗……"

话刚说完,他又昏过去了。

第二部 冬——完